世紀文庫
文學 016

# 赴宴者

## The Banquet Bug

嚴歌苓　著
郭強生　譯

【導讀一】

# 站在這片道德荒原上

南方朔

「騙」這個字，在中國文化裡很可以視為一個關鍵字。因為這個字裡濃縮著中國人語言行為的某些側面。

「騙」這個字的本義是「跨騎」，延伸有「跨越」之義。到了明清時期，開始往今天意義的「騙」這個方向移動。它指的是以假冒、說謊、欺詐、設局、詭計等方式訛詐他人的錢財或其他。由於「騙」和殺人放火以及強盜行為不同，因而在道德及法律並不嚴格的古代中國社會，「騙」儘管為正人君子不齒，但在俗民階層裡，反而經常把「騙」認為是一種「有辦法」、「很厲害」、「很聰明」的行為。「騙」成了中國人社會裡很大的一個灰色道德板塊。它成了中國「刁民文化」的骨幹。從街頭宵小的行騙，到生意人以仿冒詐術追求財富，再到搞政治的欺騙選民和玩法弄法，並天經地義的相信「政治就是高明的騙術」，「騙」早已內化成中國人心靈的一部分。

因此，中國古代有關「騙」的故事和筆記雜俎也多得難以數計。自明代萬曆年間張應俞寫了有騙術故事大全之意的《杜騙新書》之後，許多明清話本都有大量的騙術故事。而在有關風俗誌的筆記裡，騙術也經常佔了相當比重，例如《清稗類鈔》裡，「棍騙」這一類即單獨成篇，佔了近大半本的篇幅。民初筆記如寫北京的《京都竹枝詞》，寫上海的《上海竹枝詞》，以及諸如《老上海見聞》、《上海俗語圖說》、《上海黑幕一千種》……，「騙」都是主要的內容。騙徒這種角色，乃是與「光棍」、「流氓」、「地痞」、「癟三」同類。民初李家瑞在編纂的《北平風俗類徵》裡就引用了古人的著作，指北京「德化隱退，民風不兢」，因而宵小横行，風氣日壞。

而嚴歌苓所著，郭強生翻譯的這本《赴宴者》，其實就是一本談「騙」的新譴責小說，清末的譴責小說如《官場現形記》、《廿年目睹之怪現狀》、《文明小史》主要是在揭露那個時代官僚士子階級虛偽的真相，那麼這本新譴責小說《赴宴者》所談的，就是當今中國大陸大家都在「騙」的道德荒原。書裡就藉著其中的一個角色說出了這樣的主題：「這年頭，沒有哪件事情可以經得起深入研究。你說是不是？甚麼事情都可能是假的。掛羊頭賣狗肉。」

我們不能否認自從大陸開放政革以來，它的確已成了世界最大的工廠和新興的最大市場。但開放政革所打開的機會之窗，在釋放出龐大的生產力的同時，也讓大陸成了不擇手段的冒險家樂園，尤其是大陸經過「文革」的摧殘，早已成為精神上的荒漠，從它上面長出的冒險家樂園，其不擇手段所造成的粗暴、荒誕、剝削遂格外的怪異誇張。過去的官本位主義更加專擅貪婪，新興的一夕致富新貴也更加為所欲為。當所有有權勢的人都在向錢看，一個無論甚麼都是假，無論甚麼都在騙的新時代遂告到來。在《赴宴者》裡就讓人看到了號稱為中藥養生食品的其實是添加了化學物質；賣醬油的，它的醬油其實是用頭髮抽出物做的；土地開發商推出的住宅明明蓋得歪歪扭扭而且環境不佳，但卻用不實報導進行訛詐；俱樂部的盲眼治療師用明眼人來冒充；聲稱要拯救貧窮的，它們自己的行為卻極奢侈；而說是要關心鳥類的，卻吃起了孔雀大餐；……等等。

而這種假和騙並不限於物質商品和行為方面，它更向人的靈魂面蔓延，於是有人用愛情欺騙年輕女子，榨光了她的積蓄供他揮霍，最後將女子逼上絕路；建商花錢如流水，甚至窮凶極惡的搞起甚麼美女裸體宴，但卻以說謊欺騙的方式苛扣工人的工資達兩年之久；出名的老畫家陳洋身邊有女友和祕書等一堆人，事實上這些人都是在貪圖金錢利益，爾虞我詐，明偷暗搶，騙成一團；……等。而所有的造假、欺騙，以不正手法追逐金錢利益，最後一定是所有的不幸全都由弱者承受，因而遂有了農村百姓的被貪瀆村幹凌虐致死，工人遭到盤剝，最慘的婦女淪落到成為沿街拉客的娼妓，一次只要十五元人民幣。一切真誠善良的事物已從人間蒸發，有的只是貪婪、驕奢、詐騙、濫權，以及它反面的剝削、受辱、被欺壓，以及絕對的無助。由資本主義史的發展，我們都知道它的資本積累過程都充滿了血與淚的腥鹹苦味，而這種味道在當今的中國大陸正以一種排山倒海的荒誕方式在展開著。

這就是《赴宴者》這部寫實的譴責小說所指控的時代。這部作品以一個來自中國最貧窮地區之一的甘肅農村青年工人董丹及他的同村妻子小梅為主軸而展開。董丹過去因為吃不飽而從軍，退伍後即偕同妻子到北京，在一家罐頭工廠工作，但因工廠裁員而淪為下崗工人。他為了「應徵」一家五星級飯店的警衛工作，但到了現場後卻誤打誤撞被錯認是一個記者會宴席的「應邀」記者，由於記者乃是一種邊緣性的特權行業，有吃有喝有拿，於是董丹這個邊緣人遂在誘惑下假冒記者混了下去。

《赴宴者》這部作品最巧妙的部分，乃在於它的角色設定，以及由於角色而形成的「對比視域」。董丹是個出身貧苦，過去只要有頓飽飯可吃，就已是至大幸福的邊緣人，他因為誤打誤撞而成了冒牌記者，到處混吃混喝還拿紅包，成了標準的「宴會蟲」。由於記者在當今大陸乃是個邊緣性的特權行業，於是吃不飽的他遂可以接近到那個最奢侈的頂端，可以吃到魚翅、生蠔、海螺、蟹爪尖。這是一種對比，透過對比，社會貧富差距的荒誕性遂告出現。而雖然他是個假冒記者，但透過他和另一個女性自由撰稿人的互動，也讓他像個真記者一樣，得以看到社會最高檔的一面，如權貴世家、暴發戶式的建商，以及上層藝術家；但同時也看到了最底層的農民、工人、娼妓、色情的腳底按摩女郎。冒牌記者的身分，使得這種對比得以呈現，並成為整體社會的濃縮版本。而以這邊的山珍海味和那邊的饑寒交迫為對比，古典的「朱門酒肉臭，路有凍死骨」也就有了現代版。

而最後，他這個冒牌記者，在騙吃騙喝騙拿之餘，覺得自己吃過那麼多大餐，而他的妻子卻不知魚翅為何物，遂有一次讓妻子也冒充去吃魚翅宴，冒牌之事穿了幫，而他也被抓進警察局。他冒充記者在記者會的宴席上白吃白喝白拿。這當然是「騙」，問題在於，在那個大「騙」橫行的時代，小騙有罪，大騙反而呼風喚雨，這種對比又怎不讓人為之慨嘆？

在這個「騙」字當道的時代，一切的真已告消失，甚至媒體也成了騙的媒介，說謊欺騙和造假則成了主流價值，甚至是通往成功之路。這時候董丹的妻子小梅反而成了一種鄉愁。同樣出自農村的小梅，有著原生性力量。她認命、刻苦、堅韌的活著，必要時也站在理字上極其潑辣驃悍。她睡眠時會有那種「只有活得完全與世無爭、心安理得、不貪也不求的人才會有這樣子的呼吸」。而這種人已愈來愈少了。在那種人騙人、人吃人的社會，我們又怎不期望那種鄉愁會成為新的救贖力量呢？

■南方朔　本名王杏慶。曾任職媒體。知名文化和文學評論寫作者。也是專業讀書人，為書籍所寫的導論、評論已超過百篇。著有《文化啟示錄》、《回到詩》、《新野蠻時代》等。

【導讀二】

# 真情與假貨

## ——讀《赴宴者》及其他

蘇偉貞

初識嚴歌苓，並不是經由她的成名作〈少女小漁〉。早在一九九一年寫出〈少女小漁〉的年代，嚴歌苓已由中國大陸抵達美國。八〇年代中葉進入聯合報副刊工作的我，於是在一九九〇年夏碰上許倬雲院士推薦給聯副的嚴歌苓小說稿。許先生是聯副敬重的重要學者作家，他的閱讀興趣及品味，我們從不懷疑；許先生曾推薦大陸小說家王小波的作品《黃金時代》，雲南插隊的知青王二和破鞋陳清揚的反體制情慾行徑，譜出共產社會治下少有的明淨獨立性格，較之當時能見的中國作家作品，逆勢而行讓人眼界大開。那年正逢聯合報四十週年慶舉辦擴大徵文，中篇小說首獎獎金臺幣五十萬，我以編者眼光建議不妨改投小說獎，後來王小波果然得獎，但這是後話了。

一如王小波，分隔近四十年的兩岸文壇對嚴歌苓顯然陌生，兩岸在一九八七年開放文化交流後，急起直追的嚴歌苓便以一九九〇年為起點，一口氣在〈聯副〉發表了〈蹉跎姻緣〉、

〈洞房〉、〈賣紅蘋果的盲女子〉三篇小說，她的小說語境沒有大陸同代作家的鏗鏘使力，題材也不是常見的性與飢餓那麼極端，而我自己軍校出身、畢業後分發到軍團藝工隊的背景，對她小說中的文工團書寫尤感興趣。嚴歌苓十二歲就進了文工團，曾派駐西藏服務，〈蹉跎姻緣〉講的正是漢族文工女團員江瑜被迫嫁藏民「和番」的故事，小說透過「十二歲的『我』（嚴歌苓？）看出去，「我」目睹江瑜崇拜的副師長父親見死不救：「為了國家統一完整，別說嫁到這裡，就是死在這裡，也該在所不辭。」剎那間，「我」不禁意識到「這也是死，是另一種死。」❶

另一篇〈洞房〉的場景則放在上海住房緊張的九〇年代初，改革開放後，都市湧進大量人口，繁華滬上成千上萬男女家庭配不到房子，其中什麼都用得考究，卻窘居樓梯下方夾角的李焉知處境，最具代表性；新婚之夜落到郊區樹叢打尖簡直家常便飯時有所聞，門戶大開處處「樹下洞房」，是奇觀同時醜態畢露，李焉知深有所感帶頭嗆聲：「一個禮儀之邦的中國讓這居政府搞得如此斯文掃地。」❷牽動了多少人心情事。透過嚴的小說，揭開我們所不知的鐵幕種種民瘼，眾生疾苦，不止城市，拜嚴歌苓腳跡所至，遠在世界屋脊漢藏民族故事，

---

❶嚴歌苓：〈蹉跎姻緣〉，〈聯合副刊〉，《聯合報》，一九九〇年九月三日。

❷嚴歌苓：〈洞房〉，〈聯合副刊〉，《聯合報》，一九九〇年九月廿七日。

也盡在筆下，我們雖遠距觀看，暗地嘖嘖稱奇，別有一番滋味在心頭。

嚴歌苓小說，「其中有事」呼之欲出的特質，教人看了好不眼熟，民初上海風行揭發社會罪惡弊端的「黑幕小說」形式，讀者並不陌生，但嚴小說展示的人生百態，比「黑幕小說」沒有目的的寫法，化為深沉的人生託寓的用心不言而喻，字裡行間我還看出出身文革世代難得的天真，這種天真需要絕對的熱情，她能堅持多久呢？這才是讓我想探究的。但當年嚴在〈聯副〉起家站穩後，很快得了不少文學大獎，加上創作豐沛，要追問下去，是很累人的，這份心思也就放下了。

回溯這麼多，其實無非在為《赴宴者》打個底色，她一路寫來，如今終印證，嚴歌苓小說無以名之的天真繫於一個關鍵角色，十二歲文工團少女就是代表，一直沒有長大的少女即她筆下的原型人物。魯迅筆下「在招搖，也在固守，在羅致，也在抵禦，像一切異性的親人，也像一切異性的敵人。」❸的同路人，少女們總在「險境」，於是長成特別的人種，時代氛圍影響，魯迅那年頭的少女：「肢體還是孩子，眼睛卻已經長大了。」代替嚴歌苓活在小說裡的少女，發育肯定較上世紀好，可眼睛並沒同步長大，真假最是難逃法眼，來到新世紀第一

❸魯迅：〈上海的少女〉，魯迅、林語堂、周作人等：《北京人・上海人》（香港：三聯書店，二〇〇一年），頁一五七～一五八。

個十年中葉，少女之眼穿透《赴宴者》光怪陸離社會現象，檢驗真情與假貨。

真情何指？假貨又是誰？表面上，小說旨在揭發「宴會蟲」現代資本社會怪誕醜態，但有心的讀者在字裡行間，不難嗅出「食色性也、人慾橫流」的夾縫氣息。「宴會蟲」是現代產物，何謂「宴會蟲」？假貨也！董丹之流也。董丹是一名北京罐頭工廠下崗男子，陰錯陽差成了冒牌記者，成天周旋在各個產品新聞發表會後的宴席上濫竽充數，騙吃騙喝領出席費，即為「宴會蟲」，這些假貨通性是大字不識幾個也沒有地盤發表報導。董丹混跡其中，靠著機靈小聰明，總能化險為夷沒露出馬腳。但吃香喝辣之餘，他並沒失去他的人性真情，他老想著妻子小梅也能開開洋葷可多好，這是現代版「齊人」，但「齊人」並沒帶妻子上「嗟來食」現場。事件也就從這裡開始。小梅不是別人，正是長不大的天真少女，天不怕地不怕，董丹一個閃神，小梅落單，她堅信丈夫，理直氣壯大演索出席費戲碼，公安部門正在抓「宴會蟲」，不逮她逮誰？雖靠著董丹發表會認識的藝術大師陳洋說項有驚無險給放了，熟知人家是放長線鈎大「蟲」，公安要抓的是真正大隻「宴會蟲」及其同夥，「抓放曹」背後，根本早盯上了董丹。董丹並非無警覺，但在當「假貨」的生涯裡，還真經歷了不少可感可泣的直相——兒被打殘上京上訪的一窮二白農民白老爹、姐姐被騙冤死的按摩美少女老十、積欠工人薪水產權不清的建築商吳董、賣假藥集團公關楊主任……每個發表會，都拖著重重黑幕，真相就在眼前，偏偏沒人報導，他食髓知味不免因循苟且，一直到高喜找上了他。

在這群「同業」裡，操弄傳媒權力最嫻熟的人物高喜算得上一個，高喜也是一名長不大的少女，險境裡，她玩得很開心盡興，一路押著董丹步步走向被補的邊緣。她答應找關係刊登董丹寫的陳洋報導，以交換董丹帶她專訪因病住院的陳洋；接著利用董丹對白老爹同情的農民心理，幫忙修改他寫的〈白家村尋常的一天〉報導，交換陳洋逃漏稅的解套密辛內情；最要命的是，高喜找到董丹喜歡涉世未深的美少女老十之弱點，在都市叢林消失的老十，最有可能，是成了色情羔羊，高喜遂吊董丹胃口，要他當誘餌深入挖掘「色情行業在中國」真相。她周三覆四宣布明天就登〈白家村尋常的一天〉，卻因文章太「寫真」，一波三折臨陣被撤稿，最後靠著陳洋身旁圍繞的權貴子弟才登出。董丹氣歸氣，已經停不下來了，他假造推薦信出席「秀色餐」人體宴會，心想說不定老十就在裡頭，宴會強調「食物與裸體結合的感官之美」（頁二八〇），精挑細選女大學生，都是處女：

> 先經過十二次沐浴，泡在加了十二種花香精油的水裡，再經過八個小時的斷食，她們才會被帶進冷藏室裡。接著，她們要服用鎮定劑，好平平躺在冰塊與鮮花上一小時不動，讓食物的陳列工作能夠完成。一直要等到食物用盡，她們的纖纖玉體才會完全展示。然後鎮定劑藥效

> 結束，她們醒過來之後，也將成為酒宴後段的參與者。（頁二八一）

說來有關「食傷」的議題，莫言《酒國》「烹食嬰兒」的炫奇寓言，已夠教人目瞪口呆，此處更加了「粉味」。江湖機關重重，果然險境，少女快跑啊！

少女沒跑，且宴無好宴，各路「假貨」大集合，吳董、楊主任，玉體橫陳的模特兒不正是老十。但老十處於一「無知覺」的假狀態中，董丹雖有知覺，但他亦不是真的他，老十從鎮定劑藥效中醒來，董丹不忍走開了，公安尾隨示出名牌帶走他，這是假貨現形啟示錄了：假貨充斥的人世，最忌動真情。

此時，小梅天真蛻去，染上了滄桑顏色，她發現自己懷孕了，靠著她成為一名母親一個真女人，告別少女之身，也才讓董丹有了救贖，董丹懷著「要做爸爸」的心境，擁抱脫胎換骨的未來希望，平靜充實的面對過去的自己。這種情懷，不禁讓我想起嚴歌苓的某些小說篇章形容少女情態的絕妙好詞與一股神祕力量：

> 人說小漁笑得特別好，就因笑得毫無想法。❹

❹嚴歌苓：〈少女小漁〉，隱地編：《書名篇》，（臺北：爾雅，二〇〇五年），頁五一五。

那美麗的女瞎子遠遠站著。她一種嚮往的樣子，朝池子方向「看」，眼睛黑得奇了，又乾淨又空洞，那些一動彈不止的人體從來未裝到它們裡面去過……車爬雀兒山時，一路換無數氣候。才上山小晴，三四個彎一轉，霧跟稠奶一樣了。山腰有好太陽，再爬爬，雨就著太陽落起來，小時天白了，雜色野花對一片白得冷硬的天仰天泣血地開。❺

最後，我們光以那難解的神祕力量做臆測。董丹刑期定讞前，配合宣導政策，上電視談話節目真情告白，紅遍南北的主持人要求董丹：「攝影機開始的時候，你不要提到那位幫你登出文章的有力人士。」董丹一口答應：「你要我怎麼說，我就怎麼說。」小說就此打住。好一場真情與假貨戲碼。但我比較好奇的是，真的嗎？當節目正式開播，揭發醜惡真相的「記者」董丹，會不會擺脫「宴會蟲」董丹，挺身而出大鳴大放？還原成少女小梅眼中的那個董丹，好歹他這回有了地盤啊！

❑蘇偉貞 曾任《聯合報・讀書人》主編。知名小說家。曾獲聯合報小說獎、中華日報小說獎、中國時報百萬小說評審團推薦獎、聯合報散文獎。著有小說《陪他一段》、《時光隊伍》等，評論《孤島張愛玲》、《描紅》等。

❺嚴歌苓：〈賣紅蘋果的盲女子〉，〈聯合副刊〉，《聯合報》，一九九〇年十二月八日。

# 國外報導、書評

讓嚴歌苓帶您進入一場夾雜著慾望與腐化的美食饗宴。……嚴歌苓娓娓道來現代中國的美食與貪汙文化。《赴宴者》是嚴歌苓的第一本英文小說，在美國出版後便獲得熱烈迴響，接著又以更吊人胃口的 *The Uninvited*《不速之客》為名在英國出版。

——《時代》雜誌 (*Time Magazine*)

嚴歌苓的故事構想高明，但是略顯生硬的英文及一些特定的描述讓人讀了便知道英文並不是她的母語，然而這也為這本小說製造了讓人著迷的神祕感，意謂著作者無窮的潛力。

——《出版人週刊》(*Publishers Weekly*)

這既是一個寓言，又是諷刺文學，讀起來並不容易。它的內容尖銳、奇特，故事情節迂迴曲折，讓人懷疑是否還有更多讀者無法體會的幽默在裡面。不過，不管是有意或無意，作者都成功地描繪出了中國的墮落與極權主義。

——Maureen O'connor，《書單》雜誌 (*Booklist*)

一段跨世紀的對話，對人心善惡的不可預知做了一場巧妙的探索。

——《紐約時報書評》(*The New York Times Book Review*)

這是一本描寫中國北京奢華生活的黑色喜劇小說。內容看起來似乎有點誇張，但可都是作者根據事實所寫的。故事主角董丹假扮成記者參加公開舉辦的記者餐會。……他在魚翅與黑森林蛋糕裡見到了社會的不公，進而想去為那些可憐老百姓爭一口氣。……故事裡到處可見看似荒謬不可思議的事，但另一方面又讓人覺得這樣的事或許也不是不可能。

——Ligaya Mishan，《紐約時報週日書評》(*The New York Times Sunday Book Review*)

藉著平易但有力的文章，嚴歌苓描繪了令人震驚的暴行與感官慾望。

——《舊金山紀事報》(*San Francisco Chronicle*)

嚴歌苓是一位傑出的中國旅外作家……這是一本充滿野心、情感豐富，且獨特的小說。

——哈金 (Ha Jin)，著有《等待》(*Waiting*) 等

這本詭譎多變的小說……嚴歌苓擅長觀察社會百態，她的文字時而讓人大笑，時而讓人陷入卡夫卡的噩夢裡。《赴宴者》既是荒謬的身分錯亂鬧劇，也是尖銳的社會評論。

——Abby Pollak, *WaterBrige Review*

嚴歌苓的文字美得像詩，在她筆下，無論是食物或是故事裡的主人翁都有了生命。她生動的描述和精彩的故事是絕佳的組合。……這是一本有趣的書，書上所描述的那些菜餚肯定會讓您垂涎三尺。

——Boey Ping Ping, *LIFESTYLE*

這既是一本尖銳的社會諷刺文學，又像是索爾・貝婁 (Saul Bellow) 所寫的流浪漢小說。內容生動，饒富趣味。

——Amazon 網路書店讀者

一位不凡的女作家，一個令人驚奇的故事。

——《泰晤士報》(*The Times*)

一部充滿情感與諷刺的精心傑作。

——《泰晤士報文學副刊》(*The Times Literary Supplement*)

一部深入描寫政治黑暗面、寫作技巧高明的小說，揭發下一個世界強權的種種不平等。

——《每日電訊報》(*Daily Telegraph*)

這是一個生動有力，層次分明的故事；既像寓言般引人深思，又像謎一般令人難以捉摸。

——《觀察家日報》(*The Observer*)

故事鮮明、人物刻畫生動，是一部不可多得的佳作。

——《每日郵報》(*Daily Mail*)

嚴歌苓充滿智慧、節奏緊湊的故事情節，以及對現代中國不合理現狀的敏銳觀察讓這本小說充滿趣味。

——《衛報》(*The Guardian*)

嚴歌苓對食物豐富的描述既通俗又迷人……她將中國在蛻變過程所經的陣痛，以讓人縈繞於心頭的簡單呈現，並以客觀掩蓋那赤裸裸的事實。

——《新政治家》(*Theo New Statesman*)

這是一個描寫細膩的故事，對貪婪與腐化激烈而尖銳的披露。

——《格拉斯哥先驅報》(*The Herald, Glasgow*)

# 赴宴者

The Banquet Bug

## 目次

# 赴宴者

# The Banquet Bug

董丹這個人不信兆頭。否則見到了長腳紅蜘蛛、雙黃雞蛋，這些老家長輩們眼中的不祥之物，他就該和老婆小梅打消赴餐宴的念頭，吃他從以前打工的廠裡撿回的那些過期罐頭，而不是掄起塑膠拖鞋，把爬過克難床頭櫃（洗衣板、磚頭上蓋著張鉤花桌巾）的那隻蜘蛛打成稀爛，也不會對早餐桌上的雙黃蛋視而不見。

這會兒我們在哪兒？董丹那間改建的屋裡。它原來是一間罐頭工廠的樓頂辦公室，位於北京郊外的工業區。早上十點，小梅正握著根短橡皮水管給他沖澡。她站在椅子上，水管怎麼也握不穩。嘩啦啦亂噴亂流的水是從天花板上的那條生鏽的排水管接過來的。要沖澡就只能這樣：從廠裡的管線偷接看上去不算太髒的熱水。三年前工廠關了大半，百分之六十的職工都「下了崗」，只拿百分之二十工資。董丹帶了他的肥皂盒、稀牙梳子、塑膠拖鞋，這就回家了。他跟小梅說，他把自己在車間的儲物櫃全清理了，這輩子以後再不用上大夜班了。一開始他還沒怎麼擔心，直到兩個月後他才發現，他和老婆在銀行的存款只剩五十五元。這點錢連兩個人進麥當勞吃頓大麥克堡都不夠。

過了兩天，董丹在報上看到一則徵人廣告。某五星級飯店缺警衛，資格需身高一百八以上，身強體健、相貌堂堂男子。董丹心想可以一試，於是穿上了他最體面的衣服，上身就那件化纖合成料子的西裝外套，下身一條卡其褲，腳上的黑皮鞋正好搭配從鄰居那兒借來的公事包，一個登喜路冒牌貨，就這麼去了那家飯店應徵。他才一晃進大廳，馬上就有個女人迎上來，問他是不是應邀而來。他點點頭。她說已經開始了，忙推著他上了電梯，下電梯穿過中庭長廊，來到一間大宴客廳，裡頭擺開桌子正要開始酒席。前方麥克風上方掛著條紅布幔，上頭寫著：「翠林治塵暴，還我青翠家園，請踴躍樂捐！」那女人要他自己看哪兒有位子就去坐，然後就沒了人影。

他在靠門邊的那桌坐下。已經上菜了，他正餓得不行，就把面前盤子裡的東西全掃進肚裡，也不管到底是些甚麼。坐他鄰座的一個男人向他自我介紹，他是《北京晚報》記者，同時問董丹是哪個單位的。董丹正吃得不亦樂乎，不希望被打擾，便回答他是《北京晨報》的。那人說他沒聽過，董丹說是家新的媒體。網路媒體嗎？對對，是網路媒體。董丹吃飽喝足之後，正打算找機會開溜的時候，那記者問他要不要一塊兒去領錢。啥錢？噯，就那兩百塊車馬費嘛，他們的「意思意思」，麻煩我們跑這一趟。給他們亮一下你的名片，他們就付兩百塊，希望你寫篇東西報導一下他們這個活動。董丹乾嚥了幾口口水：兩百塊！等於他們下崗工人好幾個月的月薪，外加一頓帝王級的美食——不過就是一張名片的事！

出了宴席，董丹直奔印刷公司。他挑了最貴的式樣，印了一大疊上頭有某網路傳媒字樣的名片。在酒席上他早打聽清楚了，網路傳媒這東西，反正說不清每天有幾家新開張、又有幾家倒閉。

他到處參加酒宴，已經吃喝過無數頓美食，日子好過得很。直到二〇〇〇年五月上旬的這一天上午，他認真梳洗為了參加即將要改變他這一生的這場午宴。

董丹拿著塊粗抹布，邊擦洗身子邊問小梅，信不信他已經把全中國的美食都嚐過了？她說她信。這回答讓他不太滿意。每次他想要在她面前跩一跩，她都是這麼容易就被唬住了。如果問她，由他當給宴席打分的首席美食專家夠不夠格？她一定說夠格，你不行還有誰行？她總是眼睛睜著大大的，一付崇拜的表情，這固然是董丹想要的，可是也太缺乏挑戰性了，讓他覺得有點沒意思。他抬起頭，看見小梅雙手高高舉著水管，臉都累紅了。她今年二十四，個兒雖小卻挺結實，一頭自然捲的長髮被她挽在腦後繫了個馬尾，露出她還像發育中少女般的光滑臉龐。

「妳這回就說錯了。」他說。「有道菜，我昨天才頭一回吃到。」

「甚麼菜啊？」小梅問。

「第一口吃下去的時候，我也說不出是甚麼。再一看菜單，可把我嚇一跳。」他隔著水氣瞧向他老婆：「妳猜得到那菜是用甚麼做的？」

她只管笑瞇瞇地搖頭：「猜不著。」每次跟她玩猜字或謎語，她那顆貧乏的小腦袋連動都不動就先說不知道。

「那道菜、是用、一千個、螃蟹的、爪、尖、肉做的。」董丹一個字一個字說。「一千個。想想看，光是敲碎每個爪子、把裡面的肉挑出來就得要費多大工夫。想像一下：全是那些倒楣螃蟹的手指尖喲。」

他等她繼續追問，那得宰多少隻螃蟹才湊得齊這麼多蟹爪，可她沒作聲，驚訝得說不出話來了。

「那蟹爪肉又嫩又滑，筷子挑著往嘴邊送都夾不住。」他讓水朝他頭上淋，好把洗髮精泡沫沖乾淨：「下回他們最好在邀請函上就先把菜單印出來。如果再有『千蟹指』這道菜，我保證帶妳混進場。聽我的沒錯，肯定值得你冒一回險。」

排水管開始發出打嗝似的怪響，咕嚕咕嚕的聲音來自管線深處，就像是從某一個深不可見的器官發出的，橡皮水管也跟著發顫。小梅連忙伸長了胳臂把水龍頭關上，以免蒸氣冒出把董丹給燙熟了。她得站高在椅子上就是這原因，這樣才能隨時控制出水。

「說到那肉質，真是妙不可言。味道就像把一千根『迷你』型雞腿全熬在那一口裡。簡直美味到讓人受不了。鮮到讓人都有點想嘔。沒有比那一千隻蟹爪更嫩的口感了，在嘴裡就像……就像……」他極力想要描述那質感，那種吃在嘴裡與舌頭口腔接觸的那種細緻，嚥下去在食道間經過時那種滑滋滋的感覺，五臟六腑都為之稱奇。但是他辭窮了。就算把他們兩人受的教育加在一塊兒，連給父母寫封像樣的信都還不夠，得要查字典才行。

突然樓下廠房的機器開動了。從頭頂燈泡上垂下的毛絨絨的蜘蛛網，這會兒跟著發抖。廠房樓上原本被隔成二十間辦公室，中間一條走廊，走廊兩側一邊各十間。現在這裡住了二十戶人家，都是下崗職工。廠裡不定期接到客戶訂單，機器也就不定時開動。樓頂的住戶們如果抱怨噪音太大，廠裡經理反過來解釋說，他們應該希望噪音更大才好，因為噪音越大房租就會越便宜。經理也暗示他們，在工廠樓頂棲身固然不理想，但他們幾乎等於沒付甚麼錢，房租低不算，還可以偷電煮飯、偷水洗澡，廠裡檢驗不合格的肉品也低價賣給他們。偷來的水還幫他們解決緊急跑廁所得跑上一大段路的麻煩。打開下水道一蹲，事後再一沖就完事。有水那真是太棒了，兩三下甚麼都清潔溜溜。

鄰居婦人隔著塑膠簾子大聲叫著：怎麼洗這麼久，一根一根毛在洗不成？董丹笑著大聲回答：我有十二根腳趾頭，怎麼樣？

小梅拿條乾毛巾幫著他擦乾身子，一雙手俐落又不失溫柔。她做起事情來總是這麼簡潔有效率，勁都使在要點上。從前她還是小姑娘的時候，在老家村子裡的農地幹活，掙的工資是按一個大男人的份兒計算。董丹朝鄰居賠起不是，解釋他實在是因為中午有個重要會議，他得趕時間。那女人便說等他和小梅忙完了，她再回來洗她的青菜。鄰居們大致知道董丹在上班，沒人搞得清楚公司在哪兒，不過都羨慕他打著領帶、穿著擦亮的鞋去工作。

每逢宴席前，董丹總是精心梳洗一番。他一共有兩件正式的襯衫，一件白色一件藍色，兩件就這麼替換著穿。一年多前，他拿到印好的記者名片當天，便向鄰居們借了一百塊，跑到當鋪裡花五塊買了副粗框眼鏡，又花了二十塊買了支麥克風，接在一臺報廢的錄音機上。剩下的七十五塊，他用來買了臺破照相機，反正他也不會往裡頭裝底片。就這樣他就改頭換面，出門赴宴去了。他學會事先研究報紙上的新聞，看哪裡有會議舉行。第一個機會是去一個新研發的科技產品拍賣會。拍賣公司發出了一百多張帖子給媒體，會後備有十六道菜的大酒席。和董丹同桌的是一群「特別來賓」。等到大夥喝得酒酣耳熱，話匣子一開，他才發現這一群所謂的「特別來賓」都是被雇來假裝競拍的。他們坐在場子裡，舉牌壓過彼此的喊價，就是要炒熱買氣，哄抬價格。

酒宴尾聲時，一個大水晶盤端了上來，董丹搞清楚盤子裡帶粗殼的玩意兒叫作生蠔。服務生告訴大家，這生蠔可是才不到一個小時前從海邊撈上，坐著飛機來的。那群「特別來賓」正鬧著不可開交，談論著他們今天的表演。拍賣的是一種新式減肥器，一開始的底價是從五萬塊起拍，接著他們像瘋了似的喊價，終於把價格抬上了一百萬。最後的買家其實就是賣方自己，他導演了這整場鬧劇就是想要為這個產品炒點新聞。現在所有的媒體都會大肆宣揚這個產品有多麼熱門，最後以超過底價二十倍的價錢賣出。董丹一邊聽著這個有趣的故事，一邊和生蠔奮鬥，卻怎麼也沒法把那灰撲撲、滑溜溜、鮮汁淋漓的蠔肉給挖出來。好不容易成功了，他深吸一口氣才把那玩意兒送進嘴裡。讓他驚訝的是這被稱作生蠔的玩意兒，長得怪模怪樣，觸感黏黏的像是吐出來的穢物，味道竟然十分鮮美。

第二天，董丹在中央電視臺的晚間新聞上，看到這則產品拍賣成功的報導。這消息在各家報紙也上了頭版版面。但是對董丹來說，他吃了一頓生蠔大餐才是重點。

董丹在腰間圍了條毛巾，快速衝回屋裡，留下小梅一個人拖地。等到她也進屋來，他已經穿戴好了，一會兒彎腰一會兒又半蹲，對著放在窗臺上的那個小圓鏡來回打量，盡量把自己的整張臉擠進鏡面。他皺皺眉，對自己的頭髮不甚滿意，企圖讓其中一部分站立起來。

「這樣好嗎？」他問，擺了個側臉。

小梅說很好。她拿起裝了豌豆的籃子，開始挑揀裡頭的泥沙，還有已經被蟲給蛀空的豆莢。她整個人半靠著一張書桌，桌腿上歪歪扭扭的寫著公家財產的編號，標明是國家所有的公物。他們剛結婚的時候，工廠裡正在換新家具，於是把這些破爛用非常低的價格賣給了他們。小梅挑了兩張書桌，一張缺腿，一張裂了桌面，她把它們全給拆了，把好的腿和好的桌面拼接到一塊。另外撿回的兩張破爛辦公椅，她特別做了五彩繽紛的椅墊罩，好把椅子上頭那醜陋的公家財產編號給蓋起來。他們家裡到處可見白色鉤花桌布這玩藝兒，這是小梅想出來的法子，讓家裡全不成套的家具看起來有統一性和協調感。兩個缺了玻璃門的小矮櫃靠著牆放著，裡頭裝了些茶杯、桌曆、筆記本、旅行用小鬧鐘等等一些雜七雜八的東西，全都是從酒席中拿回來的紀念品。矮櫃上方的牆上掛了一塊黑色的大理石，雕成了一本書的形狀，金色商標下面，還打了一個有名的金飾老號標記。也就是說，商標是不折不扣二十四K真金。這是他們最寶貝的一樣紀念品。據說送這紀念品的出版家把他大部分的財富都捐了出去，為了搶救中國歷史上遭禁的古典文學真蹟。董丹總愛開玩笑說，哪天他們淪落街頭，還可以拿這上頭的金子去換飯吃。矮櫃對面放的是用鉤花床單罩起來的一張床，床頭的床板用的是人造皮。

董丹還在對著鏡子擠眉弄眼，好像他和鏡子裡那人就要展開一場摔跤決鬥。

「妳是不是覺得，昨天跟我一塊去吃螃蟹大餐就好了？」董丹問道。

「嗯哼。」她含糊不清地回答。

「真是可惜呀，那盤菜根本沒吃完，如果我能代妳吃就好了。」

「那就代我吃呀。」她笑起來，把一個豆莢朝他的肩膀彈去。他從泥灰的地上把豆莢撿起，又彈回去。她弓起背作勢要朝向他衝去。他立刻舉起雙手求饒，並且用下巴指了指時鐘。該上工了。吃酒宴可不是一件簡單的工作，一點都馬虎不得，除了工作道德之外，還要有勤奮、勇氣等等本事喔。

董丹走到屋子另一頭，從曬衣繩上取下了他那一百零一條的領帶。小梅看著老公打上了這條格子領帶，心想她這輩子沒有看過比他更帥的男人，甚至連電視劇中的明星都比不上。

董丹又衝過房間，一屁股在沙發上坐下，那張臃腫的沙發立刻陷了下去，發出一聲嘆息。繫鞋帶得抬高腳，他的膝蓋都快撞上了下巴。這屋裡的兩張沙發用的都是同樣的人造皮做的，挨著門邊比肩站著，看上去就像是一對上了年紀不知所措的鄉下夫妻。他跟小梅以及自己立下了約定，這些自己動手改造的新婚家具，包括那張床和這兩張沙發，他一定會把它們給換掉，只要哪天他從這些酒席中賺夠了錢。

⊞

這場酒席的主人是一個鼓勵年輕人賞鳥的非營利機構。飯店的大廳掛滿了知名畫家的作品，都是捐出來贊助少年觀鳥家們的。當他隨著人潮走進宴會廳，董丹看到接待人員正在檢查每個人的證件。女接待員的眼睛忙著對照身分證上的照片和眼前的人，一邊跟大家解釋這項新規。兩天前有人拿了假身分證混進了人民大會堂。當時人民代表大會正在舉行，結果那人就鬧起抗議示威來，控訴地方黨領導的貪瀆行為。從那之後，每個記者都得要出示證件還有他們的名片，這樣才能夠參加記者會還有接下來的酒宴。

董丹反身離開了入口處。證件上的名字與他的名片並不相符，當然他也可以謊稱他把身分證留在家裡了，說不定女接待員還是會放他進去。但是萬一她不讓呢？萬一她檢查證件的真正目的就是要抓出像他這種人呢？是不是有些人早已注意到某些來路不明的「記者」，總是在記者會和酒席上出沒，卻從來沒看過他們刊登任何文章？

董丹注視著一幅抽象畫作，避免與任何人作目光接觸，差不多大廳裡頭就剩下他和其他兩三個人了。幾乎所有的受邀者都已經進了宴會廳，已經到了關鍵的決定時刻。

「你喜歡這幅？」

一個帶了濃重口音的聲音說道。董丹轉過頭，看見一個雖胖但胖得還算勻稱的男子站在他側後方。董丹立刻注意到他一身的黑襯衫、黑長褲，一頭黑亮亮的頭髮，還有那在深深的雙眼皮下帶了血絲的一雙眼睛。那一頭黑髮黑得可疑。他看上去有六十歲了，或者更老。董丹意識到他指的是面前這幅畫，便笑了笑。它不過就是一坨一坨的顏色，怎麼解釋它都成，可以說它是一幅風雨中的山水，也可以說是一群馬兒在混亂中狂奔。

「也沒甚麼不喜歡。」董丹對著畫緩緩點著頭。

「倒要問你，又為甚麼喜歡呢？」那男人和董丹一同注視著那畫。

董丹瞇起眼睛、抿緊嘴唇，朝前跨了幾步，又往後退了幾步。別人在欣賞畫的時候，可不是都這麼做的？

「你看見了甚麼？」男人要他回答。

一幅巨大的顏色雜炒。一鍋煮爛的線條與形狀。或者就是一個像他一樣餓昏的人看到的世界。董丹從一大早吃了雙黃蛋後就再也沒有進過食了。

「你挺討人喜歡，」那男人說。「你不亂吹看到了甚麼。或者應該說，你沒看到的東西你不瞎扯。你是哪家媒體？」

董丹拿出名片，雙手奉上，這是他從他的「同行」那兒學來的謙卑姿勢。

「從來沒聽過。我以為所有的媒體都已經來騷擾過我了。」

「這是一個新的網路媒體。」

「你們還真的到處都是，哪兒搞得清楚這家那家。熟悉我的作品嗎？」

他回答，當然，誰會不熟悉呢。可是他心裡盤算著原來這人就是這畫的作者。正是他那雙胼卻不粗短的手炒出這一盤流汁流湯的巨幅色彩總燴。董丹還來不及應答，一群人蜂擁而上，朝那男人喊「陳大師」或是「陳洋先生」，頻頻道歉沒立刻認出他來，害他久等了。這個陳洋扭過頭，隔著人群問道：「如果我沒猜錯，你是西北人。」

董丹回答，一點不錯。

「嗯，長城之外的不毛之地，沿著絲路全是被烤焦了的商隊驛站。讓我再猜，甘肅省？」

董丹點點頭。

大師立刻在董丹的肩膀上用力一拍。「只有從我家鄉來的人，才有像你這樣高壯的體格和直率的性情。」

他倆一同走過接待人員面前時，董丹假裝專心聽陳大師講話，沒空注意她想要幹甚麼。陳洋穿過一群朝他面露微笑的群眾，走過一排穿著雪白筆挺制服的侍者，以及一群長髮黑衣的藝術家們，最後來到講臺麥克風正前方的一張桌子坐下。他指指身旁的椅子，要董丹坐在他身邊。陳洋上下搜著口袋，找不著剛剛董丹給他的那張名片，於是問他叫甚麼名字。董丹不假思索便報出了他的本名。陳洋問他，他名字裡的那個「丹」字，可是中國字裡「丹紅」的「丹」。是呀，沒錯。也就是西元六百年前戰國時代燕國太子丹的「丹」啦？沒錯。好名字。謝謝。

董丹心裡想著，待會兒他該做的第一件事就是去書店，找一本歷史百科全書查查這個燕太子丹到底是何人。下一回他也可以像這個老傢伙一樣，在別人面前炫耀一下他的歷史知識。

開胃菜上來了，看起來是董丹沒吃過的。他正要拿起筷子，卻只見老藝術家對這些前菜漠不關心，狀甚雍容。他只好悄悄放下了筷子。董丹有預感，面對這桌大餐，想要像往常一樣不受打擾地暴吃一頓，恐怕成問題了。一個女人湊近陳洋身邊咕噥了一番，朝大轉盤中央巨型水晶碟裡的食物，玉指又是一陣亂點。接著她把說話內容向全桌重複一遍：這些開胃菜所用的蕈類、菇類都是非常稀有的，全是賞鳥探險時採集回來的。董丹沒想到，它們吃起來像肉一樣，而且挺油膩。

一個看起來差不多十六歲的年輕女畫家走向了講臺麥克風。來賓們的聽覺穿過幾百雙象牙筷子敲打細瓷、幾百副嘴唇牙齒咀嚼美食的聲音，聽著她說話。年輕女畫家用投影展示了她的作品，董丹這時已經沒有那麼飢腸轆轆了。他放輕鬆四下巡顧，開始認出了許多張熟識的臉；同樣經常出席餐會、領取車馬費、面對豐盛佳餚、笑得腦滿腸肥的那群傢伙的臉。年輕女畫家身上只穿了一件緊身紅色小肚兜，用她濃密黑色的長髮蓋住了重點。當她說她還不會說話的時候就已經開始畫畫了，臺下一陣哄然。可是——她接著補充，她到五歲才會說話呢。這算是一個笑點，聽眾們也都哈哈響應。

今天第一道熱菜，是用乳鴿的鴿胸肉末混合豆腐泥作成的小丸子，上頭還撒了新鮮的綠青蔥末。董丹吃得很過癮。當他放下筷子喘口氣時，發現那個年輕的女畫家已經是今晚眾人追捧的對象。許多客人要她的簽名，許多人要跟她合影。董丹心想他是不是也應該加入記者們，用他沒有底片的相機對那女孩按幾張快門，這時陳洋竟說道，他愈來愈喜歡董丹這個人了。

「你有眼光。」他邊說邊朝董丹靠過去。「你的藝術品味高尚，實在不適合這樣的場合。」他揚起下巴指的是那女孩。

董丹的嘴裡還滿是美味，他心裡想的是這肉丸子的滋味太好了，要想完全品嚐出精髓，等下肚後還得慢慢回味。

「你看那群色瞇瞇的男人，輕易的就被這樣的女孩給迷倒了……這就是為甚麼跑出這麼多女作家啦、女畫家啦……這個社會真是有病，到處色情犯的淫慾橫流，恨不得將她們生吞活剝……」

這地方太吵了，陳洋說的話董丹只聽到一半。即便他專心聆聽，他還是搞不懂他在說甚麼。不過他依舊頻頻點頭，把耳朵湊向老藝術家。這當中他不時得張開鼻孔，好讓飽嗝有地方打出去。

看見那個接待人員拿著信封口袋正朝他們走來，董丹急忙掏出了又聾又啞的麥克風和錄音機，把它們放在藝術家的面前，希望她經過桌子旁邊時，自動把錢留下，別打擾他們的「訪問活動」。可是，她等在那兒，討好地微笑著，看著藝術家說得慷慨激昂，嘴角堆滿了口水泡沫。

「幹嘛？」陳洋不耐煩地停下來。

她忙跟他說對不起，並把信封交給董丹，輕聲細語地說道：「這一點點意思，謝謝你跑這一趟。」

董丹不作聲，點點頭表示謝意。

「對不起，打擾到你們。」她還是不走。

「沒關係。」董丹說道。

「如果你不介意……」陳洋揮揮手，示意要她離開。

「陳先生，對不起。只要一會兒就好。」她把她的手放在藝術家寬厚的肩膀上，同時轉向董丹。「我可以看一下你的身分證嗎？要怪只能怪這項新政策，害我們多出了好多事來。」

董丹說他把它忘在家裡了。接待人員朝著陳洋不好意思地笑笑，轉身臨走前，她的長髮掃過董丹，同時告訴他，待會兒會給他電話索取他的身分證號碼。

那她可就要有重大發現了。不僅會揭穿他名片上的那個網站根本不存在，他們也許還可以控告他。但是控告他甚麼罪名呢？吃白食嗎？所有這些餐宴上的食物簡直豐盛到邪惡的地步，而且大多都吃不完，最後還不是都倒掉，多他一個人吃，少他一個人吃，有差別嗎？沒有。

彷彿是在給自己辯護，董丹感覺他身體裡頭充滿一股道德的力量，不自覺把脊梁一挺。懷著正義的怒氣，他環視全場，一張張嘴都在忙著大快朵頤。你知道我小時候每一餐飯吃的是甚麼嗎？用樹皮和高粱熬成的稀粥。秋天收割之後，我們小孩子在已經收過紅薯田裡挖，挖上幾天，就為了挖出還帶著一口澱粉的紅薯根。我們不敢用鏟子挖，生怕把根挖斷了，糟蹋了那一口紅薯。我們用自己的手指頭鏟，為了摳進凍僵的泥土，指甲都挖碎了。董丹望著女主人，希望能跟她用目光交鋒。女主人這時正用筷子輕盈地夾起了一顆小鴿肉丸子，像鳥啄一樣小小地咬了一口。你知道我們這些孩子，在初夏大麥成熟時拿甚麼解饞嗎？蚱蜢。媽媽告訴我，如果半夜肚子餓醒就去喝水。董丹看見坐他對面的男人這時從講臺麥克風收回目光，轉過身來飲了一口啤酒。董丹瞪著他，希望他會覺得慚愧。你能相信嗎？我在軍隊裡服役三年，就是因為我聽說軍人們每天都有肉包子可以吃，結果我們吃到的包子都是空心菜作的餡，頂多嚐到一點豬油。那男人不理會董丹，看著那年輕女藝術家滿場飛，隨著觀眾們一同拍手，笑得前仰後合。這更讓董丹覺得自己高他一等了。你知道我的樓頂上的那群鄰居吃的是甚麼嗎？他們吃的是過期很久的罐頭。你知道他們每個月月薪多少嗎？比你日薪還少。

只賺那一點點的錢，他們連買一棵青蔥都得在臭氣沖天的農場市集上和人討價還價半天。他們過著那種日子，這輩子恐怕聽都沒聽過甚麼鴿胸肉作成的小丸子。你們這群傢伙認為這樣公平嗎？董丹用他這一番旁人聽不到的雄辯，挑戰在場的所有人。年輕女畫家正端著一杯果汁從這一桌到下一桌，跟所有色瞇瞇的客人們敬酒。董丹對於這群傢伙更是怒目相視。

陳洋這時的表情更加嚴肅。他以為董丹臉上惱怒的表情是表示他也看不慣，是跟他站在同一條線上的。藝術家告訴董丹，他對於繪畫世界這樣的道德墮落非常地憂心。藝術家們把自己當作妓女，粗俗的暴發戶都樂於掏錢。媒體全成了皮條客，專為像眼前這樣的女混混接生意，反過來，他們也被女混混給剝削。藝術大師對著董丹手裡那沒用的麥克風，不時發出一陣一陣的冷笑。

總共已經上了七道菜，每一道的食材幾乎都是難得的山林野味。根據董丹的經驗，最後應該有一道出人意外的大菜作為今晚的高潮。

一排侍者端著橢圓形巨大的盤子出場了。

那位男主人站起來向大家宣布：「先生女士們，最珍貴的肉來自最美麗的鳥。」

全場響起了一陣歡呼。

光溜溜的鳥昂著頭臥在盤上，鳥嘴裡含著用胡蘿蔔雕成的一束花，白蘿蔔則被雕塑染色，作成牠羽毛的樣子，而在牠的屁股尾端則有三枝真的羽毛，帶著藍綠色澤閃閃發光，顫動搖曳彷彿未死的神經。

「真的是孔雀嗎？」席間一位客人輕聲地問。

「敢不是真的！哪怕今天只有一隻真孔雀，他們也會放在咱陳大師的桌上。」另外一位說道，並朝著面無表情的藝術家諂媚地笑著。

「其他桌上，恐怕會用雞來冒名頂替。」一位年長的客人補充道。「咱們桌上肯定是貨真價實的『孔雀公主』。」

董丹果然聞到一股有別於雞類的特別香氣。一名侍者舉起一盅肉汁，戲劇化地高舉在那隻鳥的頭上。環顧四周，確定所有的人都在等待，他這才將熱騰騰的湯汁慢慢地淋在那隻鳥身上。漸漸地，鳥嘴浸在湯裡了，接著是牠的臉，然後是牠一雙緊閉的眼睛。不一會兒，鳥兒的不可一世與優雅全完了，「孔雀公主」神祕的香氣也沒了蹤影。侍者的刀落向那隻鳥時，每個人的筷子都躍躍欲試。但就在這個時候，桌子翻了。那隻鳥滑過桌面落在了女主人的膝頭。那女人高聲尖叫著跳了起來，她的臉上沾滿了肉湯的暗褐色斑點，一塊心形的汙漬正好綻開在她白色洋裝的前襟。

「豈有此理。」陳洋說道。他站得筆直，一隻手抓著桌子的邊緣，臉因為憤怒以及用力過猛出現了扭曲的表情。

董丹這才了解剛才的「地震」原來是陳洋的傑作。

「你們吃得下去？吃這麼美麗的鳥？」藝術家指著那隻跌得稀爛的鳥，「你們不覺得羞愧嗎？你們這一群下流的蛆。」

大理石裝潢的宴客廳裡，只剩下一陣不知所措造成的靜默。大師憤怒的眼神掃過男主人和女主人，掃過政府機關裡頭大大小小的幹部，掃過在場所有的記者。他奪門而出時眼裡泛著淚光。

才被炸彈開花般的肉汁濺得全身的女主人，跑到陳洋面前試圖擋住他。

「對不起，陳大師，請留步……」

陳洋轉過身面對在場的其他人。「繼續呀，繼續吃。用你們的嘴、你們的胃繼續發揚中華文化，還真要謝謝像你們這樣的人，我們燦爛悠久的中華文化終於有一樣沒有被毀掉——吃。」

「我們真的非常抱歉……」男主人也趕緊追上去，想攔住老藝術家的路。

「我是很抱歉。」藝術家說。

「陳大師，這都是誤會呀。」

「我誤會甚麼了？這些難道不是孔雀？」

「這……」

男主人與女主人面面相覷。他們尷尬受窘的樣子讓他們變得很醜。

有人站起來，拿起相機對準了藝術家，其他的記者們也紛紛加入，扣扳機一般按下快門。整座宴會廳寂靜無聲，除了噼噼叭叭的閃光燈，像死刑處決時的機槍發動。在一片閃光中，憤怒的藝術家如蒼白的殉道者般挺立在那兒，向所有人訓戒。野生孔雀因為遭獵捕，已經逐年稀少了。「只懂得口腹之慾的人是最低等的動物。」藝術家下了結論。

董丹這才體會出來，在陳洋的畫作裡看到的那一股能量是來自恨。老畫家的每一筆都充滿恨的力量。但是，到底甚麼讓他有這麼恨？

一連幾個小時，董丹都在想那個古怪的老藝術家和被他破壞的孔雀宴。第二天大早，他跑到報攤上，找遍了所有大報的藝術版。可是他沒有看到任何關於這個事件的報導。終於他在一份小報上看到了有關為賞鳥人募款的這則新聞。他買了回家，讀完了文章，其中只有一句話提到了陳洋的出席。

他把這份報讀了又讀，有種被瞞哄的感覺。報紙上所說的並非謊言，然而它也沒有說出實情。董丹情不自禁地拿起筆就在報紙空白的邊邊上，匆忙記下了他很多的意見和想法。

從前在董丹老家的村上，漫漫長冬裡，村民唯一的娛樂就是聽說書。村裡的老百姓湊個十來塊錢，就去邀說書的來，通常是兩三個人組成的那種流浪班子。這些說書人當中，董丹最喜歡的是其中的一個老瞎子，他永遠面無表情，卻有著一副粗啞的大嗓門，每每對於村民們聽他說書時爆出的笑聲感覺到不可思議。董丹記得那年他十歲，跟著老先生一個一個村子走，幫老先生背鋪蓋捲和乾糧袋，有時還要幫他趕村子裡的狗。一直要很久之後董丹才明白，這個老說書人這麼厲害就是因為他看不見。因為看不見，他不必在乎觀眾，也不用跟觀眾們一起唱和，他只要全心地說他的故事。當董丹怯怯地問這老說書人，是否可以收他這個十歲的孩子作學徒，老先生眨了眨那雙看不見的眼睛，嘆了一口氣說，只有瞎子才能成為一位好說書人。甚麼原因呢？因為只有當你肉體的眼睛看不見了，你心裡的那雙眼睛才會打開。這讓你看見事物的變化，永遠是那麼的清晰多變。然後呢？然後他就應該在心裡頭把這些事記下來。再然後呢？然後……然後他就會成為一位真正的好說書人，不會跟那些喜歡加油添醋、譁眾取寵的人為伍。

二十四年後董丹在這裡，用力閉上眼睛，企圖想像一整座蘑菇園，顏色不一，從乳白、粉黃、淡橘、淺褐、深褐，一直到絲絨般的漆黑，甚麼都有。他能不能也寫一篇文章，就從開胃菜開始呢？

「你過來幫我拉一下這該死的拉鏈，好不好？」小梅滿臉通紅，怎麼也搆不到洋裝後面的拉鏈。

董丹過去幫她拉上拉鏈，又馬上回到他空白的稿紙前。她好奇地看他在忙甚麼。只見他坐在桌前，眉頭深鎖，長腿折起，腳搭在椅子邊上，就像老家那些鄉下人抽菸管時的姿勢。他握緊鉛筆用力地寫，小梅看了都不免擔心，不知道甚麼時候筆心就會給他折斷了。他幾乎是用著木匠刻工的力道在振筆書寫。

「這羽毛的『羽』字要怎麼寫？」他咬著鉛筆頭，想了幾秒鐘後望向小梅。

「甚麼的羽毛？」她說。

「孔雀的長尾巴羽毛是不是有個專門說法啊？」他自言白語。小梅早已等不及，穿著拖鞋，叭啦叭啦跑去了對門的鄰居家。回來時，只見她雙手捧著一本厚厚的字典在胸前。

董丹沒有跟他老婆提起關於孔雀大餐的事，更別說宴會上那場大混亂了。很多事，他連自己都還沒搞清楚，他只曉得這個陳洋是個與眾不同的人，會說出像是「我們燦爛悠久的中華文化」或是「你們這些人只懂得口腹之慾」這樣子的話來。他得自己拿筆記下，或許才能搞懂陳洋真正的意思。總算停筆告一段落，他回去數數到底有多少個字不會寫被他空在那裡，一算竟然有兩百個。他把借來的字典打開，開始一個字一個字的填空，邊寫邊笑，心想這不是給人出字謎遊戲難題嗎？他自己並不清楚寫這篇東西要幹嘛，他只是覺得，其他記者們不寫，那就他來寫。

董丹不工作的時候，總會帶小梅出去走走。她愛去巨大的汽車賣場，看排得整整齊齊的新車和舊車；或是去一望無際的庫房式的超型商場裡，在一排一排的購物道裡徜徉瀏覽；她喜歡看多層立體的大道。挖土機排成一排，進進退退地挖掘垃圾也令她開心。去逛超市的時候，她總是對購物架上各種的洗潔精、餐巾紙、浴巾興趣盎然，彷彿她在欣賞的是公園的花壇和亭閣。所有她喜歡的景象都是龐大、摩登、工業化、井井有條，而且非常不人性。

這時董丹和小梅站在一個舊車賣場的欄杆前，享受著灰塵濛濛的寧靜。雖然風沙大，他們卻自得其樂。停車場的遠方，有色彩鮮豔的大拍賣布條在傍晚的風中徐徐地飄。董丹不時發表意見，哪臺車他喜歡，哪臺車最適合小梅。他對車的造型功能都頗有見解，看到車的價錢還自言自語殺價。從頭到尾，小梅只是靜靜地站在一旁，帶一種甜甜的事不關己的態度看著他。

「等我有錢了，我就買那輛黃色小轎車給妳。」

「好。」

「喜歡嗎？」

「喜歡。」

她對他不置可否地笑了笑。每次她這種未置可否的笑法都讓董丹覺得，他們倆在談的事猶如投胎轉世般遙不可及。他望著那些車，暗地裡跟他的老婆許諾他一定要更努力工作，去吃更多的酒宴，賺更多的車馬費。他不能再忍受她的一生就像他的鄰居們一樣，甚麼都缺，最後就這樣過完了。這樣空白的人生等於是白活。

兩個警衛這時朝他們走來。

「你們倆在這裡做甚麼？」其中一個問道。

「吹風呀！」董丹回答。

兩個警衛眼神不善地對董丹、小梅打量了一陣。

「要吹風上別處去。」

「為甚麼？」

「滾。」

董丹原本趴著鐵欄杆，這時轉過身面對那兩個人。他可不願意小梅連這麼點簡單的樂趣都給破壞了。

「不走？當你們是要偷車。」一位警衛說。

「偷你們的車不入流。我要偷也偷賓士車。像你們這些破爛，我才懶得動手。」董丹說。

兩個警衛彼此互看了一眼，接著就從腰間掏出了警棍。

「跟我們走。」

「幹嘛？」

那兩個警衛懶得多開口，揚揚手中的警棍，意思是董丹廢話問題太多，答案就在這裡。他們看上去很年輕，不過十八九歲，剛從鄉下出來的莊稼人。

他們朝前逼近，董丹跟著往旁邊挪了一步，一邊對小梅扮鬼臉，要她別擔心，他在跟他們鬧著玩。兩個警衛舉起了警棍，董丹只好聳聳肩投降。他叫小梅自個兒走，可是她搖搖頭，硬要跟著他們去。在走過停車場的時候，他使勁揮手叫她走，她停下步子，等他再轉身，又看見她跟了上來。

穿過一排排像戰車一樣整齊的轎車，他們來到了銷售部辦公室後面的一排小房子。兩個警衛把董丹推進了後邊的一間，屋裡有股香港腳的臭味，屋裡有兩張上下鋪的床和一臺電視機。那電視機的畫面模糊不清，正在播放拳擊賽。看來這就是這兩個警衛受訓的教材了。

「你有兩個選擇，你可以一直待在這裡接受我們的偵訊，或者你可以去把所有的車窗擦乾淨。」其中一個人說道。

董丹把手伸進了褲袋，盤算著要不要掏出來他那張名片。也許當他們知道他是一個「記者」，就會放他走。想到他們所說的搜身，就讓他的手開始冒汗。萬一真的被他們搜出他的身分證和名片，那上面兩個名字不符就會被發現了。要不是忙著寫那篇陳洋在孔雀宴上的文章，他早就去把新的名片給印好了。

車子的防盜系統突然作響，其中一名警衛衝出小房間大喝一聲：「甚麼人？」另外一個警衛跟著出去，把門從外面上了栓。董丹聽見了小梅的聲音，貼緊了窗戶向外看。慘白的路燈下，她抱著一隻髒兮兮的貓站在一輛車旁。讓警鈴大作的原來是這一隻貓。

「妳怎麼還不走？」警衛之一質問她。

「為甚麼不能在這兒？這是國家的地盤。」她的語氣聽起來帶刺，挑釁意味濃厚。

「妳也想進那屋裡去？」

「你請我就進。」

「好。跟我來！」他們走向她，一左一右把她夾在中間。

她緊緊地抱著那隻貓不動，朝背後的那輛車靠了一步。警衛之一推了她一把，她立刻把對方的手甩開。「你手放老實點！」她拔高了嗓門，那隻貓也跟著尖聲怪叫，一溜煙就跑得不見了。

「你也不看看我是誰，流氓！少動手動腳！」她說。

他們推得更用力了。

「你知道姑奶奶是誰嗎？」她大喊一聲，一邊朝自己挺起的胸部一拍。

那兩人互看了一眼，又看看她。

「妳是誰呀？」其中一個問道。

「我是董丹的老婆。」

「誰是董丹？」

「董丹是我丈夫。笨蛋！」

兩個警衛向前抓了她膀子就要拖她走。她發了瘋似的亂舞她的手臂，企圖把他們甩開，縮弓起身，用盡吃奶的力氣硬往後拖。她洋裝後頭的拉鏈又給撐開了。

「非禮啦！」她尖叫。「救命呀！來人呀！」

「閉嘴。」他們邊說邊四下張望，慶幸四周沒有人聽到她在喊甚麼。

「非禮！非禮呀！」她愈叫愈大聲。「這兩個傢伙把我丈夫關起來，現在又想對我非禮！」

這時街上有人朝他們這個方向看過來。兩個警衛擔心這女人衣服的拉鏈都開了，恐怕有口難辯，於是匆匆忙忙回到了小屋把董丹給放了。董丹走出去的時候，那兩人站在門口盯著他瞧。

「你是甚麼幹部嗎？」其中一個問道。

「不是。我只是一個記者。」他掏出一張名片交給了其中一人。

他一路向小梅走去都沒再聽見那兩人開口，他用一隻手遮住小梅衣服背後被扯開的地方。

這時他聽見兩名警衛的對話。

「多不相配。一個記者會娶了這樣的女人。」

「她咬你沒有？」

「沒有，不過你看她把我給抓的！」

進入會場前先得到登記處報到。登記處的長桌兩端各放了一盆豪華的插花盆景。就在他熟練地簽下名字時，他赫然看見，在他之前的一個人拿出的名片，格式竟和他以前的名片一模一樣，甚至名片上的公司就是他捏造出來、如今已經關門大吉的那家網路媒體。他立刻從入口處撤退，他得先弄明白現在的情況。顯然有另外一個冒牌貨學他如法炮製混吃混喝的方法，吃到他董丹的地盤上來了。可這傢伙太沒種，想來白吃，又不敢自創名號。他這個做法等於侵佔了董丹的智慧財產權。董丹看著自己的手氣得發抖，手指間還夾著香菸。咦，大概是剛剛有人在四處分贈香菸，他也順手拿了一根。

有位女士揮手向他招呼，他假裝沒看見。現場正有另一個混吃混喝的傢伙潛伏，他得好好觀察情況，步步為營。他給自己創造出來的這份工作原本是無懈可擊的，是經過他反覆修改、精心計畫、不斷地觀察、努力地學習，才有今天的成績。能混到他今天這一步，靠的不光是勇氣，還要有間諜般出生入死的精神。

董丹問登記處一位染了黃色頭髮的女孩，能否指出來剛剛是哪位留下了那張名片。這個嘛，如果見到了她大概認得出來。那她是不是可以幫忙廣播一下，說有人找他呢？對不起，她忙得分不開身。她伸出手跟他要身分證。董丹從褲子口袋裡掏出他的證件，同時口袋裡的零錢也一併掉了出來，落在晶亮雪白的花崗岩地板上，頓時滿地銅板叮噹亂滾。董丹顧不上它們了。染了黃髮的女孩迅速掃視身分證上的名字，核對是否和名片上相符。他早已經把名片重新印過了，所以現在名片上的名字和他的身分證是一樣的。董丹卻並不知道這樣做的風險：一旦有人對他的身分產生懷疑，不消幾分鐘立刻就會在電腦上發現他的真實身分。黃髮女孩記下了董丹的身分證號碼，董丹一旁也不自主地跟著默唸他由那個十八個號碼組成的身分。

董丹走進了今天午宴的大廳。這兒的舞臺大得可以容納一個中型管弦樂隊。原木地板搭的舞池塞上幾百個舞客不成問題。大廳裡四處飄著汽球，汽球下垂著巨大的彩帶條幅，上面寫著今天的贊助廠商。橫跨過舞臺上方的布幔則寫著：「掃除文盲！救助貧困學童就學！」這類名目的募款餐會，董丹早就參加過很多次了。主人多半都是那些中國經濟改革開放後一夜致富的有錢人。

一個身穿精心剪裁西裝的男人走過董丹，那人身後跟著他的祕書、保鏢、崇拜者，以及一股昂貴古龍水的氣味。董丹趕緊讓出路來。在這些大人物面前，他覺得自己十分渺小。隨著每一次的餐會，這些人好像一次比一次有錢，名氣一次比一次更響。

正在找位置坐下的時候，突然有人在董丹的肩膀上拍了一下。他轉過身來，看見一頂大棒球帽，帽子底下露出一張小臉，被左右兩只巨大的銀色耳環夾在中間。

「我從櫃檯一路就在叫你呢！」她打開手掌，上面有六個銅板。

董丹望著她，心想她八成認錯人了。

「你這麼有錢呀？」她說。「六塊錢掉到地上都懶得撿？」

董丹除了「謝謝」，不知道還能說甚麼。

把銅板交回到董丹手上後，那女孩突然像要捉弄董丹似地對他說：「坐我旁邊吧？」邊說邊把一個大帆布包甩過肩膀，揚揚下巴指出她在前方的座位。

董丹還來不及回答，那女孩已經拉住他那只裝了假麥克風跟破照相機的包，一路領著他穿過了人群和桌椅。她喊他「老彭」，那是他幾個月以前就已經不用的一個假姓氏。臺上的主人宣布記者會揭幕，董丹卻只想找機會擺脫她。

這些記者會的主人早有經驗，已經把大廳的門給關上了，以防一些老鳥記者在報到處簽完名就溜掉，晚一點才又溜回來吃席和領錢。現在他們派了人在大門把關，這種沒有工作道德的人一個都無法開溜。董丹找尋所有的出口，很不幸地連男廁都是設在宴會廳裡。唯一沒人看守的只剩在舞臺旁的那個出口。

他站起來藉故離席，一雙長腿不時跟旁邊的人或桌椅碰撞。他知道有幾個警衛正在注意他。這輩子從來沒有像現在，他高大突出的身材成了麻煩。出了宴會廳，一個男人正在那兒抽菸。

「你要走了？」

不用回頭，董丹就知道那女孩又追出來了。

「我得抽根菸。」董丹說，很高興旁邊有人給了他撒謊的靈感。

「你知道今天這場記者會最讓我不滿的是甚麼嗎，老彭？」她豎起拇指朝宴會廳方向指了指，大搖大擺朝他走來。她看上去大概二十八歲，或者更大一些，人很瘦，平胸，一雙大眼睛勾著黑色的眼線，看上去她彷彿一生下來就失眠到現在。

「我不知道。」董丹笑了笑。「妳幹嘛一直叫老彭？」

她的手勢比了一半，停在空中。臉上的表情像是她不確定自己的記憶，或者是她不確定是不是有人跟她搗蛋。

「我姓董。叫董丹。」他回答，一本正經地。

她笑起來，說她有證據他叫「老彭」。她姓高，單名一個「喜」字，這名字是她父母給她取的。她那個不苟言笑、食古不化、莫測高深、四眼田雞的教授父母對他們這個女兒沒有別的期望，就是希望她能夠歡歡喜喜苟度一生。董丹點點頭，笑了。她繼續說，她並不奇怪他除了「老彭」以外還有別的名字。因為每個人都有筆名，否則誰敢在報上寫那些具有爭議性、挑釁又挖苦的文章呢？她給自己取了一個筆名叫「高深」，專門用來寫一些批評時下宴會飲宴與送禮鋪張浪費文化的文章。她擔心如果這些文章用真名發表的話，她就收不到這些宴會的邀請了。董丹更加會意地點頭，笑得也自在了。搞不好就是她冒用了他的假公司名片？她說給自己取「高深」這個名字是想要開她父母的玩笑。高深、高深、莫測高深，他們就喜歡擺出這種樣子。

她話中的多用字，董丹都沒聽過，至少有三個地方他沒聽懂。

她打開名片夾，掏出了其中一張。那正是幾個月以前，他用的那種名片。上面有著他已經報廢的假名「老彭」。這張卡片剛剛也在登記處出現，不知被哪個神祕的同行盜用了。難不成這麼多人都合謀要埋伏他，而他唯一小小的野心就是來混一頓吃的呀！

「妳肯定認錯人了。」他說。

「少扯淡了。」

高喜（或高深）的嗓門讓旁邊在抽菸的傢伙差點給煙嗆著。

「別以為我記性不好！我欣賞的人我怎麼會搞錯。」她說。

董丹望著她，不確定她用「欣賞」兩個字跟字典上所說的標準用法是不是相同。她有些男孩子氣，擦了深紅色口紅的那張嘴跟她那張蒼黃的小臉實在不搭調。

「我欣賞你就因為你不像其他那些傢伙那樣，矯情。」她朝向他伸出手，看他猛眨眼睛，這才勾勾手指頭說：「給根菸吧？」他掏出他的香菸，拿了一根給她。才抽一口，她就來打量菸盒的牌子，面露要作嘔的樣子，很快就把菸給熄了。董丹看著她把菸丟進了垃圾桶。

「你這叫蚊香吧。」她指指垃圾桶。「還是你拿它來作燻魚？高中生鬼抽的最便宜的菸也沒這麼差。」

「你在哪個媒體工作？」他問，等著名片交換。

「我是自由撰稿人。」她說，遞給他一張名片。

他點點頭。「自由撰稿人」是甚麼鬼東西？接著她又跟他提起很多她寫過的文章，希望他會對這些文章有一點印象。他點頭點得更殷切，好像他真記得似的。接著她又說，那天看見他和陳洋在一起，她本想過來跟他聊聊。她斷定他倆一定是好朋友。她問董丹能不能介紹陳洋給她認識。董丹還來不及否認，她已經接著說他不必裝蒜，從他們倆的甘肅口音，她早就猜出來他們是朋友。別擔心，她說她不會把大師的地址或電話給洩露出去。

「對不起，我得走了。」董丹瞄了一下他的手錶。

「想趕在別人之前發這則新聞稿呀？」高喜不知從哪裡就抽出了一張紙。「我早就幫你準備好了。這些記者會呀都是千篇一律，寫過一篇以後，只要把上面的名字改一改，甚麼時候都可以照用。」她那張玩世不恭的臉上，唯有一雙眼睛是天真無邪的。「你可以拿這篇去放在你的網路媒體上，我不會告你剽竊的。然後你就把陳洋的電話告訴我。這個交易你覺得怎麼樣？」

「我真不認識他。」

「得了，別裝了。」

「他的畫，我根本不懂……」

「誰都不懂。」

「我的意思是……」

「我知道你得保護他的隱私，所以我就說嘛，你這個人看起來很正直。」她那塗了深色唇膏的嘴角扯了一下，那笑容看起來有點不太友善。

董丹猶豫了。他真想立刻走人，找個藉口把她甩開。可是，他必須要找出另外那一個混吃混喝的傢伙，步步監視，在他毀了自己之前先下手。

「成交還是不成？」高喜進一步逼問。

有人一直在喊你那個已經不敢再用的假名，實在是一件不安全的事。更別提你那個根本不存在的公司，現在還多了一個職員，那就更危險了。

「我跟你說，陳大師最近人不舒服，他不想被打擾。」董丹希望他的謊能讓他暫時度過難關。

「這我知道。報紙上說，他兩天前住進醫院了。我就是想知道他究竟是被送進了哪個醫院。」

原來老傢伙是真病了。大概除了他董丹，每個人都聽說了。

「你把他醫院的電話給我嘛，這篇新聞稿就是你的啦。」

他搖搖頭。

「要不，再附帶贈送腳底按摩？」她兩隻手交叉在胸前，向董丹又靠近了一步。「你想找甚麼樣的女孩？我幫你挑北京最好的。她一定會好好地服侍你那一雙腳，要服侍你身上任何其他地方也成。任何地方。只要你一聲吩咐。」她的提議開門見山，毫不遮掩。「你再加點錢的話，還可以帶出場。八十到一百塊就成。我擔保她沒性病，而且還自備保險套。」

董丹現在已無異於一隻被捕的野獸，只要能脫逃，他做得出任何事情。他在高喜給他的紙上寫了一個號碼，當然又是他隨手捏造的。至於這樣做的後果如何，以後再說吧。

宴席間，董丹發現高喜已經消失，鬆了口氣。他本來一直沒有胃口，這時總算有一道菜引起了他的興趣。胖嘟嘟的服務生端來了一個長方形的盤子，上面放了二十個巨大的海螺。服務生告訴大家這道菜的名字叫作「山海會」，發明這道菜的是一個女廚師，可是在全國的烹飪比賽中拿過冠軍的。服務生傳給每個人一個玩具似的小榔頭，還有一塊金屬的板子。他跟大家解釋，這些都是為了待會要吃這道菜用的。首先，你必須要先把海螺肉從殼裡頭挑出來，然後把它們給敲碎了，混進細嫩的小牛肉以及新鮮的野菇。然後加上佐料、特製的配方，放在板子上，用筷子壓敲拌，好打斷肉的纖維吃起來才柔嫩，最後再把這些混好的肉一併再塞回螺殼裡。服務生先示範如何用小槌子把螺殼敲開。桌上的每一個客人都全神貫注的學著他的步驟。從敲開了口的殼裡，挑出一條彎曲鮮美的螺肉，形狀還真像蝸牛。

董丹看見簽名登記處那個黃頭髮女孩朝他走了過來。她問董丹，你剛才要找的那個人見著了沒？沒有，我沒見到。怎麼可能？她跟他說，她跟那個人說了董丹在找他，她還把董丹的名片給了那人，跟他形容了董丹長甚麼樣子。董丹問，對方是個中年男人嗎？看不出年紀耶。女孩打量了每一個桌上的臉孔，對不起，她現在也找不著他了，說不定已經走了。有些記者是不留下來吃酒席的，因為他們還有別的場子要趕，這樣多賺一份車馬費囉，她說。

混帳、寄生蟲、小偷。董丹的創業心血和智慧財產都教這個人給偷了。知道董丹在找他，他當然要先開溜。他怕撞見董丹的程度遠大於董丹擔心被他識破。這樣子一分析，董丹感覺放心了些。桌上那道海螺肉大餐令他的眼光一直不捨得移開，想到他沒法兒和小梅一起品嚐這道菜，他就覺得痛心。

等到桌上其他客人都走了，他一個人留下來，抓起了一塊餐巾，把一顆海螺給包進去。

董丹才剛要上樓，就已經聽見小梅在喊他。一抬眼就從鐵欄杆的縫隙裡瞧見了小梅的臉。她說有人打電話來找他。誰呀？不知道甚麼人撥咱們二樓公用電話的號碼，說是要找他。董丹明白了，那個號碼曾經印在他的舊名片上。小梅說電話鈴一直響一直響，幾乎把他們整棟樓裡正在睡午覺的人全吵醒了，所以她只好下樓來接電話。對方是個女的。

「她跟妳講甚麼？」

「她問我是誰。」

「妳怎麼說？」

「我就說：那妳又是誰啊？」

「結果呢？」

結果是，兩個人都摔了對方的電話。

高喜。一定是那個煩人的女人。鐵定是已經試過董丹杜撰出來的那個號碼，沒找到陳洋。

他三步併兩步趕忙就下樓去，到了二樓看見擱在水泥地上落滿灰塵的那座公用電話，抓起話筒，立刻撥電話給高喜。他深吸一口，聽著電話鈴在那一端響了一聲、兩聲、三聲……

「哈囉！」

「對不起，高小姐……」

「等五分鐘再打來。」她說完就把電話給掛了。

他等了她十分鐘。

「再給我五分鐘，OK？」她說。然後，他就聽見的是電話答錄機裡頭的留言：「我現在不能說話。我正在寫作。」

他只好站在原地，抱著電話機繼續地等，決定過十五分鐘之後再撥一次。他抬頭看見小梅正在望著他。他做個手勢，她馬上跟下樓梯。她在嫉妒高喜嗎？看來她是。但是她真的沒甚麼好需要擔心的。為甚麼？董丹笑了。自尊心作祟，他從未當著妻子的面承認，可是沒有了她，他還真不知道怎麼辦，恐怕連睡覺都成問題。常常夜裡，董丹翻來覆去睡不著，急得就像是等公車遲遲不來，他要去的一個重要的酒宴就要來不及了，晚了就進不了場。這種時候，他只要聽到身邊小梅的呼吸聲，那樣均勻、柔和、規律的鼾聲才會讓他稍感平靜。他相信這世界上找不到第二個人有小梅那樣子放鬆而又平靜的氣息，只有活得完全與世無爭、心安理得、不貪也不求的人才會有這樣子的呼吸。他只要隨著她呼吸的節奏，慢慢調整他的吐氣吸氣，直到跟她的節奏一致，他心中的焦慮也就慢慢地抹平了。最後他總能夠在小梅如同搖籃曲般的鼾聲中進入夢鄉。

待他把與這個高喜相識的來龍去脈跟小梅交代清楚了，小梅這才放了心，半帶撒嬌地朝董丹的肩膀上捏了一把。

又過了五分鐘，董丹拿出高喜的名片，指著上面的電話號碼跟小梅說，讓她來撥號。他教她開口先說：「你好，這裡是某某網路媒體公司，我是董丹的祕書，請問高小姐在嗎？」在董丹的指正與調教下，小梅一次一次地練習，董丹站在她身邊看著她的側影，聽她像孩子般認真地練習著每一個字。他要求她說「高小姐，請稍等，讓我把電話轉給董先生」的時候，下巴要縮進去，儘量把嘴型壓扁。他對於她的進步點頭表示滿意，並解釋說，這樣子她的聲音聽起來才會比較低沉成熟，比較不帶感情，這樣對方就聽不出來，對罵「妳又是甚麼人」的就是她。

電話這時突然響起，把他們倆都嚇了一跳。不約而同倒退一步，盯著那鈴鈴作響的電話卻沒人要去接。在這座一向死沉、灰撲撲的樓裡，那鈴聲聽來格外刺耳。他朝小梅使個眼色，要她去拿起聽筒。她卻只顧著笑，害臊了起來，彷彿真是剛在大老闆的手下做事的新手，接著整個人就僵在那兒了。董丹只好一把抓起話筒，手心緊張得直冒汗。

「喂……」

「道歉也沒用。」高喜說。「你給我的那個電話號碼，我撥了一萬多遍。剛開始我還以為是其中哪個號碼寫錯了，所以我試著用不同的組合一直不停地撥。我能試的組合我都打過了，我真想罵你王八蛋。不過，你這個王八蛋這麼做是為了保護陳洋，所以我還是能理解的。」

就在這時候樓下廠房的機器又動工了。這可是好長一段日子以來，工廠第一次又有了訂單。住在他們廠房裡的這一些居民對這個噪音倒是挺歡迎的，因為一有噪音，表示工廠就會有錢把積欠給正式員工，甚至下崗員工的薪資付清。因為這噪音，近來他們睡得更安穩，胃口也變好了。

「甚麼東西那麼吵？」高喜問。

他用手捂住嘴巴以及話筒，跟她解釋因為他剛剛把窗子打開了，窗子外面就是大街，車水馬龍。這樣噪音有沒有小一點？他把手裡的話筒抓得更緊了。

好多了。她說她沒想到他能寫出那樣一篇文章。甚麼文章？就是關於陳洋在孔雀大餐宴席上發飆的那一篇文章啊！可是她怎麼會讀到這一篇東西？這篇東西還沒有被發表出來呀？這你別管。她有很多祕密管道讓她可以讀到這些還未被發表的文章。好東西通常都是不發表的。說完，她哈哈大笑。她從塗了深紅口紅嘴裡發出的笑聲震得董丹的耳朵發麻。他皺皺眉，把聽筒拿遠了一點。機器的隆隆聲暫時把他與她隔開了。

小梅在一旁瞪著眼睛。

高喜繼續說，能讀到像他這樣的東西很讓人振奮，一點也不造作，十分與眾不同，完全不像其他千篇一律，像洗過腦似的新聞報導。而且這文章誠實客觀。當然有些地方還可以再修一修，有些錯字需要改，不過這不重要。重要的是，文章給人新鮮感，只有以一個孩子不帶成見的眼睛去看世界，才能給人這樣的新鮮感。

陽光從破了的玻璃窗裡射進來，照著董丹額頭上一顆顆的汗珠。小梅看到了，伸手就過去幫他擦汗。董丹回報一個微笑。這座水泥造的建築物，每到下午就熱不透氣。現在加上樓下開動的機器助陣，更是熱死人。

「妳到底是從哪兒看到我的文章的？」董丹問。幾天前他才把文章投給了某雜誌，純粹只是為了試試運氣。

對於他的問題，她避而不答，轉而繼續稱讚他文章裡頭的許多描寫，關於在場的來賓，關於服務生們的制服、他們上菜的方式，以及餐桌的擺設、宴會廳裡的裝潢，甚至他還注意到像是桌上盆景裡的花都是假花這種細節。當然還有對菜餚的描寫。尤其用香菇排成孔雀開屏的那道開胃菜，真是栩栩如生、活色生香。每一道菜在他的筆下都彷彿成了一件藝術品。

她尤其讚賞他如何將整篇文章推到了它的高潮。事前完全不留伏筆，卻也一點不像是刻意的設計，那種直率天真反而讓人覺得境界更高。

董丹很驚訝，他自己都不知道自己在寫甚麼，她卻能夠讀出這麼多東西。經她這麼一說，董丹都被自己的文章給啟發了。

「所以陳洋把那一道孔雀肉給砸了，真是讓人覺得震撼……」

「他沒有砸那道菜，他是掀了桌子。」

「好，不是砸的。他把那道菜丟向裝模作樣的主人身上……」

「不對。他沒有把那道菜丟在對方身上。是不知怎麼著那道菜就落在對方的膝蓋上了。陳大師他——」

「你讓我說完。」她說。

她對他文章的稱讚並沒有到此打住。董丹看看小梅，她雖然一個字也聽不到，還是目不轉睛地豎著耳朵。

「我看這麼著吧，明天我有空，我就到你公司來，咱們討論討論，看怎麼把這篇文章發展成一篇陳洋的人物特寫。這樣一來，他對於自然生態保育這些議題的想法也可以被聽見。我聽說他這個人最不喜歡酒席的大魚大肉，反而喜歡清淡的小吃，他最看不起的就是那些好吃的人。」

董丹心想，那是因為他吃得起，所以他才不稀罕。

「你那篇東西如果加以好好潤飾一番，會成為一篇非常精彩的文章。我們可以讓它變得更強而有力。老實說，現在讀起來還是有一點生澀。」她說道。「明天上午十點，我過來。你們那附近好停車嗎？」

這下他慌了。

「明天上午，我會在外頭跑。」

「那就從外面忙回來之後，我再到你的辦公室跟你碰面。我的時間很有彈性的。」

他沒有退路了。他求救似地望望小梅。小梅只是好奇著瞪著眼睛。看見那表情，董丹的緊張情緒稍稍緩和了些。

「我在大廳裡等妳。」他說。

「成。」

找間咖啡店，把她帶過去，就藉故說他們辦公室裡太吵太亂，正在修水管，或者搬家甚麼的。一杯咖啡得多少錢？萬一那附近沒有咖啡店呢？萬一她早早就到了，發現他名片上的那個住址根本不是甚麼網路媒體公司呢？

這晚上他睡得很不安穩。一大清早爬起來了準備赴約時，他發現竟然他的褲子口袋上出現了一個醜陋的破洞。昨晚，褲子遭老鼠咬了。那老鼠咬破了口袋，還咬穿了口袋裡的餐巾，為的是早已經被他忘記的那顆被他包回來的海螺。好一隻大惡鼠有這樣尖利的牙，甚至連海螺這麼堅硬的殼都差點給牠咬穿了。他們這建築物裡的老鼠平日只聞過麵條、饅頭的味道，哪裡聞過這樣子的鮮味！可惜現在小梅嚐不到海螺了。小梅光著腿、瞇著眼睛，跳下床來想幫董丹另外找條褲子。可他除了這條之外，就沒別的褲子見得了人。小梅把褲袋的布料剪下來一塊作成了補丁。他只好穿褲子的時候，把襯衫尾巴放在外面，遮住那塊破了的地方。

謝天謝地，在他宣稱的辦公室一條街之外，果真有一家咖啡廳。董丹早把價錢打聽過了。一杯最普通的咖啡就要二十塊，兩個人就要花上四十塊。他得為待會兒不點咖啡先演練好藉口，就說他對那玩意兒過敏、說他的胃吃不消，這樣他就只需要付高喜一杯咖啡的錢。

十二點整，高喜準時在大廳出現了。

「我從不喝咖啡。」聽見他提議上咖啡店，她卻是這樣反應。「也許我的不良嗜好不少，但咖啡是例外。」事先的掙扎和打的腹稿這樣一來全派不上用場了。他提議請她去餐廳。幹嘛?餓了嗎?她說她不餓。像他們這樣吃慣山珍海味的人,怎麼可能隨便去一個餐廳,吃那些粗製濫造、衛生可疑的東西?再說,她下午有一場會要跑,到時候就可以大吃一頓了。自從她作了自由撰稿的記者後,她從來不必花錢上館子,也不必買菜做飯。

她邊說邊領著他過街,穿過了好幾條馬路,然後推開了一扇玻璃門,走進一家招牌上寫著「綠樹林俱樂部」的地方。高喜跟董丹說,在這兒他們可以被免費招待一頓茶點,而且沒人打擾。原來她對他辦公室周圍的環境瞭若指掌。進了門,那裡頭燈光昏暗,見不到一個人影。董丹納悶,這地方已經關門大吉了不成?兩個人的腳步聲迴響在一條空空的長廊上,長廊的兩側各是一排房間,門對著門,每一個門上還掛著一個小牌子,上面寫著「按摩室」。甬道愈走愈昏暗,空氣也愈來愈差,一股奇怪的霉味混合著酒精、殘羹剩飯,還有橫七豎八許多人的體臭,是一種永遠見不到天日的地方特有的味道。

高喜同董丹解釋,這些小房間也充當按摩小姐的宿舍。說著便聽見有人在身後喊他們。

「是高小姐嗎?」走廊入口處的一間按摩室裡探出了一個睡眼惺忪的男人。

「朱經理,午安。」高喜轉過身來對他笑了起來。

「現在幾點了?」朱經理問。

「下午十二點四十五分，北京時間。不過我不知道你們這地方過的是哪一國時間？」高喜道。

「我們過的是巴黎時間。」那位經理呵呵笑了起來。他隨手披上了一件西裝上衣走了出來，底下穿的還是睡褲。

「看來你們昨晚生意很好。小姐們現在都睡死了。」高喜說。

「昨天有一團臺灣來的觀光客。」

朱老闆敲了敲旁邊的某個房門，朝裡喊了一個女孩的名字。

「又是一幫色瞇瞇的臺胞。覺得操了這裡的小姐就等於光復了祖國。」高喜的嘴巴夠利。

朱老闆立刻要她小聲點，「這個妳可不會寫在妳的文章裡吧？」

「等抓住確鑿證據我才會寫。」

「這位是……？」經理看著董丹，等著高喜為他們介紹。

「這傢伙寫起文章來比我還不留情。」高喜道。「他可以隨便寫一篇，就叫你從此沒得混。」

朱經理把董丹又重新打量了一番。「有甚麼我可以效勞的地方，您儘管說。」他邊說就從睡衣口袋裡掏出了他的名片。

這個人連在睡覺的時候還不忘生意，這讓董丹開了眼界。

朱經理把走廊上每個房間的門都敲了一遍，喊大家起床，但是沒一個房間有動靜。朱經理轉向高喜說：「那妳自個兒挑個房間，我馬上把茶送過來。」

董丹讓高喜領著來到了樓梯口，兩人又往下走了一層，氣味更重了，還多了一股草藥精油的氣味。

「妳怎麼受得了這味道？」董丹問道。

「甚麼味道？」

董丹不說話了，努力地屏住氣息，改用嘴巴呼吸。他以前不知道，對氣味的敏感自己有過人之處。高喜推開了一個房間的門，一進去才發現裡頭的躺椅上睡滿了男人。董丹看得出來，這樓下的房間是男服務生的宿舍。高喜告訴他，這些男服務生專為女客做腳底按摩，採陽補陰，有助於增強她們的性活力。

他們終於找到一間有兩張空躺椅的房間。

「你這人挺狡猾的。」高喜說。

「我？」她在說甚麼？

「你那篇文章裡用的是像孩子一般天真無邪的觀點，討論的卻是陳洋的自大狂這樣嚴肅問題。讀者們當然讀得出來，老先生那天的自我受到了打擊，可是他還是一個慾望機能強烈的人，立刻不甘勢弱。」

甚麼叫作「自我」？甚麼是「慾望機能」？董丹又想問，又怕這樣一來洩露了他不過只是個中學輟學生的水平。茶點送到了。高喜繼續討論他的那篇文章，說她同意，他對於老先生那一天因為年輕女畫家受到了比他還多的注意，心裡有點酸葡萄。讓他發火的其實不光只是那一道孔雀肉，更讓他生氣的是那年輕女孩，是那天在場的觀眾，還有宴會的主人。

「就算他是酸葡萄，我們依然可以用它作為一個話題，藉此來討論一下環保的議題，看一看我們的人是多麼的野蠻。」高喜掏出一根香菸來點了火，之後就把點燃的香菸交給董丹。香菸的濾嘴上沾了淡淡一輪她深紅色的唇印，董丹把菸放進自己嘴裡時，不自主感覺到小腹下方一陣神祕的騷動。

「你一定要帶我去見陳洋。」

吐著煙，董丹心不在焉地望著前方。他漸漸有點懂得了自大狂指的是甚麼，但是這句話用在老藝術家身上，讓他感到有些不悅，可他也說不上來甚麼原因。

「討論這些議題，我們可要小心，因為搞不好就會同時激怒官方，在老百姓那兒也不討好。可是，如果我們單從陳洋拒吃孔雀肉這件事情做文章，我們其實要表達的觀點就夠清楚了。介紹我給他認識。我相信他一定還有更多的話要說。我相信他會跟我們配合。因為他也想要引起大眾的注意。然後我找一家重要的報紙，把它登在顯眼的版面，這可是一個會讓國際媒體都注意的標題。」

贏得注意，這不也是她要的？董丹抓了抓他已經一個禮拜沒刮的下巴，鬍渣摩挲的聲音像是野草。為了忙著寫那篇文章，他沒注意到這些事。她在等他的反應，那壓迫感比這屋裡難聞的氣味更難受。

他說老畫家要他承諾過，絕對不把他的電話號碼給任何人。那你就帶我去他住的地方，好嗎？這怎麼可以？你不肯，這太可惜了，否則你將會成為最出名的自由撰稿記者。原來「自由撰稿」是這個意思。自由撰稿人不需要有一個公司，也不需要有老闆，甚至也不需要辦公室。他連捏造都不必要。現在董丹的腦袋已經被「自由撰稿」這四個字給佔滿。高喜在他面前繼續地比手劃腳說她的，可他連一個字也沒聽進去。

「你只要把我帶到陳洋的門口，你就可以離開。我自己想辦法進去自我介紹。這個主意聽起來怎麼樣？」高喜還不放棄勸說，完全沒注意董丹並沒有在聽。

自由撰稿人。妙招！一切都解決了！這樣一來，那個在暗處神祕的模仿者就可以被他擺脫了。

不需要整天擔心受怕，他可以去印一疊上面印著「自由撰稿記者」的新名片，繼續地去一家一家的吃酒席。在酒席上，他可以泰然自若，吃得心安理得。其實他想要的也就不過是吃點好的，賺點小錢，把它們存起來，等錢存夠了，買一間有真正的浴室、馬桶的小公寓，然後換一套不虐待他屁股的像樣沙發，如此而已。

「你的那篇文章，我會好好幫你修改，就當作是答謝。等你那篇文章登出來之後，你在新聞界可就大大出名了……」

不知甚麼時候跑出來一個女孩，高喜正同她說話。那女孩穿著一件白色袍子，中間繫了條腰帶，想必是他剛剛胡思亂想的時候進來的。那女孩一手拎著一桶熱水，另一手捧著一個臉盆，微笑著向他走過來。董丹聞得見那女孩身上有一種裹了睡衣、棉被睡了一夜之後的氣味。那氣味聞起來像是溫甜的牛奶，突然他的思緒一陣空白。

「第一次來嗎？先生。」那女孩說話帶了很重的南方口音，看起來頂多十九或二十出頭。

「嗯。」他說。

董丹看看她，又轉向高喜。

「先生想要甚麼樣的服務呢？」

「別害羞，我馬上走。」高喜說，塗了黑黑眼線的眼裡泛起了一種皮條客似的狎笑。

董丹一時還弄不清楚到底發生甚麼事，那女孩已經一屁股在他面前的一個小矮凳上坐下，把幾根散落面前的頭髮往耳後一撩。

「妳要幹甚麼？」他問。

「給您做腳底按摩。」女孩回答，一邊興味地打量他，那意思是她從來沒看過有像他這麼沒見過世面的記者。

董丹又把腳放回了矮凳上，同時看了高喜一眼。高喜朝他眨了眨眼。

「您想要怎麼做？先生。」女孩問道。「用藥草，還是水晶泥？」

「給這位記者先生用水晶泥。」高喜說完就對董丹解釋。「這玩意兒是從西藏來的，西藏人總有一堆神祕配方讓你瞬間感覺元氣大增。」

高喜順手把剩下的菸拈熄在煙灰缸裡，起身離去前又朝著董丹意味深長地笑了笑。這可不是單純的「按摩」，董丹漸漸有點明瞭了，按摩之後還會有別的。他聽過其他的記者們聊起過這個服務行業，總是先從正派的腳底按摩開始，接下來就讓人情不自禁了。

「水晶泥現在挺流行的。」女孩同董丹解釋著，一邊在塑膠盆裡頭墊上一張塑膠紙。女孩說用來防細菌的。董丹心想，就像是給腳穿上了保險套。她在套了保險套的盆裡倒進熱漿，一邊加一邊用手在裡頭慢慢地攪動。董丹從她V字型的領口看見，裡頭那一對青春飽滿的乳房。她坐在小凳上開始幫他解開鞋帶，脫去襪子。赤裸裸的一雙腳沒處藏，他不懂怎麼覺得像是私密部位洩了光？董丹突然一個哆嗦把腳從女孩的手中抽回，力量太猛，讓他一下子失了平衡，整個人往後栽，椅子頓時應聲放平了。這種椅子想必是為「全套服務」特別設計的。到了終了，看見帳單才會發現所費不貲，這種事情，董丹早就從別的記者那兒聽來過。

「你知道我為甚麼喜歡你這個人嗎？」高喜已經走到了門邊。「因為這年頭上這兒來還會害羞的男人，真是少見。」

「妳要去哪裡？」董丹問道。

「我去跟朋友借個錄音機。他的辦公室就在附近。待會兒我們去採訪陳洋，他說的每個字都得記錄在案。」

就在董丹忙著構想他自由撰稿人的新身分時，高喜想必覺得他默許了這樣的交換條件。

「我沒多少時間。」董丹揚揚手腕上的錶。

「兩個小時夠不夠？」高喜問那女孩。

女孩點點頭。

「可是，高喜，我……」

「等我待會兒回來，你一定感覺煥然一新、精力充沛，就像年輕小伙子一樣。」她最後用她塗了深紅口紅的雙唇送出了一個標準西式的飛吻。「別擔心帳單，老闆請客。」

高喜的腳步聲才剛離去，董丹就想怎麼樣立刻從這地方逃走，從女孩那一雙如海草輕撫著他的雙腳的手裡抽腿。女孩的十指柔軟靈活，更像是章魚的長長的觸角，最終會把你纏繞在那致命的圈套裡。他感覺那纏繞的力道愈來愈強，他的一雙腳已經被完全俘虜。趁他整個身體沒被纏繞進去之前，他得迅速離開，可是他卻無法動彈。他的腳已經在她的手裡融化了。沒了腳，連他的整個身體也都像是消失了。他不能等到高喜回來要他兌現他們的交換條件。但是他卻已經被一種他從未經歷過的慵懶與放縱所控制。全是由於他那雙腳與女孩那雙手之間的親密接觸。

想必是女孩先起的話題，董丹跟著應答，而他卻完全記不得對話的內容。他一定問了一些像是妳老家在哪、甚麼時候離開的這一類的問題，因為女孩已經向他敘述起自己的身世。她是從四川鄉下來的，十六歲那年離開家鄉，跑到北京來投奔姐姐。那是三年以前。想念妳的父母嗎？這個嘛？每兩個月她都會寄錢給他們。

她又在盆裡加了些熱的藥湯。

妳每天晚上都幾點上床睡覺？不一定。通常大概六點。傍晚六點？不，清晨六點。她呵呵笑了，露出一嘴參差不整齊的細小牙齒。那她每天只能睡五個小時，有時候才四個小時，不過她已經習慣了。不睡覺的時候她都做些甚麼呢？工作。二十四小時不停地工作？唉，究竟工作幾小時，誰有數兒呀？

她溫柔地搓捏著他的腳，那股體點勁兒讓董丹都快招架不住了，暗地倒抽一口氣。

喜歡這份工作嗎？她雖不回答，可是他明白她並不。會再找份別的工作嗎？不確定。她並沒有任何其他的技能。幹妳們這行也要有特殊訓練？當然啦。她得去學校上課。正式上過學嗎？有呀，職業學校，念的是旅遊科。名稱挺好聽的，對吧？

董丹刻意做出不經心的樣子繼續著談話。事實上，他感覺越發舒展，兩個鼻孔都放鬆了，緩緩噴氣。

記者先生們都有大學的碩士學位吧？

董丹笑了笑。她還真把他當成了知識分子。她的一雙手移到了他的腳掌中心，拇指用力壓下去，壓到了一個他以前從來不知道的敏感地帶。他發出呻吟。

痛的話得跟她說。他會的。現在感覺怎樣？還好。再使點勁兒？可以。會不會太重了？不會。……噢。不。會……

他感覺四肢沉重，意識飄飄然。她的聲音像是從遠方飄來，他聽見她叫他抬腳，她得多加一點水晶泥。這一切都像是在夢裡，雖然他費勁兒想回答，卻發不出聲。她的那一雙手又上來了，舉起他的腳，將它們放在她的膝頭，她好在盆裡多加些熱漿。他的腳現在碰觸著她那酥軟的一對乳房。

從門外走廊那一頭傳來微弱的水流聲，是有人在小便，接著沖水。水管咕咕發出流洩之聲。

他把腳放回了熱漿裡，禁不住就發出一聲低號。水的溫熱鑽進了他的皮膚，流進了他的血液。她一雙手的愛撫讓他全身更加感覺溫暖。一時間，董丹幾乎忘了這僅僅是一雙男人的腳和一雙女人的手，彷彿那是兩個獨立的生命個體，有自己的血肉和靈魂，交纏廝磨，兩小無猜。隨著她的手更進一步的尋到了他敏感深處，他呻吟得也愈來愈大聲，感覺她的手指在他的腳掌心深處做眉批一般的移動，一行行、一段段，彷彿將他的癢、他的痛、他的苦、他的累都一行行圈點了出來。他這雙腳這輩子可沒享過這樣的福。他跟小梅之間都不曾有過這樣奇異不可說的親密感。他已經激情勃發了。

他也知道女孩查察到了。她紅了臉，垂下頭。他真的得開溜。

「糟糕，我得趕去參加一個會議。」董丹說。兩個肘關節企圖使力撐起身子，但是他的內裡有一個更強大的力量把他壓了回去。「我差點都忘了。」

「那我動作快一點。」女孩說道。

「我已經晚了。」他說。可他怎麼就起不了身。

「再有五分鐘就好……」她說，在他的膝頭輕壓了一下。

他立刻反彈，從水裡抽回了腳，用力之猛差點讓女孩從小凳子上跌下來。這太粗魯了，可沒辦法。他管不了這麼多了。他找到了他的鞋襪，轉頭發現女孩掉下了眼淚。

「對不起。」他說。他是說真的。

女孩只是把她的臉轉開。

女孩無聲地啜泣著。他一切都看在眼裡。

「妳讓我舒服得忘了時間，我把會議的事全忘了。」

他也知道他擠出的笑臉不怎麼好看。女孩哭到鼻塞，用力地吸氣。他從褲子口袋裡想掏出手帕來給她擦擦。

她忽然就破涕為笑，原來他掏出的是一張油膩膩的餐巾，中間還破了一個大洞。

真孩子氣。

「下回見。」他說，慢吞吞走向門口。

「還下回呢。」她衝著他背影會了一句。他轉過身，女孩的美麗讓他一震。

她嘟起嘴。「如果我是你，我也不會再來了。我讓你覺得頂無聊吧，聽我講無聊的生活，服務又差。」她說。

「你的服務很好。」

「好什麼？」她望著他。她濕濡的睫毛上掛著淚珠。「我連開始都還沒開始呢！」

還沒開始？他望著女孩，對她那雙酥胸的印象又浮現了上來。女孩離家三千公里，來到這裡向躺在椅子上的任何人展示她的酥胸，把展示得來的錢寄回老家給父母，就像他寄回家的錢也是靠他冒著危險，像隻蟲子一樣混進酒宴賺來的。蟲子指不定甚麼時候就給人捏死了。眼看著某個不知名的混蛋正在冒用他的技倆，還加上那個愛塗深紅口紅的高喜，成天想要跟他套一些他根本沒有的「關係」，他只不過就是想安安靜靜地白吃白喝啊。

「妳叫甚麼名字？」董丹問道。

「我在店裡排第十。都叫我老十。」她回答道。

他點了點頭，感覺眼眶一陣酸熱。她當然不會對一個「記者」說出她的真名。

「能不能幫我個忙？」她問道。

他注視著她。這會兒她求他甚麼事他都會答應。

「能不能麻煩你跟我的老闆說一聲，你很滿意我的服務。」她說。

這一切為的不過竟然是——貴賓背書的業績。

他出去作「採訪」的時候，有人打電話找他。小梅等在工廠外邊，一見到董丹就這麼告訴他。這回是個男的。她一邊跟他說話，一邊握著一把扁細的小刀幹活，在修鞋子的橡皮底。修一雙五分錢，就是把機器作出來的鞋子四周不整齊的地方修齊。那男人嗓門好大，小梅跟董丹說。聽起來像是中學的體育老師。他說了些甚麼？噢，他問了一堆問題。有甚麼好問的？問董丹的公司和他的工作；問她是不是董丹的祕書；董丹是不是老闆。

董丹停下步子。

「那妳怎麼跟他說的？」

「我就問，你是警察嗎？」

「然後呢？」

「他就說，我是警察他爹。然後我就說，你是警察的爹，我就是警察他祖奶奶。」

「妳在跟我開玩笑吧？」

「誰開玩笑？」

他繼續往前走。完蛋了。有人開始調查他了。

「妳記下他的電話號碼了嗎？」

「沒有。」

他進了屋，看見房間角落堆了一箱一箱的礦泉水。小梅有時候會跟鄰居們到交通繁忙的地段賣礦泉水給司機們。他們兜售的東西還有地圖、廉價太陽眼鏡、擋風玻璃用的隔熱板，還有像是車座椅上的草蓆墊。夏天生意好的時候，他們一天賺個幾塊錢沒問題。可到了冬天，他們常常背了一大箱的貨品對著緊閉的車窗玻璃，叫賣幾個小時也賣不出一樣。為了生活，她甚麼錢都賺。

「他說他還會再打來。」小梅道。「他還問咱們家的地址和門牌號碼……」

「妳跟他說了嗎？」

「自從高速公路打門前過，咱們這兒哪有甚麼街名和門牌號碼。」

「所以妳沒跟他說？」

「當然沒說。」

董丹立刻趕到附近的印刷店，重新印製了他的名片。不到一個鐘頭，東西就印好了。遞出名片，從今以後，他就是自由撰稿記者了，誰也不能說他不是。問他文章登在哪兒？噢，登在許多不同的報紙雜誌上。是用筆名發表的？那當然。誰會用真名給自己惹麻煩？惹來官方的注意？或是挑起了輿論的反感？

次日約莫中午，當他將新名片交給了報到處櫃檯的那位中年婦女，他從沒覺得這麼開心過。他甚至在報到處多逗留了會兒，跟周圍的一些女人談起最近的連續劇來。他對連續劇的知識全來自小梅。每天當他去吃宴席，她就在家準時的收看，一集也不漏。那一齣她忠實收看的連續劇被政府禁播後，她還曾大發雷霆。據說官方禁播這齣劇的理由是因為劇中出現了三角戀情，害怕這樣的故事會造成離婚與社會不安的問題。董丹和那群女人們也還真有得聊，聊完了連續劇聊房地產，聊完房地產聊如何送紅包取得養狗執照，接著又聊近來女大學生賣身下海，最後他們談起了今天這場記者會所為何來。今天的主題是如何促使政府對農民減稅減費。

「早該這麼做了。」董丹說道。「農民要繳的稅率是百分之十四，可他一年才賺多少？運氣好賺它個一千吧，這還沒有我們酒宴上的一道菜貴。」董丹點起一根香菸。「村裡的頭頭只想要討好上級。你看到大路邊蓋的那些新農舍，全是假的，就像是劇臺子上看見的布景，牆只塗了一面，而且都還不能近看。你要繞到房子後面，就穿幫了，全部就光是一面布景片，後頭藏的是破爛見不得人的茅草房。他們哪弄來的錢做這樣的布景？還不是農民繳的稅？」

「我怎麼聽說政府派出了許多稽查人員，到地方上去看看那些幹部是不是真的執行了農民減稅政策。」一名年輕的記者插話進來。

「這些稽查小組每到一個村上，」董丹說道，「村長就會跟農民說，喂喂，你們每家得繳些錢來好好招待上級同志們吃住。那些上級的同志們可不能住在你們那樣的破爛地方。他們可是為了要幫助你們少繳點稅才來村子上的。」董丹頭一揚，兩隻手交叉在背後，模仿起他們家鄉村裡的幹部那副嘴臉。「這些稽查小組的成員呀，從中央到省裡、到區裡、縣裡，啍，層層分布，人數可壯觀了。而且村長會告訴你，人家大老遠來，你們就讓人家吃粗茶淡飯嗎？至少得給人家四菜一湯的標準吧？如果他們住一個禮拜，你們家的蛋呀、雞呀，可就全部吃光了；如果他們住上一個月，包你破產。」

登記處的一群記者全圍了上來，觀賞董丹的表演。

「您經常下鄉做調研吧？」一個年輕的女人說道。

董丹笑了起來。他哪需要特別去任何地方，這些都是他自家父母的親身遭遇。

雖然被一群年輕的記者團團圍住，董丹還是看見了有人朝報到處的盤子裡丟了一張名片。那張名片跟董丹兩個月以前捏造的假名片一個樣兒。他抬起眼，只看見一個穿了卡其褲和休閒西裝的小矮個兒。這傢伙不僅剽竊了他的經營模式，他甚至還盜用了他的形象設計。感覺到董丹的眼光，那人抬起頭朝董丹示意微笑。那小矮個兒男人一副對自己剽竊了何人的智慧財產權毫無概念的樣子，難道他只不過是偶然看到董丹的名片，純然因為個人偏愛而模仿了起來？櫃檯人員要求小個兒簽名領取車馬費。只見他掏出了一枝老式耐用的鋼筆寫下了自己的名字。當他走進會議廳之後，董丹上來看到了那個簽名。他大吃一驚。那不是普通的簽名，運筆極富藝術造詣，顯然是出自一個書家之手。

記者會結束後，董丹從會議室到宴會廳一路跟蹤這個小個子男人。他看見他挑了靠邊門的桌子坐下來。董丹穿過人群就要走到他身邊時，對方起身走了出去，似乎不打算留下來吃飯。他拿了錢就走人，八成還要趕場去另一個會場再領另外一份車馬費。小個子對各地記者會的資料蒐集，顯然比董丹來得齊全。

到了大廳，董丹看到一隊人高馬大的外國旅客，只好停下來等他們通過。從人影的縫隙中，董丹看見小個子站在旋轉的玻璃門口招計程車。一部車在他面前停下，他看到了車窗玻璃上寫的計費表後，嫌貴又揮手讓車子開走。並不是個有錢人。搞不好他也是一個下崗工人，遠在窮鄉僻壤的父母正等著他寄錢回家。辛辛苦苦賺來的錢，他可不想浪費在計程車上。董丹倒是頗能認同他的精打細算。

午後一點，空調充足的酒店大門外，暑熱彷彿是某種看得見，有形的東西。陽光太烈，似乎使得對面的辦公大樓、飯店大樓、住家大樓的輪廓都淡化了。每回董丹進城來都會發現不知甚麼時候又一棟新的高樓拔地而起。小梅喜歡看摩天大樓，一看可以看上幾個小時。這是一座水泥叢林，讓董丹望而生畏。它的嶄新和鋒利給人難以親近的感覺。

小個子又招下了另一臺計程車，還是太貴。兩個年輕的門房站得一動不動，好像氣溫把他們給凝住了。這麼熱的天，小個子不想走到大街上叫車，只好繼續地希望有車子下客。可會來這樣豪華昂貴大飯店的乘客，坐的不會是廉價的計程車。

董丹現在離那小個子男人只有幾寸的距離。他打算朝對方說，喂，你也要趕下一場行程嗎？董丹現在學會用「行程」這個時髦的字眼來代替去吃酒宴或其他的活動。然後就是掏出他新的名片，自動朝對方亮一亮他的新發明，以宣示版權。他確定那小個子男人立刻就會明白了。雖然又矮又醜，但他看起來並不笨。或許董丹可以放下他的戒心，公開交換心得，分享這些日子以來穿梭各大酒宴的一些經驗，如此一來還能交流經驗，互補不足。這又有何不可呢？他們也許能夠成為朋友，甚至同行。董丹在心裡盤算著要如何開場，從此建立他們不尋常的同志關係。

一個全身背掛著各式裝備的攝影師，這時推門走了出來，拍了拍小個子男人的肩膀。

「我正找你呢。」那攝影師說，嗓門挺大，「我想問問，我拍的那些相片行不行？」

「你指的是登在《北京週刊》上的那些照片嗎?」

「是呀。」

「嗯……」

「他們打電話來跟我要照片,說是你那篇文章就要登了。那時候已經都晚上九點多了。」

「我聽說了。」

「他媽的發神經突然就要用照片了。」

「有什麼辦法?這些編輯們都這樣搞。我永遠弄不清他們的取捨標準。」

「我給了他們十張照片,最後他們挑了一張最看不出甚麼的。」

「他們也無奈。其他的九張,肯定上頭不讓用。對於領導們,只要沒有好事的記者去挖新聞,AIDS這檔事就根本不存在。」

董丹在一旁聽著,不自覺一張嘴傻張著老大。這小個子原來不是冒牌的記者。那攝影師有車,要送小個子一程。當他把車子開來的時候,小個子發現了董丹,招呼著邀他一起上車。他早就察覺到董丹在他身邊。他說他們可以載董丹回他住的地方。多謝,但是不麻煩了,只要把他載到下一個地鐵站就可以了。董丹腦中一片空白,跟著鑽進了車子的後座。

車子在蒸騰的熱氣中上了路。攝影師抱歉地說，空調壞了。車窗被搖了下來，熱風登時滾滾而入。天氣真是熱呀，小個子男人說道。是，真熱，董丹附和著，說這天氣熱得就像是炎炎夏日化成了一根滾燙的舌頭在舔他的臉。這個形容好，小個子男人誇獎他。觀察著小個子男人自信的手勢，大熱天中氣十足的嗓門，董丹企圖猜測在這個矮小醜陋的外表下，究竟藏了個甚麼人物。車在紅燈前停下，這時小個子男人手裡捏著張名片轉向董丹。名片是米黃色的，上頭配有褐色以及金色的圖飾，正與董丹六個月前用的完全相同，那家幽靈網路媒體公司是他一手炮製。現在看起來，董丹不僅偽造了那個公司，還造出了這小個子男人。可這件作品現在已經發展出了獨立的人格、身分——真正的記者身分。董丹幾乎想要大叫：「等一下，那間公司不是假的嗎？」話到了舌尖，董丹又吞了回去。

「我剛剛離開前一家公司，加入了這一間媒體。」小個子男人的解釋聽不出來一絲虛假。

「喔。」又一家幽靈公司？

對方又繼續問了董丹一些關於今天記者會的問題。董丹回答的時候雖然感覺是在對話，但是說了甚麼根本沒往心裡去。他一直企圖為這個情況找出一個合理的解釋。難不成是董丹在不知情的情況下，冒用了這個小個子男人的身分，而非小個子男人模仿了他？有沒有可能，這個小個子男人以一種神祕的感應方式把想法灌輸到董丹腦子裡，教會了他這一切？

「你呢？你是在哪家媒體？」

董丹遞出了自己的新名片。

「自由撰稿記者。這是我一直想做的。」小個子男人應道，臉上的笑容不像是作假。

董丹接著就擔心對方開始問他曾經發表過些甚麼，於是急著打起腹稿：這個嘛！我是用筆名發表過一些東西……

「你的名字，我好像看過。」小個子男人道。

「真的？」哼，才怪呢。

「我好像在哪兒見過一兩次。」

你這撒謊精。「你記性真好。」

「幹這行都得記性好。」

到了一個大型十字路口，董丹要那攝影師停下來讓他下車。董丹邊走向高樓的陰影裡，邊回頭再去看那一臺破舊的 Volkswagen 轎車。或許是他該停止混吃酒宴這行當，重新找一份工作的時候了。他脫了身上的外衣，低著頭走了一條街。到了地鐵的入口處，一陣冷氣向他撲來，他停下了步子，深吸了一口氣，做出了決定：等他帶小梅也去吃過一頓大餐後，他就洗手不幹。他不能讓小梅這一輩子都沒嚐過魚翅、海參，或是蟹爪。

工廠的會計室擠得水洩不通，所有下崗職工大排長龍，從四樓一直排到了樓下的院子裡，等著兌現他們手中的薪資券。工廠發不出現金，只好打白條，等到廠裡有資金進來才能兌換成真正的鈔票。董丹好不容易才從談笑的隊伍中殺出一條路，爬上了樓。這是幾個月來人們最快樂的一天。空氣裡盡是他們的汗酸味。一路忍受著那眾人濃重的體味，他終於穿過了狹窄的走廊來到了會計室的門口，四下尋找小梅。她中午就來幫董丹佔位置排隊了。

董丹找到小梅的時候，只見她坐在階梯上背靠著身後的水泥欄杆，手裡頭正忙著編一頂假髮，在肉色的、如人頭皮的半圓材料上，把頭髮一根根鉤織上去。她從一間專為電影或連續劇製作道具的公司包來這個工作，收入比較好。假髮已經接近完成，乍看就像她手裡頭捧了一顆砍下來的人頭。她看到了董丹，告訴他等會計室主任從銀行回來之後，辦公室就會開門了。

四周的人在董丹走過身旁的時候不是拍他的肩膀手臂，就是打他的背和屁股，七嘴八舌道：他們很久沒見著他人了。或者挖苦他說：現在可發了，不理人了，還戴著一副甚麼眼鏡裝知識分子。他們塞給他瓜子和香菸，都是比董丹平常抽的更便宜的牌子。

董丹看看錶，已經五點差一刻，大多數的人這時都已經席地而坐。有些人乾脆脫了鞋，拿來當作椅墊。原來的汗酸味已經化成了一股鹹魚的臭味。

會計室主任始終沒有出現，反倒是透過了全工廠的廣播系統跟大家宣布他跟銀行的談判破裂。所以，今兒個他沒錢兌換他們手中的白條。他希望廠裡在這禮拜能夠把欠銀行的利息還完，到了週末，銀行就可以貸款給廠裡，那時就能兌現白條。他抱歉讓大家失望了。他明瞭幾個月來沒收到錢，只收到白條，的確造成他們生活的困難。他保證廠裡將從一位客戶那兒收到付款，之後就立刻會拿這筆錢去付清向銀行貸款所欠的利息。眾人紛紛拍拍屁股站起身，把滿是瓜子殼、菸頭的地面留在身後。會計主任繼續宣布，廠裡將發給每一個人半打沙丁魚罐頭，作為廠領導對大家夥兒一點愛與關心的表示。在下樓的時候，有人就談起又看見工廠經理換了一部新的Lexus，這已經是他兩年之內第三次換車了。是嗎，我看是第四次了吧。誰去給他們數？眾人都笑了。

在樓的出口處，一男一女兩個廚子正在分發沒有貼上標籤的沙丁魚罐頭。那男廚子問董丹，胡楓的那一份他是不是可以幫忙帶過去。因為董丹曾經是她死去的丈夫的學徒。董丹說沒問題。他很樂意。那女廚子便說，你得小心，胡楓新雇了一個小姐，風騷得要死，大美人一個。挺有氣質的，那男廚子立刻接口，看起來不像是個婊子。旁邊的人便問他，你怎麼知道得這麼清楚。這個嘛，廚子回答，因為胡楓有一回帶了她和另外一個小姐到食堂來吃飯，那小騷貨靜靜坐在那兒，直到胡楓和另外那個小姐拿起筷子，她才跟著動作。

小梅帶著他們那六個罐頭先回家了。董丹則繞過工廠那兩根大煙囱，朝工廠的員工宿舍區走去。在蒸騰的傍晚熱氣中，那排紅磚樓房打老遠就看得見。總共有十棟，全都沾滿了煤灰，陳舊又破爛。家家戶戶的陽臺上掛滿了褪了色的衣衫、狼狽的尿布，以及洗破了的床罩。

胡楓住在二樓一間單間的公寓裡，那是她過世的丈夫留給她的。樓梯間裡一路可見停放的腳踏車、做醃菜的瓶罐，以及孩子隨手的塗鴉。兩個男人一邊抽菸，一邊等在她門口。胡楓大部分的客人都是附近幾里外修公路的民工。那兩人蹲在那兒，眼睛研究著面前水泥地上的某一點，就怕引起注意。想來他們也是來「按摩」的。董丹將裝著六個罐頭的小木箱放在地上，心想那兩人一定以為他也是為同樣目的來此。董丹敲了敲門，那門是最近才新漆過的，上頭只掛了一個簡單的小牌子，寫著「楓之屋」。

「排隊在那頭。」其中一人咕噥道。

「甚麼？」董丹問。

「我們在排隊。」咕噥的聲音變得更含糊了。

「兄弟，聽不明白你在說甚麼。」董丹道，臉上露出微笑。看到他們害羞，決定要逗逗他們。「排甚麼隊？」

對屋有一個上了年紀的婦人，抱著孩子站了出來。「窯子今天沒開張？」她問。

董丹朝她望去，只見她那張平板的臉上露出一絲詭意。兩個工人又低頭去看地上，當作沒聽見。

「楓妹子，」那女人揚聲道。「妳那兒有沒有感冒藥？」

沒有回應。

「我孫女在發燒！」她繼續扯著嗓門。「看來，今兒個老闆娘還挺忙。」

那兩個男人彼此對望了一眼，又看看那個老婦人。

老婦人進屋去，從她房裡拿出了一把塑膠椅往地上用力一放，要給那兩人坐。兩個大男人推著要對方先坐。老婦人於是又進屋去搬了一張，一路上仍嚷嚷：「阿斯匹靈應該管用。楓妹子，妳那兒有沒有呀？」

門開了。胡楓穿著一件黑色綴滿玫瑰蓓蕾的洋裝步了出來。對不起呀各位，她說。她手下的一個姑娘趕回家去照顧她動手術的父親了。今天她們忙不過來。她約莫四十出頭，動過一次不怎麼成功的隆鼻手術，一雙眉毛也是紋出來的。倒是那雙眼睛裡有一種非常溫暖的神情。

她問那兩個男人怎麼不敲門，可以先進來喝點東西嘛。然後轉身又問董丹他母親的氣喘病可好些了沒。董丹母親的毛病是胃潰瘍，可她眼裡親切的神情讓他不忍去更正她。當她看著你的時候，你會覺得自己是她唯一可以交心信任的人。這樓裡的住戶哪個之前不臭她，當面啐她，到了掃黃運動，到如今卻也從沒人去舉發她「按摩」幌子下的勾當。

從屋裡走出來兩個男人和胡楓道別。坐在小塑膠椅上的男人趕緊站起來鑽進了門裡。胡楓則繼續和董丹聊著，她為他母親的氣喘病專門去打聽來了一些偏方。

董丹注意到她比手劃腳時，膀子上鬆弛了的肉。

接下來他說了句一秒鐘就後悔的話。他說她年紀大了，不適合再幹這一行了。她願意的話，他可以替她在有錢人家找一份幫傭的工作，賺的薪水足夠她和她兒子過活。

她只是定定看著他，彷彿需要人幫助的是他。

田

高喜說她費了好一番工夫，修改了董丹那篇關於孔雀宴的文章，現在上海有一家非常有影響力的報紙決定刊登了。高喜在電話裡說，董丹現在唯一需要做的事情，就是把這篇文章的校樣拿去給陳洋過目，得到他的許可。董丹在「綠樹林俱樂部」的不告而別讓他被高喜罵得狗血淋頭，說他是個忘恩負義、不折不扣的混蛋。但是她還是決定原諒他，因為畢竟是出自他對陳洋的一番耿耿忠心。

「眾所皆知陳洋是個老色鬼。跟他在一起的年輕女人，就快成為他第四任老婆了。這你也沒甚麼好替他瞞的。」高喜說道。

「妳怎麼知道他是老色鬼？」董丹不悅地反問。

「那你證明他不是老色鬼給我看。」

董丹並不真的介意老畫家被稱為老色鬼，只是他不喜歡聽到這話從她口裡說出來。他說不上來為甚麼。

這雨從傍晚開始就一直下。工廠這會兒正在停電。董丹可想而知，他們頂樓破落戶裡的那些鄰居們，這時沒有連續劇可看，一定都豎直耳朵在偷聽他和高喜講電話。董丹氣得牙癢癢，當下決定一定要花五千塊買個手機。雖然手機對大部分記者來說都還是奢侈品，可是沒辦法。辛辛苦苦存來買房子和沙發的那筆積蓄，看來得動用了。

「這些日子都沒有在記者會上看到你。我知道你作賊心虛，不敢看到我。」高喜道。

「我胃痛。」近來他撒謊變得毫無困難。

「山珍海味吃多了，也會生病的，」她應道。「有的時候，我情不自禁就會想起陳洋在離開孔雀宴時候講的話。」接著她就操起西北口音：「我們古老輝煌的文明，現在就只剩下吃。」

「燦爛悠久的文化。」

「甚麼？」

「他不是說輝煌的文明，他說燦爛悠久的文化。」

「你不必像背《毛主席語錄》一樣，一字不差引用陳洋的話。」

「是妳先引用的。」

「好好。一個優秀的記者就該有像你這樣精確的記憶，以及專業負責的態度……」

「我跟妳說，」董丹打斷她的話，「我在趕時間。今晚我有行程要趕。」才不過十分鐘的時間，他撒了多少個謊已經沒數兒了。

「是去吃『秀色餐』？」

甚麼?!

「我聽說他們只給二十多家媒體發了邀請，而且只請男的。脫光了的美女不好意思出現在其他女人面前。算是一種行動藝術吧？把光溜溜的美女身體拿來放海鮮大餐。」她的語氣很興奮。

「真的是光溜溜的裸體？」董丹驚呼一聲，同時不甘心這消息給他的鄰居們偷聽了去。

「她都跟你說了吧？」

「誰？」

「老闆的太太呀。啊？你不知道？今天下午她跟少數一些記者已經開了發表會，她一個人說個沒停，從希臘雕像扯到了非洲的雕塑，從米開蘭基羅扯到羅丹，為她這個色情宴席編了一大套哲學。」

董丹問高喜她這情報是從哪來的。

「根據她的說法，裸體是這場神祕晚宴的一個部分，」她繼續說，卻沒回答董丹的問題。她從來不回答任何問題。「今天晚上只是預演，如果那些裸女有本事教男人墮落，也就是說，如果那些傢伙不寫甚麼負面報導，那麼這場宴席才會開放給所有的媒體，好大肆宣揚她這套情色餐飲哲學。」

一群光溜溜的美女躺在那兒當宴會檯子？一片漆黑中，董丹不禁微喘。從活生生的肉體上夾起沒有生命的肉？他恨自己沒事想像力幹嘛這麼生動？可是他情不自禁。

「你甚麼時候可以把文章送到醫院去？」高喜問道。

董丹的腦袋全是「秀色餐」。他反問：「甚麼醫院？」

「少裝蒜好不好？」高喜在電話的那一頭啐他。「大家都知道陳洋住進了首都醫院。只有他們那兒才有為高幹特別準備的豪華私人病房。他肯定住那兒。」

董丹於是和高喜約定第二天上午兩人在「綠樹林俱樂部」見面。在等高喜的時候，他逛進了二樓的診療部。一間寬敞明亮的大房間裡，擺了六張乾淨的床，看起來毫無蹊蹺，任何人都會相信來這個地方，真的就是為治病的。房間頭尾各兩張床上，躺著兩位上了年紀的婦人，穿著半透明的紙袍子，兩個盲人按摩師戴著墨鏡，穿著藍色制服，看來十分專業。其中一位問董丹需要甚麼服務時，微微仰起臉，就像所有盲人的習慣性動作。董丹笑著回答說，等過個二、三十年再說吧。

他回到了樓下，坐在大廳裡等待。突然他感覺到心情起伏。他不敢相信，自己心裡竟然在想著那個叫老十的姑娘。她是不是忙了一夜，現在正在睡覺呢？昨兒晚上，她又給客人做了甚麼樣的服務？

他起身開始在樓下亂轉，希望能夠撞見她。已經快中午了，可這地方感覺就像半夜。高喜照樣是遲到的老毛病。她這人也許連自己的婚禮都會遲到。但願她這輩子會有婚禮。等待的滋味很磨人，尤其是他心裡還抱著老十會出現的希望。這輩子如果有甚麼事最令他憎恨，那就是這種叫他心驚肉跳的期待。

不曉得從哪兒傳來電視機的聲音。他循著聲音找到了出處，一扇門半掩，他看見剛剛那兩個盲人按摩師，這會兒正坐在十三吋的電視機前面，墨鏡架在額頭上，看著螢幕上一個叫布希的傢伙正在競選美國總統。董丹心想剛剛他看見的那兩位女病人，最好不曾在這兩個按摩師面前寬衣解帶，即使是隔了一層墨鏡鏡片，她們臃腫走樣的身體仍會盡收眼底，哪怕是毫無興致的眼底。

高喜到的時候已經十二點過一刻。她對於自己的遲到連編個藉口都懶得，只說她在趕一篇文章，沒有寫完就停手不是她的習慣。她在寫東西的時候，從來不注意時間。

在泡茶的時候，高喜抽出了一張印刷品，告訴董丹這就是他那篇有關孔雀宴文章的校樣。「校樣」是甚麼東西？雖然他心裡很想問，可是董丹卻故意裝作無所謂的把那張紙折起來，塞進了襯衫口袋。

「裡頭有些我幫你改過的字，如果意思不對，你得告訴我。你有些地方的用字，主編不太清楚你到底甚麼意思，所以我把它改了。有幾處我幫你重新寫過，這樣你的文章讀起來才比較連貫。」

原來這就是校樣：許可自己的文章被別人改成另個樣。

「你不會在意文章掛的是我們兩個人的名字吧？因為這裡頭實在有太多都是我寫的。」

高喜朝董丹促狹一笑。

「很公平。」董丹道。

接下來他就只好去首都醫院看陳洋。他恨這個專橫的女人，利用他這個一無是處的傢伙達到自己的目的。坐在車上，高喜說起她昨天整個晚上都在網路上搜尋陳洋的資料，所以一夜都沒闔眼。有關陳洋戲劇化的生平，足足有兩千多頁，像一本小說那麼厚。在文化大革命期間，他坐過牢。對呀，這我知道。說這話的時候，董丹裝得十分知情。高喜繼續說，他的罪行是反革命言論。就是呀，那時候為這個罪名坐牢，太多了。可是這老傢伙還是沒甚麼長進。甚麼長進？他還是控制不住他那張大嘴巴，高喜說。語氣聽起來頗帶同情的意味，可是她臉上的表情卻是另一回事，一副崇拜的表情。董丹說，唉，他是改不了啦。但是代價不小，高喜回答。他坐了七年多的牢。我的媽呀，董丹在心裡暗暗叫了一聲，七年！他在坐牢的時候，畫的那些窗景圖，希望都被留下來了，高喜道。甚麼窗景圖？你不知道嗎？就是他畫的四季窗景呀。喔，那個呀，好作品呀。可不是？他還真是個性情中人。在他沒有窗子的牢房裡，他畫了一扇扇窗子，所以他每天可以欣賞美妙的異國風景，還有四季的變化。可不？他真是獨一無二。他的繪畫風格一直在變，從風景到了現在的抽象畫。董丹接口道，那當然囉，賓士汽車年年也變造型和風格。高喜說，你這是甚麼比喻？不倫不類。他說，他的意思是，一個偉大的藝術家是一個魔術師，就像《西遊記》裡的孫悟空，能夠隨心所欲作出七十二變。高喜想了想，笑了。陳洋的老婆在他坐牢的時候和他分手，對吧？沒錯，董丹回答，一面暗地裡把這一些資料趕緊消化處理。他的第二任老婆也是他的崇拜者囉？那當然。那為甚麼結婚才兩年，她又離開他？因為要有距離，你才會崇拜一個人。真的是這樣？唉，誰知道。當一個女人愛上一個男人的時候，她不需要任何理由，可是當她想分手的時候，她可以有一千個理由。換作是她，離開一個男人她一個理由也不要，高喜說，不過董丹的意見值得參考。董丹心想，我行啊，現在跟人胡謅可以這麼快就上手了。

當他們的車子從擁塞的馬路開進了旁邊的小街，高喜說他們去看大師應該帶點禮物。她提議帶補品或者是名茶。董丹則咕噥在他的帆布背包裡有一串紅辣椒。

「一串甚麼？」

「辣椒。特好吃。我們有個鄉親是修鐵路的，我父母專門託他帶來給我的。今早我才從車站取來。」

高喜笑到要把車停下來。一串紅辣椒！送給全中國最有錢、最出名的藝術家！

董丹等高喜哮喘似的大笑停下來，才告訴她這不是普通的辣椒。這種特別的紅辣椒別處找不著。

他們對到底帶甚麼禮物還沒吵出個結果，車子已經到了醫院門口。大老遠的，高喜就瞧見前方草坪上，有一個巨大的身影在玫瑰花架的蔭涼中踱步。她立刻朝前飛奔而去，丟下一臉困惑的董丹。

直到看見高喜跟陳洋握手，董丹這才搞清楚她飛奔是為了甚麼。看來，她已經一切搞定了，跟老藝術家搭上了關係。她不再需要他了。然而，他們共同掛名的那篇文章，還在董丹的口袋裡，她還是得回頭張望尋找董丹。

「董丹，快過來。」

他乖乖地過去了。大師在夏日的晨光裡，看起來年輕了許多歲。他戴了一頂小朋友的白色棒球帽，在長長的帽沿之下，那張臉看起來挺安詳。如果是在路上碰見，董丹一定認不出他來。陳洋一臉笑意，張開胳臂就朝董丹走來。他不跟董丹握手，反而是給了他一個熱情的擁抱。這讓董丹有點兒難為情。

「老鄉，你好嗎？」大師問道。

不知所措的董丹把背包裡的紅辣椒取出來，交給了對方。

「我父母託人帶來的。」他吞吞吐吐，感覺更不好意思了。

「咱西北的紅辣椒？」陳洋問。

那串紅辣椒看上去已經不怎麼新鮮了，蒙著灰垢，有些起了皺折。

「你怎麼知道我饞這東西？病把我的胃口全敗了，我求他們去幫我找這種紅辣椒。可是他們沒人理我。說是這玩意兒無法補充我需要的營養。」他抓起那串紅辣椒，白色的襯衫立刻就被那上面的灰垢給搞髒了。「兩禮拜前，我打電話到你辦公室去，就是想問你能不能幫我弄到這玩意兒。我找你的時候，給的是你告訴我的本名，不是你名片上的那個筆名。對了，你那個祕書挺逗的，一直跟我開玩笑。」

原來打電話找他的人是陳洋，不是甚麼調查人員。老先生竟然把小梅的粗魯當成了玩笑。陳洋邀請他們兩人到他三樓的房裡坐，這時一位穿著白色制服，頭上戴著可愛的小帽子的護士朝他們走來。

「大師，您忘了吃藥了。」她說，口氣就像一個小孩在責備自己的祖父。「您今天看起來又年輕又英俊。」

「我知道，」老藝術家應道。

「您跑哪兒去了？」

「去公廁。」

高喜大聲笑了起來。

「您又在鬧了！」年輕的護士嘟起嘴。

「不，我是說真的。我一個人太寂寞了，到公共廁所裡蹲茅坑，至少會碰見人跟你問好。」

「哎喲，大師，您怎麼在別人面前講這種事情！」護士抗議。

「是嗎？你們在醫院工作，難道不談這些事？」

說完他又笑了，走過護理站旁的時候，他撿起書報架上的雜誌匆匆瞄了一眼又丟了回去。暗暗罵道：「都是同樣的狗屁。」

護士看見了他在夾克底下揣著的紅辣椒時，皺起眉頭。

「您不能把這麼髒的東西帶進來！」

「誰說的？」

「院裡的規定。」

兩人氣呼呼瞪起眼睛。他們這樣子吵嘴吵慣了。

「我付這麼多錢住在這兒，我想帶甚麼進來就帶甚麼進來，包括女人。」

又聽見高喜在旁邊大笑。老藝術家摘下了他的太陽眼鏡，朝她打量，對那笑聲是否反感自己都不確定似的。

陳洋住的病房是間套房，有客廳、餐廳及臥室。客廳已經變成了他的畫室，滿牆都掛著他尚未完工的新作品。餐桌被移到了客廳，擺在通往陽臺的玻璃拉門前，灰撲撲的陽光從外面射了進來。桌面上擱了幾卷的紙，又是罐子又是管子的一堆顏料，還有一個插了各款大小不同毛筆的筆筒。米黃色的地毯及白色的沙發椅套上濺滿了大小的顏色斑點，另外還有一個玻璃桌面的茶几，茶几上放了一個長方形的魚缸，十來隻色澤鮮豔的熱帶魚在缸裡沒精沒采地游著。

高喜推了推董丹，用眼神示意叫他看電視機上面放著的相片，是個有著一對酒渦的年輕女人——正是陳洋的新任女友，甜姐兒一個。

老藝術家還在忙著跟護士說話，要她去交代醫院廚房烙幾張餅、準備一些甜麵醬，再把紅辣椒切碎拌上蒜和醋，就著餅吃。高喜湊向董丹低語：「別跟他提他的女朋友。他會不高興的。」

董丹壓根兒也沒打算跟老藝術家打聽任何事情。

陳洋轉過身來招呼他們，指著他的新作問他們可喜歡。高喜忙說，當然當然，這些都是傑作。老藝術家又是對她打量了好一會兒。研究過她以後，他望著他其中一幅畫作說，這些公雞畫得還挺不賴，不是嗎？這可讓董丹吃了一驚，說它像甚麼都可以，就是看不出來像公雞。高喜倒是對這「公雞」肅穆地欣賞了很久，然後說她喜歡，非常喜歡，簡直可以比擬畢卡索，太富有想像力了。用中國的筆墨來表現，真是破格，不得了！是對傳統國畫的一個大顛覆！

老藝術家長吁了一聲，跌坐進沙發裡。接著自顧地哼起一支小調，彷彿忘了他還有客人仕。感覺到老藝術家的心情突然低調，高喜開始緊張了。她努力的回憶自己說過的話，想知道她到底說錯了甚麼，惹得藝術家不高興。

「那……這幅駱駝，妳看怎麼樣？」陳洋以懶洋洋的食指點了點牆上另外一幅巨大的作品。「這幅妳喜歡嗎？」

「嗯，……」高喜斟酌著，用拳頭支著她的下巴。

董丹依然保持安靜。這情況就像是兩個正在接受考試的學生，準備了半天卻念錯了科目。

門被打開了，一個年輕人走了進來。他身穿白色的 POLO 衫，Ralph Lauren 的商標清楚可見，底下是一條藍色牛仔褲。從他漂亮的古銅色皮膚看得出，這是一個一輩子都在渡假的人。

「哈囉，」他招呼著，笑起來非常迷人，這點他自己很有自覺。

「今天高爾夫打得怎麼樣？」老藝術家問道。

「還好。我先過來看看你，待會兒再去跟老先生請安。」

「不敢當，」陳洋笑了笑。「老先生可好？」

高喜偷偷在董丹胳臂上捏了一把，痛得讓他幾乎叫出來。他注意到年輕人和陳洋提到老先生時，不說「你家的老先生」還是「我家的老先生」，他們倆都稱年輕人的父親為「老先生」，好像這根本不需要特別標明，難道這就是高幹子弟們稱呼自己父親的方法？

年輕人在屋裡頭隨意踱了一圈，瀏覽了一下陳洋的畫，不時還給了些評論。

「這些我甚麼時候能來拿？」他用手指著那幅「駱駝」和「公雞」。

「等我捨得跟它們分手的時候。」陳洋說。

年輕人似乎到這時才突然發現到屋裡還有另外兩個人，一陣詫異。

「這兩位是記者，」陳洋道，當下露出了疲憊的老態。「老先生稱『駱駝』和『公雞』的那兩幅畫，他們說那是傑作，很有畢卡索的味道。」

年輕人突然大笑了起來。“Oh God!”他用道地的英語呼了一聲。「老先生真神了！居然在這兩幅畫裡看出公雞、駱駝來了！」

「總比甚麼也看不出來好，」老藝術家道。

年輕人的手機這時響了，他檢查了一下來電顯示才接。「不行。下個禮拜不行。下個禮拜，我要去澳洲打高爾夫。下下禮拜差不多。」他走進臥室裡把房門帶上，他的聲音依然可以聽得見。「……你說好了給我批的，我已經跟俄國人談好了，十天以內我這批貨就得運到！你得說話算話，不然你甭想見老先生……」接下去的對話，全成了英文。

坐在客廳裡的人面面相覷著。

年輕人從臥室走出來的時候，順手按了緊急呼叫鈕。一陣急促、輕快的腳步聲立刻從外面傳來。當腳步聲快接近門口時，年輕人朝外喊了起來：「不必進來了，這兒又沒死人。快送一大瓶橙汁來。要現榨的。」

腳步聲突然煞車，接著準備轉向。

「還有冰咖啡，要越南調法的。噢，再來四塊黑森林蛋糕。」他回到客廳加入其他的人，聽不出究竟是在跟誰說話：「我喜歡他們這兒做的黑森林蛋糕。他們甚麼都做得不地道，只有這蛋糕還行。」

「您是……？」高喜站起身，伸長胳臂遞出了她的名片。

董丹還從沒見過高喜表現得這麼有女人味。

年輕人接過她的名片，看也不看直接就塞進他的褲子口袋。他正要開口，手機鈴聲又響了。他匆匆看了一眼來電號碼，突然才想起了某件重要的事，立刻彈了起來。他的離去和他的出現一樣突然。當點的食物送到，陳洋幫他付了錢。

「妳肯定想知道他是誰，」陳洋隔了半天才打破沉默，「有人把二十萬塊直接匯入他的帳戶，為了就是能跟他的父親見上一面。」

高喜和董丹看著他，兩人的嘴裡塞滿了巧克力蛋糕。

「這年頭賣自己的人太多了，」大師一說完，倒頭便躺在沙發柔軟的椅墊上。

董丹和高喜專心凝神地聽著，想要搞清楚他怎麼會突然冒出這麼一句話來。

「我也是其中之一。」

雖然看不見陳洋的臉，但是董丹可以感覺得出，在那一張方正布滿皺紋的臉上，浮起了一抹無奈又自嘲的微笑。

「不是只有出賣自己身體的才叫作婊子。有一種人比那種婊子還要低下，因為他出賣的東西比身體更寶貴。我就在幹這事。沒錯，我也是不得已，不得已是因為我也是個凡人。凡人在權貴面前，總會感到一種莫名其妙的畏懼。可是誰把這些人尊為權貴的？就是說我畫的是公雞、駱駝的這些權貴？」他朝他們兩人看去，眼神裡卻是一片空洞。他這番滔滔不絕令人有些害怕，董丹覺得他像是神經失常的自言自語。

高喜又在董丹膀子上捏了一把，董丹皺起了臉，待會兒他的手一定要瘀青了。

「我讓他們嫖。嫖我。嫖我的藝術。我的畫都是我毫無自衛能力的孩子，能讓某某權貴把我的畫掛在他們豪華的客廳裡，我這點代價是要付的。這對我的作品來說，是最好的宣傳，這些人都是這個國家裡頭最有勢力的人。即使我告訴別人，也告訴我自己上百萬遍，我才不在乎他們的勢力，可是說真話，我是在意的。所以我才會為他們畫了一隻又一隻的公雞和駱駝。」

「你對自己要求太高了。不論怎麼說，你不是為了他們才做藝術創作的。」高喜道。

「那我又是為了誰呢？」

「為那些真正懂得你的人。」

「一件藝術作品真讓人完全看透了，那就稱不上是一件藝術了。藝術應該永遠在參得透和參不透之間，永遠沒有辦法被完全搞懂。妳能說，妳真的懂得我？」

高喜掂量著這個挑戰，決定放手一搏。「是的，我懂。從某方面來說，」她應道，「即使一開始你就讓我掉進了你公雞、駱駝的陷阱。」

她的指控帶了點玩笑性質。陳洋狠狠地盯住她一會兒之後，也不得不微笑投降了。

「所以說我的藝術不能算是絕品。」

「畢卡索也不是完美的。」

老藝術家點點頭，將她從頭到腳端詳了一陣。沒法子看得出，究竟是她的放肆還是她的口才，讓陳洋感到興味。

「那你呢？老鄉。」老藝術家回頭問董丹。「你懂得我的畫嗎？」

董丹猛搖頭，臊紅了臉，覺得耳根子都在發燙。

「如果我讓你挑一幅作品，你會挑哪一幅？」

董丹盯著一幅幅的畫，努力讓自己在這些令人暈眩的色彩之前站穩了。他裝不出來高喜那種陶醉的樣子。他能夠做的就是面對每一幅畫的時間一定要夠久。這無關乎他的喜歡與否，因為那一點都不重要。因為這些畫的價值早已經被肯定了，他的表決權早已不作數了。這一切跟他的生命經驗相隔太遠，跟他的小梅也相隔太遠，後者可能這一輩子都不會知道有像黑森林蛋糕這麼好吃的東西的存在。他一點都沒有察覺他已經在其中一幅畫的前面，停留了足足好幾分鐘。

「你喜歡這張，我看得出來，」老藝術家道。「這張你就拿去吧。」

高喜在一旁緊張地期待著。

「妳也可以挑一張，」陳洋對她說，做了一個邀請的手勢。

喜出望外的高喜跳起來抱住老藝術家，然後她咬住自己塗了深紅口紅的下唇，眼光迅速把所有的畫掃視一遍，最後挑中了最大的一幅。

「二位不見怪的話，我現在需要休息了。」陳洋的口氣帶著幾分厭倦，不免讓他們覺得他們已經打擾太久。

董丹從位子上站起來，慌亂地搜著自己的襯衫口袋。「我……我寫了一篇關於你的文章。」

「是的，差不多要完稿了，」高喜打斷董丹的話。「我們想等寫完的時候，帶來給您過目？」她知道董丹被她弄懵了，她朝他使個眼色，又補充道：「文章是關於那天您在孔雀大宴上發生的事，文章登出來之後一定會很轟動。」

「你們寫的是那件事？」老藝術家突然精神又來了。「我看不起新聞界對這件事一直不作聲。你知道那天募款餐會的贊助人都是哪些嗎？剛剛你們在這兒看到的那個小伙子就是其中之一。他知道我在宴席上幹了甚麼，卻假裝不知情，還跟我忘年哥們兒似的。要不是他賄賂了媒體，就是媒體聯合起來把我消音，好保護他的形象。我很高興新聞界不是都膽小如鼠，還有你們兩位是例外。」

等一走出了病房，董丹就問高喜為甚麼要扯謊，明明文章已經寫好，打算投出去了——為甚麼要瞞著老傢伙？高喜說，鬧半天董丹沒有他看上去那麼聰明。難道他看不出來陳洋也有所圖嗎？他希望他們兩個的這篇文章不光是關於那天的孔雀宴，而是要好好的大幅報導他的事業、他的人生，關於他藝術家的良知，以及他的特異獨行。他在孔雀宴上的表現被寫出來，暗示了他的自尊受損，這不是他希望看見的。

「妳怎麼知道？」

「我當然知道，」高喜把車鑰匙套在食指上把弄，一抹譏諷的笑意在她那副黑色圓墨鏡下泛了開來。「要不然他不會送咱們畫。他送你那一幅市價是多少，你不會不知道。現在他的畫是每平方英吋五十塊。」

裝著畫的塑膠長筒握在董丹手裡，整個分量都感覺不同了。這總共有多少平方英吋呀？或者用小梅的計算法，這可以換多少袋麵粉？可以買多少麵條？如果高喜這時留神董丹那雙發愣的眼睛，恐怕會看到一面期貨交易螢幕，閃動變化著一連串他腦子裡的數字換算。他深深吸了一口氣，這幅畫大概有二十乘三十英吋，也就是六百個平方英吋，按照一平方英吋五十塊來算，那麼就等於三萬塊。三萬塊可以買四萬公斤麵粉，換成機器壓製的新鮮麵條，那就有八萬公斤，八萬公斤麵條可不是一個小數目！老傢伙比印鈔機還有錢，難怪高喜要挑那麼大一幅。

「這三萬塊難道是讓你白拿的嗎？」高喜道。

車子發動後，高喜說，這篇關於陳洋的文章要寫得精彩，就得要做一連串訪問。董丹應該利用藝術家對他的信任，好好套套他們老鄉的交情。董丹則說，這樣子利用別人的信任，手法有點不地道。高喜朝董丹狐媚地一笑，說她也是在利用他對她的信任呢——她這樣子算不地道嗎？她確定陳洋對董丹的信任遠遠超過她，原因是，董丹有一張黃金獵犬的臉。

田

小梅站在丈夫面前，依照他的指示往左往右扭轉身體。她身穿一件白色套頭針織衫，下著一條及膝的牛仔布藍裙。這身打扮既讓她曲線畢露，也同時帶了大學女生的一種清純，靠了深紅色的唇膏才讓她看起來有那麼一點幹練。董丹決定要帶她去吃魚翅宴了。今天有一場名為「搶救貧窮」的募捐會，之後便是午宴。

在往飯店去的路上，董丹叮嚀小梅絕不要跟人說話，一律回答是或不是就好。如果他們繼續煩她，她可以拿起照相機就閃開，假裝是有甚麼千載難逢的精彩鏡頭突然出現。注意照相機可別拿顛倒了。對準目標時，記得把鏡頭蓋子拿掉。不對鏡頭的那隻眼睛閉上，可千萬別閉錯了眼睛，那就露馬腳了。千萬記住，絕對別開口。如果她開口，別人一定會認得出她是來混吃的。

在飯店的階梯口，小梅突然停下來，說她不想去了。

「為甚麼？」

「我不喜歡吃魚翅。」

「妳沒吃過怎麼知道？」董丹儘量不嚷嚷，同時四下觀望可有甚麼人在附近。他不想別人看到他們兩人是一道的。

「我不喜歡魚翅，」小梅壓低了嗓門，玩弄著自己的手指。

「我包妳會喜歡。飯店裡一小碗就賣四百塊呢。」

「我上館子從來不會帶那麼多錢。」

「吃了魚翅妳的皮膚就會光滑白嫩，跟豆腐似的。」

「豆腐我也不喜歡，」她的語氣像在哀求。

望著她，董丹心裡突然升起一股無比的溫柔，他憶起了他們初識的情景，也是同樣的憐惜之情，令他不忍。

「我可不可以回家？」她問道。

「買這身衣服的錢都花了，」他開始板起一張臉。

她不說話了。想到一百塊錢花在這套衣服上，卻無用武之地，令她覺得心疼。這筆錢可以買五大袋麵粉，足夠她在鄉下的那一大家子人吃一個月。她嘆了一口氣，重新壯起膽子，抬頭注視著前方。

「妳希望妳那一份四百塊錢的魚翅就這樣子被倒進垃圾桶嗎？」董丹問道。

她長長吁了一口氣。

「經過這一次，你就知道沒甚麼大不了。你就跟著我，別靠得太近就行。」一面登上花崗岩的階梯，他一面繼續給她指示。上到樓梯頂端他一回頭，看見小梅跟他只隔了兩步遠，他瞪了她一眼，要她保持一點距離。

但是她不肯。

他走到報到處的時候，她呼出的熱氣都觸到了他的後脖頸。

簽好名，交出名片，董丹用氣聲跟小梅說，她這樣步步緊跟會給他們兩個惹上麻煩。可她就是一副沒聽見的樣子。他找到機會就給小梅使眼色、打手勢，可是她依然寸步不離。進了會議廳以後，她挑的座位也在他正後方。當董丹聽見有人問小梅她旁邊的椅子有沒有人坐時，他緊張得兩手冒汗。是那個小個子的聲音。小梅說是，有人坐，她幫一個朋友佔位子。小個子接著問，那她的朋友在哪兒？在廁所，她回答，不好意思喔。小個子只好側起身從走道中間殺出一條路，往前排走去。那個地方沒人要坐，因為如果中途想要起身或離席，幾乎是不可能。

董丹乾脆改變戰略，坐到小梅的右邊。

主持人介紹完今天的贊助者之後，就宣布記者會開始。

「把妳的筆記本拿出來，」他低聲耳語時，嘴唇幾乎毫不挪動。「還有妳的筆。現在，看一眼發言的人，在本子上寫幾筆。」

「寫什麼？」

「什麼都行。」

「到底寫什麼？」她輕聲問時，目光注視著舞臺上正興高采烈開始致辭的那個募款活動的董事。發揮同胞愛是我們每一個中國人最重要的使命，要讓我們的兄弟姐妹們不因為貧窮而使他們的子女失去了受教育的機會。

「隨便寫。只要妳的筆在動就行。」

「這支筆不好寫。」

「沒事。只要它在動就成。」

那個董事語氣轉為沉痛。在我們國家裡，貧窮農民不能享受醫療已經是遺憾，但如果不對自己的同胞伸出援手，而讓外國人，尤其是美國人插手，那更是嚴重的恥辱。

「把他說的記下來，」董丹告訴小梅。

「他的話裡頭有好多字，我不會寫。」

「妳就寫妳自己的名字。」

她果然照做。他偷瞄了她一眼，這才放心了。她十分認真地把自己的名字寫了整整兩行，認真得從頭到尾嘴巴沒合上。為了不讓她左邊的人看到她在寫甚麼，她還刻意把筆記本的封皮立了起來。整整一頁都寫滿了她的名字之後，她開始畫圈圈。

午宴要開始了。她告訴他別擔心，她已經能應付了。當她起身去找餐桌的位子時，董丹告訴她，會有一個信封裡頭裝了錢叫作「車馬費」，大概兩、三百塊。可千萬別當場就數錢，那樣子不好看。她只需要按照要求，給他們看她的證件，然後簽名就可以了。

今天的餐宴十分盛大，共有五十桌。一些面色曬得黝黑的農民代表和今天最大的捐款者共桌，坐在靠近舞臺的地方。等一下這一些捐贈的金錢、醫療器材、藥品及電腦，還有一個接受的儀式。

董丹的眼睛一直緊盯著離他幾張桌子遠的小梅。這時一個看起來像農夫，三十幾歲的男人來到了他身邊。一位叫甚麼茉莉的中年女人介紹，這位是白鋼，是某村的會計。那麼茉莉又是何許人也？她是「農民減稅委員會」的一員。董丹說，噢，是的，他想起來了。他腦子裡其實在想，他忘了跟小梅說魚翅滑溜溜的，吃的時候，筷子和湯勺要一起用。

「茉莉同志告訴我，您常去鄉下，對村級領導幹部的腐化做過一些調查……」

「我對農民是很了解，」董丹道。

「那您一定得跟我來一趟。」

「現在？」

「現在。」

白鋼的一雙眼睛小而有神，四周布滿了魚尾紋。他說這地方的人都被蒙蔽了。那些傢伙才不是甚麼農民代表。他們是農民的叛徒，把捐給農民的錢都自己汙了下來，等到這筆錢到農民的手裡時，恐怕連捐款的百分之十都不到。

「記者同志，這樣的事在每個省、每個鄉和村連年發生。如果您跟我來，我會給您看證據。」

董丹有些遲疑地站起身。他又看了小梅一眼，她正一個人百無聊賴的坐在那兒，看起來快要睡著了。他跟這位農民說，等他這兒的採訪結束，他自然會跟他去。

「一個真正的記者在這兒是採訪不到甚麼的，」白鋼道。他的口齒清晰、反應靈敏，不像是一般的農民。

第一道菜端上了桌。用的食材全是來自海裡，服務生解釋道，連這些精巧的餃子外面所包的皮都是海產。

您在這兒聽到的沒一句真話，白鋼說。他用下巴點了點那盤菜，那正好說明了募捐來的錢都花到甚麼地方去了。走吧，快點離開這裡。這些募款單位和農民代表勾結在一起，把農民剝削得骨頭都不剩。媒體卻裝著對這種事毫無所知。

董丹眼看自己是給纏上了。他跟著白鋼在桌子間穿梭時，又瞄了小梅一眼，她正在吃那些用海菜包成的餃子。他為她感到高興。至少她前半生錯過的好東西有了點彌補。他不希望她這一生對美食的記憶，從頭到尾都是空白。

走出了飯店，正午的太陽當頭，董丹意識到有人跟在他們後面。又是那個小個子。他距離他們十步遠。董丹向白鋼建議搭計程車，但是白鋼說他們要去的地方並不遠。轉過街角，董丹發現小個子依然在尾隨。董丹拉了白鋼過街，佯裝他們是要去為他的錄音機買電池，想要暗地觀察小個子。這樣和他平行，觀察他方便多了。小個子似乎在思索，不時停下來做筆記。

當董丹在小雜貨攤前停下來時，那小個子也停了下來，並從包包裡拿出了一罐水。為甚麼這個矮子不放過他？他和董丹並不需要為了這個酒宴混吃的工作競爭，因為他本身是貨真價實的記者，還有一位攝影師的搭擋。董丹憤怒起來，想像著自己衝過馬路、揪住該死的矮子的襯衫，揍他個昏天黑地。不，他不要揍他，他要殺了他，徹底剷除他。只有這樣，董丹才能夠安心地當他的冒牌記者，賺取他微薄的生計。

這時白鋼跟董丹講述起來。他們村的村幹部其實是一群吸血鬼，拿到錢之後，夜夜吃喝，不管那些是為了洪災後道路搶修、學校與診所興建所需的捐款。白鋼說這些人貪汙的款項，他藏有一本祕密的帳簿。

「他們除了吃，還是吃。一旦有上級派下來的檢查，他們就擺酒宴請他們吃，審查小組就把這些所謂農民代表們的話彙報上去。」

那小個子現在佇足在一個書報攤前。他一邊隨手翻閱一份報紙，一邊問女店員一些問題，然後繼續往前走。董丹怒不可遏，握緊拳頭的手顫個不停，指不定甚麼時候它們就會像失控的西伯利亞狼犬破柵而出。董丹的拳頭經常不聽使喚，這工廠裡是有名的。

「你好！」董丹揚聲喊道，客氣的語調讓自己都吃了一驚。

小個子抬起頭四下找尋是誰在喊他。看上去倒真的像是自然反應。發現董丹站在對街，小個子面露喜色，隔著車河企圖跟董丹交談，對他們的不期而遇表現出由衷的開心。要不，他就是一個天生的一流演員，要不他真的沒有在跟蹤董丹。

「還要趕下一場？」交通的喧囂過去時，小個子便問道。

不等董丹回應，白鋼便輕聲在一旁說：「甚麼也別跟他說，否則對你待會兒要見的人不利。」

「你不必跟我說要上哪兒去，」小個子露出心照不宣的微笑。「要我送你一程嗎？我有一臺二手車。說不定是三手、四手。」他用手指向一輛停在路邊的紅色小轎車。「我付不起飯店的停車費。」

董丹喊回去，謝了，他們已經快到了。

小個子坐進車裡，朝他們揮揮手便開車離去了。這場遊戲剛開始的時候，董丹佔有暗中觀察的優勢，到了現在，情形完全逆轉。這人為甚麼要冒用董丹都已經放棄的假身分？為甚麼他不能老老實實做一個自由撰稿的記者？或許他根本就是，也說不一定？董丹看著那輛紅色小轎車開進了車陣，消失在公路天橋下。他想像這是一齣由矮了導演的黑暗神祕的劇碼，而他是戲中一個莫名其妙的角色。他對自己接下來的臺詞或動作毫無所知，更別提這個角色的未來的命運為何。

他們走到了車站附近，白鋼領著董丹走進了一家地下室旅舍。白鋼先在一個門上敲了敲，再為董丹開了門。走進房裡，頭頂上只有一盞灰暗的小燈，把空間照得像停屍房。總共六張床放在那兒，只有兩張有被褥。房間有一股髒衣服混合著身體幾天沒洗澡之後的氣味。床上那兩人爬了起來。

「這位是我們勇敢的記者先生，」白鋼對他們說。接著為董丹介紹兩位老先生，分別是白大叔與劉大叔。

董丹趨向前忙說，他只是個自由撰稿的記者。他注意到這兩位老先生有他大爺的歲數了。「自由撰稿是啥意思呢？就是他不拿領導給的工資，為上級寫文章。」說得好，一語道破。董丹喜歡白鋼給這個名稱的定義。

兩位老人互望了一眼，上前一步，猛古丁的就在董丹面前跪了下來。

「快別這樣！」董丹慌了，手忙腳亂把他們往起拉。「起來起來，我並不知道該怎麼幫你們……。」當年他的父母也因為沒錢，帶著他那不知得了甚麼重病，發燒不退的弟弟，在醫院裡做過同樣動作。「起來咱慢慢說……」怎麼也勸不動，董丹從褲子口袋裡掏出一把錢，只要能不讓他想起他父母下跪的景象，花點錢他也願意。

可他們不要他的錢。他們打算一直跪在那兒，直到董丹答應為他們寫篇文章申冤。他的父母也曾經這樣，在到處吐滿了痰的地上長跪，直到院方終於讓步先搶救垂危的弟弟。

「我答應，我答應你們！」董丹邊說邊將其中一位大叔拉扯起來。他恨自己怎麼這麼心軟，隨便就讓一個叫白鋼的陌生人把他拖來這個地方，讓他陷入這種困境。他如果再不小心，接下來像這樣的人生慘劇恐怕還多得是。最近不知有多少次，他經過地鐵的地下走廊，或者過街天橋，看見缺腿斷胳臂的乞丐，他將自己皮夾裡的錢掏了出來，就因為想讓自己心裡好受點兒。

「您得答應在大報紙上把它登出來，」白大叔嗚嗚咽咽哭了起來，不讓董丹扶著他的腋下拉他站起來。他說他兒子因為給縣裡頭的上級寫了封信，告發村裡頭頭兒怎麼貪汙捐助款項，結果差點兒被那幾個頭頭兒打得半死。那些全中國人捐來的款項不是被他們拿去吃喝，就是蓋了新房，家家新房子裡都有那種可以坐著拉屎的新茅房，不必再用蹲著，另外還有那種可以躺平了洗澡的新式澡堂。

「總共三個人挨了他們的毒打，其中一個在送醫途中就嚥氣了，」白鋼解釋。「這事就發生在調研組來村子之前，村裡頭頭抓了一些人，用的全是甚麼逃稅、違反一胎化之類的假罪名，然後再用酒席和色情按摩賄賂調研組。」

「我兒子……，」老人抽搐著，「現在人癱瘓了，他兩個孩子年紀都還小……」

「離咱村最近的醫院也有一百公里遠。要不是他們在路上硬攔了一部軍用吉普車，白大叔的兒子命也丟在路上了。」白鋼道。

董丹的弟弟也是在從醫院回家的路上就嚥氣了。醫生只給了他緩解症狀的藥，就打發了他們。眼前這位白大叔正用手擤了把鼻涕，手往鞋底上一抹。董丹的眼裡泛出了眼淚。打他十八歲那年離家當兵之後，他心情還沒這麼無望過。正是這種無望讓他當年離開了家。他今天早上和小梅一塊出門時，本以為這天會過得很開心，可現在他整個心情全毀了。

白大叔與白鋼繼續跟董丹描述那場夢魘的細節，劉大叔則在一旁架起桌子——拿了塊木板擺在空的床上，鋪上報紙當作桌布，擺出先前他從隔壁小吃店買來的幾樣小菜，從地鐵附近的雜貨店買的兩瓶白乾。一道菜是豬腳，其他也全都是豬的內臟，紅燒豬腦顫顫悠悠地被端上來，上面浮著一層辣椒紅油。董丹數了數，總共八樣菜，即使都是廉價粗食，也算得上是一頓酒宴了。大家熱烈的敬酒，不一會兒，每個人都滿頭大汗，說話開始大舌頭。話題一直圍繞著相同的事情打轉：村子裡有人進了城裡找律師，打算要告這幾個村裡頭頭兒。三個月過去，沒一點結果，直到有一天，每家都收到了一份新的稅單，比平時多了五塊。村裡幹部請辯護律師的費用變成了由他們來負擔，因為他們是人民政府選來服務人民的，現在他們成了被告，人民當然得負擔他們的法律費用。這像話嗎？他們問董丹。確實難以想像，董丹應道，這已經是他第三遍的回答了。

白鋼舉起杯子，「為還我公道！」

接著一陣咂嘴聲，人人都皺著臉，將那六十五度白乾一飲而盡。感覺那酒精像一條嘶嘶燃燒的導火線一路通進身體，那灼辣的感覺還真痛快。

「我兒子跟我說，」白大叔說話已經含糊不清，「一定要還我們個公道！您可別讓他失望！」

他對董丹說。

董丹點了點頭。正當他伸手進口袋摸香菸時，劉大叔在一旁已經幫他點起了一根。是進口的牌子。看來他們對他的到來，早有準備。

「寫篇文章把這些王八蛋全揪出來！為他的兒子出一口氣！」劉大叔對董丹舉起酒杯。

「我一定盡力。」

白大叔指著董丹，「盡力還不算。您得做到！」

董丹深怕老頭又要下跪，忙舉起杯子一仰頭把杯裡的酒乾了。這玩意兒烈得可以殺菌，他得瞇起眼、咧起嘴才能讓酒下肚。接著他朝白大叔亮了亮見底的杯子，算是承諾。

屋外突然有人大聲敲門。白鋼用眼神暗示大家別出聲。

「開門！」一個女人粗啞的大嗓門響起。

大夥兒都半途停下了筷子，愣在那兒。

接著他們聽見門上的鎖孔裡有鑰匙轉動的聲音。門被打開了，赫然出現一個中年女人，手上拎著至少上百把一串的鑰匙。

「真香啊，」她說。「我從樓上就聞見了。」

「這位是記者董先生，很有名的，」白鋼為她作介紹。

她沒把董丹放在眼裡。她才不管她這間陰森破爛的旅社裡住的是哪些人，逃犯也好，婊子也好，只要付得出錢都可以住進來。董丹遞給她一張名片，她接下時的表情倒像是給了董丹一個大人情。

兩位老頭以咳嗽掩飾他們的難為情。

「這頓夠三天的房錢了。這洋菸也要二十塊一包，」她拿起菸盒子來回看著。

「不，得要三十塊，」白大叔糾正她。

「那不就又一天的房租？」

劉大叔說他們在等老家親戚寄錢來，這幾天隨時都會到。他們不是那種不知好歹的人，像她這樣有情有義，對他們這麼照顧，如果他們不懂感激，那他們簡直都是豬。只要一收到錢，他們一定連本帶利把欠的房租繳清。

「你瞧，我有情有義的結果就是，一個月零三天收不到房錢。」她對董丹說道。

董丹這才開始注意這房間裡的其他擺設，看到了一個臉盆架，一腿已經扭曲，一條生了鏽的晾衣繩，一個沒燈罩的檯燈又布滿灰塵，還有牆上掛了一幅用貝殼在黑絨布上拼成的手工藝品，圖案看上去大概是牡丹富貴圖之類的。要想看清牡丹的花瓣的形狀和顏色，先得把上面的灰塵好好清乾淨。牆角的床頭櫃上，放著一個一個布滿灰塵的鐵殼暖壺，底邊鏽爛了，所以站相不好，像是瘸著。董丹聽那女人說，最好少跟這些農民打交道。這跟咱們是農民有甚麼相干？白鋼提高了嗓門反駁。農民一個個又摳又狡猾，還騙人，她嚷嚷著。這樣嗎？她這種女人，農民也不會要，別看她自個兒還覺著挺美的。白鋼又頂了回去。看不慣她自以為高人一等。那婦人發潑罵人的時候，一肩高一肩低，和那鏽蝕了的熱水瓶一個樣。她罵這幫子人不要臉，關著門偷偷大吃大喝，還撒謊說沒錢繳房錢。霎時間免洗餐盤被她丟得滿地，食物飛濺，油水醬汁噴灑如暴風雨來臨，劈頭蓋臉地朝這群人砸。接著她把這幾個人的家當行李往外扔，反正也沒幾件。於是，她準備向熱水瓶動手。正當她要舉起砸個稀爛，忽然想起這個熱水瓶砸壞了，換一個新的要十塊錢，又縮手把它放了回去。放下東西，她不敢馬上撒手，彷彿剛和一個彆腳的舞伴跳完一首華爾滋，怕他轉暈了，得慢慢把他穩住。

「拿去，」董丹一邊大喊，一邊用手抹去額頭上濺到的油汁，另一隻手則握著幾張佰元大鈔。

「房錢。」

沒人伸手要接。

「我會幫你們寫那篇文章的。我保證。」

他把鈔票丟在狼藉的地上，大步走了出去。等到了走廊上，他立刻拔腿就跑。他害怕見到那幾個人皺起一張苦巴巴的臉向他表示感激。那模樣教人更覺得不忍卒睹。

田

董丹一連五天都沒出門，努力想把答應老人家的文章給寫出來。努力了半天，卻毫無結果。一直等到一週過去以後，他才想起來問小梅，那天魚翅宴吃得怎樣。她回答說，除了那道魚眼之外，其他的她都喜歡。還有魚眼這道菜？董丹問。對呀，一顆顆又大又白、黏黏的，好像老人家生了白內障的眼珠子，小梅回答。小梅說她一看那魚眼就跑到了廁所裡，因為讓她想吐。她那時候已經想離開了，但忽然想到一件很重要的事，又折回去，找到報到處櫃檯的工作人員。那女工作員兇巴巴的，穿著一件緊身的T恤衫，繃著一雙奶子，乳頭都挺了出來。小梅跟她要她的信封。

「她就那樣瞪著我。然後我說不是每個人都有個信封嘛？這麼大的！」她用手比劃。

「通常是挺大的。」

於是女工作員從她腳邊的一個大包裡抽出一個信封。她不是把信封交給小梅，而是摔在桌子上。小梅拿了起來交還給她，要她重來。女工作員說，妳要信封我給妳信封，妳有甚麼問題？小梅說，我要妳重新拿給我。並跟她說，把東西遞給別人，跟摔在桌上是兩回事。她要她這次好好做這動作。女工作員沒輒，只好再拿起信封交給她。小梅看都能看出來對方在用眼睛惡罵她。

「妳不該跟她——」董丹聽了很緊張。

「是你跟我說每個人都有一個信封。」

「拿了東西妳就走人對吧？」

沒有走。她打開信封之後發現裡頭裝的是一本筆記本和一支筆，她又跟女工作員說，等等，裡頭少了東西。她把腰一挺，兩手一插，說她知道裡頭還應該有別的。有非常重要的東西。

聽到這裡董丹都忘了喘氣。

小梅說她並沒有態度惡劣或發脾氣甚麼的。她根本不想鬧事，只是想要告訴那個拉著一張長臉、挺著乳頭的女人：我知道來這兒的每一個人，都該領一份錢。接著，她就問身邊圍觀記者中的一人，他是否領到了他的那份。那人笑著往後退了一步。女工作員於是反問小梅，是誰叫妳來領錢的？

看見董丹這時臉都白了，小梅叫他別擔心；她沒告訴對方是他董丹叫她去的。女工作員去找來她的主管，兩人不懷好意地朝小梅走來，要看她的身分證件。

「那妳有沒有給他們？」

「我幹嘛要給？」

董丹往椅子背上一靠。還好，這樣他們就查不出甚麼東西來。他承認帶小梅去混吃並不是個好主意。她還沒有準備好，就要讓她去面對那一些窮凶惡極、疑神疑鬼的傢伙是一件危險的事。一陣不忍，董丹牽起小梅的手，把她拉過來，坐在他的膝頭上，然後把臉貼在她剛洗過的頭髮上，輕聲地問：「最後你怎麼離開的？」

「他們不准我離開。」

「甚麼?!」

他們不讓她走，除非她把她的身分證件交出來。她則說，除非他們付她錢，否則她不會亮出任何證件。董丹簡直不敢相信自己的耳朵。他看過他老婆發飆時候的樣子。她這種鄉下出來的女孩，一旦碰到有人想欺負她或者她的家人，那張嘴可不饒人，所有的難聽話都出籠，罵人還押韻。

小梅接著說，那幫人盤問不出甚麼來，只好讓她走。董丹心事重重地撥著他老婆的頭髮，把整件事又在心裡想了一遍。該死，真不該帶她去，更不該把她一個人留下，吃那甚麼魚眼睛，害她要作嘔，要不然她也不會碰上那一群也爆著金魚眼的惡棍們，被他們當作是老實的鄉下人好欺負。

第二天下午，董丹又去了一個記者會。一切並無異狀。大家都仍然跟他打招呼。高喜過來要他撥電話給陳洋安排訪問時間。她自己撥過好多次，都是他的未婚妻接的，說藝術家現在身體不好，不方便接電話。

「我想給妳看樣東西。」董丹把她拉到一邊，把他這些天爬格子的結果遞給她。

她從頭讀到尾，又回去讀開頭。

「哪兒來的爛文章？」她皺著眉問道。高喜向來會對拙劣、混亂的文筆發火。

「這是，這……」董丹立刻知道他這篇東西寫得有多糟了。「這是一個農民寫的。」

「難怪。」

董丹抓抓臉。「真有那麼糟？」

她不理會他的問題，把文章塞還給他，繼續回頭講陳洋未婚妻的事。這未婚妻一聽就知道是那種難纏的惡婆娘。顯然她不希望老藝術家接另外一個女人的電話，更別指望去探望了。所以挖出大師更多的細節，現在全靠董丹。只有這樣他們才可以寫出一篇震驚世界的專訪。

「妳能不能幫這人把他的文章修改一下？」董丹仍不放棄。「我覺得還行。故事挺讓人難受的。」

「寫成這樣，誰會相信這個故事？」

「我就相信。裡頭說的事，在我們老家的村裡也發生過。」

「你看你，你的問題就在這兒。你沒法突破你那種農民的狹隘。你只關心跟你老家的田、雞、牛、豬、莊稼有關的事。你看不到蘊藏在陳洋故事裡的材料有多精彩。這是任何一個想要往上爬的記者求之不得的。」

董丹望著她塗了深紅色唇膏的嘴開開闔闔，告訴他整個中國的貪腐就是起因於這些農民。這裡頭寫的那些悲慘遭遇，沒有人能救得了他們。因為救也沒有用。這些農民階級也都在剝削自己人。活該他們幾朝幾代都被暴君統治，現在則是換了這些腐敗的農民幹部。受迫害的這些農民一旦自己有了權力，他們也會做同樣的事情。我們國家所有問題的根源，就是在於這是由一群造反的農民所建立的。想想看，他們的人口，今天已經超過了十億。貪汙腐化會讓他們人數減少嗎？不會。貪汙腐化不但沒能壓垮他們，他們還靠著貪汙腐化越來越強大。讓他們去自相殘殺好了。這是他們自己優勝劣敗的競爭，想要生存，他們就只得靠——

「閉嘴，」董丹道。

她真的就住口了。破天荒的，她笑得很乖。

董丹看著花崗岩的大廳裡的一株假棕櫚樹，膠布的樹幹，塑料的葉子，綠得跟郵電局似的。董丹盯著那樹，腦子裡淨是白大叔與劉大叔布滿風霜的臉。老人的臉上，雙唇慘白無血色，眼皮蓋子永遠濕紅紅。那樣一張臉也會有純真無邪笑開了的時候，那就是當看見出生的小牛、或是麥苗遭遇一場來得不是時候的大風雪後仍然完好；或是當他們看到小雞破殼而出；或者，就只是因為紅辣椒的價格好，讓他們比預期多賺了幾分錢。他的父母也像那樣，挑著兩擔紅辣椒到公路邊叫賣，頂著夏日的烈陽，滿懷希望地望著塵土飛揚的公路盡頭，希望會有卡車出現。賣不掉的紅辣椒，他們自己從來都捨不得吃，情願啃無味的玉米餅、喝高粱稀粥，然後每天依然挑著爛了或乾了的辣椒，到路邊碰運氣。公路邊紅辣椒堆起的小丘，連綿不絕。每一個攤子後面都是同樣懷抱希望、蒼老的臉孔，對著灰色斜坡上往來的卡車微笑。董丹忘不掉的是，當他的父母被他這個實際的兒子責罵，說他們「愚蠢、落後、吝嗇」，兩老的眼裡都會有一種默默接受，帶了歉疚的表情。他們朝董丹慚愧訕笑，答應沒賣完的辣椒會自己留著吃，可是那時的紅辣椒已經開始腐爛，氣味熏得人眼睛都睜不開。

「你他媽的了解農民嗎？」董丹說道。他的雙眼已經微微泛紅。

高喜看見董丹眼裡的淚水就要奪眶而出，一顆大喉結激動得上上下下，她有點被嚇住了。那一張挺精神的臉從不曾有過這樣痛苦的表情。

「要不是看妳是個女的，我早給妳好看。」他說。

董丹走出會議廳時，眼睛都不敢眨，生怕那一觸即落的眼淚滴下來。他真後悔認識這個女人。

當他再回到那間位於地下室的旅社時，白鋼與那兩位老先生幾天前已經退房了。他們一定覺得董丹辜負了他們。大老遠跑這一趟，以為他是他們最後的希望，結果他卻辜負了他們。董丹靠在進門處那張權充櫃檯的桌前，注視著屋外，房裡的陰暗讓外頭的陽光顯得格外刺目。董丹想像著兩個希望落空的老人，拎著他父母也常用的那種尼龍大包離去時候的樣子。他們一定也像他的父母每回出遠門時，把那尼龍大包扛在肩上。

他把那篇文章重新寫了一遍。寫的時候，他就把文章中的主人翁想像成自己的父母。寫完之後，他把文章帶去一個宴會上給高喜看。比上回進步了，不過還是太煽情。她問董丹是不是他幫他們修改的。他說是，還多虧了她的批評意見。那她是不是能幫忙發表呢？如果他把文章裡頭那些肉麻的部分都拿掉，她可以幫他試試。不可以這麼誇張，感情必須要收斂，讀起來愈客觀愈容易通過審查制度。這個題目很敏感，曾經有一家報紙就是因為登了關於這方面的一篇文章，結果被政府查封了。報社還把那個記者給開除了，以表示服從上級。

這一天中午，宴席邀請的媒體記者超過了一百人。主人是一家剛剛與二十個國家簽訂了出口合約的啤酒商。他們找了書法家為他們重新設計了商標，這一位全國頂尖的書家動筆寫一個字就價值十萬塊。

冷盤上桌了。每一道菜都擺設成中國字的形狀。最令人讚嘆的是一道菜，排成像古代帝王玉璽一樣的篆刻字。材料是小牛肉與海蜇皮，肉的鮮紅配上海蜇皮的透明，盛在如紙一般薄的細白瓷盤上，手工之精巧簡直可以送進畫廊當作藝術品展出。董丹後悔他的照相機不過只是個道具，否則他真想拍下來，帶回去給小梅瞧瞧。

「這可是三個師傅在冷凍室裡待了十六個小時才完成的。」其中一個客人說道。

董丹發現說話的人竟是小個子，他總是喜歡在別人面前表現他的知識豐富。他的座位在鄰桌，與他正好背對背。

「我看真正帝王也吃不到這樣的東西，」董丹這一桌上的一位記者回應小個子的話。

「在館子裡吃這一道菜，大概一個月的薪水就沒了，」一位女士說道。才說完，她便舉起筷子朝著同桌其他人做出一個嚇阻的戲劇化表情，便將廚師們十六個小時的心血給拆解了。只聽見一聲歡呼，眾人也立刻舉箸進攻。不消幾分鐘，瓷盤上只剩下幾道生肉的血跡。

「有一陣子沒看到你了，」小個子把腦袋轉了一百八十度對董丹說道。

是呀，董丹道；他最近在忙別的。他問董丹有沒有聽說，前幾天有一個年輕女人被逮到了。甚麼年輕女人？小個子把椅子朝董丹挪近了一些，繼續這個故事的來龍去脈。如果她乖乖吃完就走，不去討要紀念品和車馬費，也許根本沒有人會發覺。車馬費？對呀。她跑到報到處跟人家要「意思意思」的酬勞，這不是膽大包天嗎？可不是，董丹一邊附和，一邊避開小個子的目光。她的名片上寫的是「自由撰稿作家」，小個子說。有這事？董丹笑得很僵。她名片上是這麼印的。可是她的照相機和筆記本，被工作人員發現根本只是道具。真的？不光如此，她整個筆記本上記的都是她自己的名字。那他們怎麼處理她的？他們最後還是讓她走了。可是負責安全的工作人員肯定不會就此罷休，一定還有些動作。什麼動作？首先，他們能查出來她的名片是在哪家印刷廠印的。他們說他們甚至能查出她的破相機從哪個當鋪裡買來的。全北京的當鋪總共五十多家，一家家查他們最近的售貨紀錄就得了。那一天魚翅宴上，公安局肯定派了不少便衣警察埋伏在那兒，他們說那天冒充混吃的絕不只這一個年輕女人。他們懷疑至少有十個以上。十個以上！

董丹盯著自己手中的筷子，氣憤這十個傢伙怎麼可以也過著他一手創造出來的生活方式。

「她的模樣，我還記得，」小個子繼續說道。「嬌小玲瓏。挺可愛的一個女孩。一張娃娃臉，眼睛圓圓的。你絕對想像不到，她居然是個專門白吃白喝的。我其實在櫃檯報到的時候，就注意到她了。一路跟著她進了會議廳。我想起來了，她就坐在你的正後方。」

董丹覺得自己的胃一陣痙攣。看來他確實一直都在觀察他們。那他一定也看見了董丹後來換到小梅旁邊的座位上。

「警衛為甚麼又放她走了呢？」董丹問道。

「你是說應該把她抓起來？我也不知道。或許他們有他們的策略吧。」

那會是甚麼樣的策略呢？拿她來作釣餌？把她放掉其實是為了把董丹這條更大的魚給引出來？

高喜來找董丹的時候，他已經心思紛亂得無法跟她多說甚麼了。高喜告訴他，她已經為那篇農民的文章找到了地方發表。

瞧，高喜自顧說她的，彷彿小個子根本不存在。她硬生生擠進了兩個男人中間，胳臂肘子往桌子上一放，跟董丹四目相對。

「對方欠我一個人情，」她說。「所以我要他登甚麼他都會登。你現在必須做的，就是去告訴那個農民，把那些肉麻的部分都刪掉，然後給我一個低調的、客觀的新版本。」

董丹同意了。他故意提高音調好讓已經轉過身去的小個子聽見他們的談話。「我這幾天就會把文章弄出來，最多三天。」他說。

「動作得快。那傢伙欠我的人情指不定哪天他就不認帳了。這完全要看政治風向而決定。目前一切還算平靜，可能明天就天下大亂也不一定。」

董丹跟她道謝。

「就這樣子太便宜你了，」她說。

「明天我就會打電話給陳洋。」董丹現在已經學乖了，對這個女人而言，天下沒有白吃的午餐。一切都是利益交換。

「你現在就給我打。」高喜拿出手機撥了號，立刻轉給董丹。

電話那一端出現的是一個女人的聲音。董丹匆忙從位子上起身，走向最近的一扇窗子，原來在他膝頭上的餐巾掉到地上，差點兒絆倒他。高喜緊跟在他之後，把餐巾撿起來，正巧有個女服務生端著盤子走過，她就丟給了她。

聲音聽起來甜中帶酸的女人馬上把電話給掛了。董丹重新撥號，這一回沒人接了。

「臭娘們，」高喜說。「她以為每一個打電話找陳洋的，都是想來白拿大師的畫。她把畫廊裡陳洋作品的價錢提高了。也不想想，本來就已經貴得離譜！」她掏出了香菸盒搖一搖，直接用嘴唇夾出其中的一根。就在禁菸標誌正下方，點上了火。

「董丹，我看你得親自跑一趟，」她若有所思地噴了幾口煙之後，對他說道。

「妳是說現在？」

「不行嗎？」

「陳洋不會喜歡我們突然出現。」

「未必。」

「他的未婚妻根本不會讓我們見他的。」

「你的兩個理由哪個是真的，你告訴我。」

「如果他的未婚妻不喜歡，他也不會喜歡。」

「我真搞不懂，陳洋為甚麼會對那個賤貨言聽計從。」

要想不成老處女，妳就得弄懂這些。「我看今天不行……」

「我們一定得去。就跟那賤貨說，你是畫商，想來蒐購陳洋的作品。我敢打賭，她馬上巴結你都來不及。」

「那不是說謊嗎？」

「世上每件東西都包括著謊言。你不覺得陳洋的畫是欺世盜名？難道你以為批評家對他的畫所說的都是真心的？」

他定定看著她。自從這個女人闖進他的生活，他來吃酒宴再也不像以前一樣是一種享受。他的心從此被攪亂了。她說她開車送他去首都醫院，讓他在裡頭訪問，她在外面等。

董丹在樓下的會客室見著了陳洋的未婚妻。她跟董丹問東問西將近二十分鐘，倒還算平易近人。她告訴董丹，恐怕大師現在的身體狀況不適合見客。

「他正在睡覺呢，」她說。

「是是，他的休息最重要，」董丹道。他維持屁股點到為止的坐姿，如果這時候有人過來拉動沙發，他一定立刻跌著個四腳朝天。

「他需要睡眠，」那未婚妻說。

「沒錯，沒錯。」

「我的責任就是保證他的睡眠不受打擾。過去兩個禮拜，他睡得不好，因為我回我上海老家去了。」

董丹注意到從頭到尾，她只稱老藝術家為「他」。董丹說不上來，可她說到藝術家的時候，那語氣非常特別。感覺上既是親熱又帶了崇拜，就像他的父母提到老天爺、菩薩，以及毛主席時才會有的語氣。

她說他們可以另外再安排時間。甚麼時候？這個嘛，得看他的身體狀況，情緒激動對他不好，只要人一多，他難免就會比較興奮。有時候他還真像個孩子。

那女人的美麗像瓷器一般精緻，無懈可擊的五官配上白皙的皮膚。李紅是她的名字。這個名字說來很普通，要是在學校裡，大概每天可以聽見這個名字被喊上百來遍。李紅交疊著雙腿坐在那兒，其中一隻腳盪呀盪，腳拇趾同時玩弄著吊在上面的白色珠花拖鞋。那拖鞋每掉一回，董丹聞聲就要眨一次眼，總共那拖鞋掉了二十次不只。他就一遍一遍地看著她伸出長腿，腳拇趾勾住地上的拖鞋，再一點點勾回到自己腳上。沒多久，這個遊戲又得重複上演一回。對老藝術家來說，她太年輕了。她的年紀恐怕比藝術家的大女兒還小。董丹移開眼神，避免自己去想像那座年老的身軀，與這一個年輕的胴體擁抱、親吻、糾纏的情景。

董丹起身道別，同時問陳洋是否需要更多他們西北的紅辣椒，如果有必要，他可以找人再帶一些來。

「那些辣椒是你送的？」她問道，原來拘謹地像是擺出來給人拍照用的笑容，這時轉成了真心的笑意。

「不好意思，送這麼不值錢的禮物。」

「才不會呢！他喜歡得不得了。你能夠再拿些來嗎？」

「沒問題。」

董丹打算帶兩條菸，送給在鐵路局工作的那個老鄉，請他再回去跟他的父母要一些新收成的紅辣椒。不消三、四天，陳洋又可以享用到新摘的辣椒了。那時他應該可以進行訪問，把高喜的人情還了。不對，還人情的不是他，是他父母種的紅辣椒。李紅一路把董丹送到了門口，這時她的手機響了。這樣精緻如手飾一般的機種，董丹還沒見過，那鈴聲聽來有如鳥語婉轉。她說有，已經跟他謝過他的辣椒。

「他說他下一次會多帶一些辣椒來。真是一個好人。」她側過臉對董丹羞澀一笑，為他們當他的面談論他抱歉。

李紅白皙的手臂上浮凸出淡藍色的血管，令董丹忍不住想要多看幾眼。他甚至開始遐想，在她白色寬鬆的T恤衫下會是怎樣冰潔的肌膚，同樣也有精巧的血管在皮下流連嗎？使她的皮膚看起來泛著淡淡的藍光嗎？不知道用手去觸碰會是甚麼樣子的感覺。陳洋的手——老邁，長了斑，因為曾經勞改而長出了繭，經年不斷地雕塑與繪畫的那雙粗糙的手，真能感覺得到如絲緞般肌膚下，若隱若現的血管游絲嗎？還是說，會損壞了它？董丹再度得扼止自己去想像他倆人身體纏綣的景象。自己怎麼會如此充滿邪念？他生氣歸生氣，卻又情不自禁。真的是情不自禁。只要想到這兩人在年紀上、在容貌上的不相襯，還有他們人生經驗的不同，自然而然就會在他心裡頭挑起了兩人溫存時的影像。

「喏，」她把手機交給董丹。「他想跟你說話。」

「老鄉，」老藝術家說道。「我這兒你來過的，對吧？」

董丹胡亂地說了幾句請安的話。

「怎麼不一有空就過來呢？」老藝術家扯開了嗓門。

「等您好點，我再來看您，」董丹說。

「讓我跟李紅說話。」陳洋說。

董丹又把手機交還給她。她跟陳洋抗議，都是為了他好，才不讓他有太多訪客嘛。她一邊說著話，一邊扭動著身體，脖子、下巴、肩膀無一處不在動，卻又都往不同的方向，構成既叛逆又嫵媚的各種角度與線條。好吧，她說，如果他堅持，她就破一回例，她對陳洋道，一副像是對方完全在她的掌握中的樣子。那副迷人勁兒讓董丹的心都快酥了。

兩人一步出電梯，就聽到從陳洋房間裡傳出眾人談笑的喧譁聲。打開門，看見的不是一個正在養病的老藝術家，而是一屋子八個人飲酒作樂的聚會場面。董丹認出其中一個，就是那個公子。地板上都是鋪展開的畫作，想要通行，只能小心翼翼的踮起腳尖。陳洋看起來有點人來瘋，一會兒叫這人王八蛋，一會兒喊那傢伙狗東西。他朝正不知何處安身的董丹一指，告訴客人們，這個可愛的混帳跟他是同鄉。接下來，他轉而告訴董丹，今天在場的其他這些王八蛋，都是有一個在朝當官的老子。

一個年輕女人認為董丹一看就是跑新聞的人。沒錯吧？我眼力好得很。可是別擔心，他不會把咱們今天晚上放浪形骸寫進他的報導，陳洋跟她保證。然後他跟董丹說，今天晚上當沒發生過，明白嗎？明白，董丹道，連忙點頭微笑。

李紅替董丹拿來一杯酒。

「我一會兒就要走。今晚我還有事，」董丹說。看來是沒指望好好作一場採訪了。

「我有事想請你幫忙，」李紅道，還是把酒杯塞進了董丹手裡。「你能不能去幫他買一些無糖的蛋糕回來？」她塞給董丹一個字條，上面寫了地址和方向指示。「離這兒不遠。我本來可以讓司機帶你去，可我怕萬一需要用車，所以還得把他留下來。你要是能幫我一下，就太謝謝了。我實在怕他吃太多甜的。」

董丹說他很樂意幫她跑趟腿。

「你能不能再順便跑一趟他女兒寄宿學校？跟她老師說，別忘了她今天晚上有鋼琴課。喔，他女兒的名字叫作陳雪鴿。」

董丹努力把這個名字記住。陳雪鴿。可是鴿子在雪裡不就凍死了嗎？

「順便帶點水果去給她。」

「行。」記住，陳雪鴿。

「太謝謝了。你看我這兒時再走不開。都是一些重要的客人……」

她又在扭動她的身體了。她的下巴、脖子和肩膀動作是一個乞憐的小女孩和一個獨裁者的混合體。

董丹走出病房大樓，就看見高喜在小草坪上來回踱步。夜正籠罩下來。她滿懷期待的抬起頭看著董丹向她走來。他採訪結束了？沒有採訪上。怎麼回事兒？董丹不知道他是否應該說，因為藝術家現在有很多重要的客人，還是說因為他身體不舒服。但你上去快一個半小時了，都在幹甚麼呢？高喜問。董丹注視著高喜，在暮色中她深峭的五官線條顯得柔和了許多。

「陳洋今天身體不舒服。」董丹決定為藝術家遮掩。「過兩天我再來。」

高喜抬頭朝藝術家位於三樓的窗口瞪了一眼。

「你不必幫他掩飾了，」她平靜地說道。

董丹覺得有點過意不去。她為了等他，在外面給蚊子叮了快一個半小時。

他向高喜保證，三天內一定會幫她完成這個採訪。

「錯了，不是幫我，而是幫你自己。是幫你從我這兒得到你所需要的幫助。」

高喜開車把董丹送到那個寄宿學校門口，就走了。學校校長跟董丹說，他要把這些桃子留下的話，必須附上一張字條，證明這是陳雪鴿同學家裡送來的，孩子們如果吃了有甚麼問題，學校不負任何責任。他只好照辦。離開學校往糕餅店去的路上，他突然想到甚麼，又請計程車司機停車，調頭開回去。他想起那些桃子沒有好好洗過。他拿著水果跑到男學生的公用澡堂，然後在小浴缸裡頭把桃子仔細洗了又洗，刷了又刷。剛踏出學校大門，他又衝了回去。回到了那個男學生浴室，努力回想剛剛他是在哪個浴缸裡洗桃子的。他擔心從桃子上刷下來的毛沾在浴缸裡，會讓下一個來洗澡的男生渾身發癢。正當他在刷浴缸的時候，一個三十歲左右的女老師出現在他身後。他挺起腰板，把兩個袖子一捲，朝對方微笑。對方看著他，一點都不掩飾對董丹的懷疑，覺得他不是個神經病，就是個戀童變態。她語氣嚴厲，問他究竟在幹甚麼。他告訴她發生了甚麼事後，她露出不可思議的表情說：如果是她，立刻會把那些桃子給扔了。董丹嚇了一跳，問她為甚麼。為甚麼？難道他不覺得在浴缸裡頭清洗食物是一件令人作嘔的事嗎？可是他洗水果之前把浴缸先刷過了，應該跟煮飯用的鍋子一樣乾淨，至少比他母親燒菜的鍋要乾淨。可是，對方回答，澡盆就是澡盆。每天有上百個孩子在裡頭洗腳和屁股，難道他是瘋了不成，把那當作洗食物的地方。光想一想就夠噁心的。

等董丹買了無糖蛋糕回到陳洋的病房，已經快到晚上十一點了。病房裡仍然笑鬧喧天。大師顯然喝得太多了，正語無倫次地哀悼他三十年前死掉的一條狗。李紅一邊幫他接話，一邊對客人做鬼臉。請各位多包涵，李紅抱歉地說。每回他開始說起他的狗，就表示他醉了。等客人都離去以後，陳洋進了浴室，站在一面櫥櫃的鏡子前瞪著自己。「你這個婊子。不，比婊子還不如，你是個太監。讓他們把你給閹了。你現在完全沒有良心和尊嚴，變成了他們的弄臣。這是一幫無惡不作的傢伙，就是因為老子有權有勢，肆無忌憚地對這個國家以及老百姓們強取豪奪。他們是這個國家罪惡的淵源，結果你把他們當作是上賓……」他撕扯自己的頭髮，雖然他頭頂上的頭髮所剩不多。董丹嚇壞了，忙跑去抓住他那粗壯的膀子。李紅則是立刻撥電話給夜裡值班的大夫，接下來她掛了電話，告訴董丹老傢伙說的話千萬不能夠讓旁人聽到，那會讓他又坐七年的牢。董丹終於把老傢伙安頓到了床上。陳洋在印著紅十字的白色被單下，手舞足蹈地又哭又喊，「你讓那一群甚麼都不懂的下三爛拿走你的畫！他們吃人不吐骨頭，他們連孔雀都吃，他們去吃屎、大便……」

李紅把電視機開到最大聲，不讓護士聽到他有任何對國家領導不敬的抱怨。大約過了十分鐘之後，他的手腳亂舞停止了，又哭又喊的聲音慢慢變小，漸漸入睡。正當董丹要離去讓李紅接手時，他發現老傢伙還緊緊抓住他外套的衣角。他輕輕把衣角抽了出來。在董丹心裡，大師其實像個孩子，沒有安全感，很需要人。可是，他能夠把這個寫進訪問裡嗎？當然不能。電梯到的時候，李紅趕忙從病房追了出來。

「等等，」她說。

董丹讓電梯又下去了。

「你別理他。他就是這個樣子，總喜歡找事情來發洩。一喝醉了，就喜歡批評這個社會和國家領導人。所以，你今天晚上就算甚麼也沒聽到，啊？」

董丹點點頭，李紅也笑了。

「明天一大早，他跟一個中醫師有約，但是我九點得和一些收藏家見面……」

「我可以陪陳大師去醫生那兒，」董丹道。

「沒有你的幫忙，我還真不知怎麼辦，」她說，並在他肩膀上輕輕拍了拍。

過了一個禮拜之後，甚至連陳洋都習慣叫董丹幫他做事了。小董，請幫我把魚缸的水換一換。小董，去把那一盆枯死的盆景丟了，再去市場上買盆新的來。小董，請幫我去跟醫院櫃檯結個帳，然後回來幫我把東西搬到車上。把這些東西運回家裡，至少得要三輛車。小董，請把這屋子裡的窗簾全拆下來，讓屋子跟醫院病房一樣明亮。小董，去跟廚子說，叫他別再放錄音機上那首無聊的歌。

出院之後，不到一週，陳洋已經非常習慣董丹待在他的畫室裡。不論是在畫畫、讀書、講電話，甚至和李紅拌嘴，他都並不介意董丹就在旁邊。董丹像是一件物品，快樂而滿足，任憑老藝術家把他擺放在任何背景前，他都可以融成一片。反倒是董丹不在身邊的時候，陳洋才發覺他的重要。有時董丹才剛從外面辦了事回來，就看見老藝術家焦躁不悅地問他剛剛跑到哪兒去了。另外有些時候，老藝術家畫了一半，筆突然停在空中，一動不動好一會兒，彷彿是想抓住遺失了的一個念頭。在這種時候，董丹也從不出聲，他好像知道，有某種神聖而神祕的東西使陳洋成為了陳洋，使其他藝術家成了其他藝術家。甚至有幾次，老藝術家無助的放下畫筆，喃喃說著他已經江郎才盡了，現在的他無異於一臺造糞機器。這時他突然注意到坐在他畫室角落裡的董丹，並不帶任何批判，只是平和安靜地看著他。

「你結婚了嗎？」老藝術家問道，一邊用手扯著兔毫畫筆的筆尖。

董丹笑說他結婚了。他心想，他已經告訴過他四次了。

「你們倆怎麼認識的？」

菫丹又笑了起來，他的戀愛故事他也告訴他不只一次了。

菫丹是五年前在他老家遇見小梅的。那時他正剛出師，回家探望父母。到家的第四天，他在父母屋子的前院裡瞧見一個漂亮的小姑娘在補衣服。他起晚了，他的父母早已下地了。她坐在一堆柴上，頭頂是搖曳的白楊樹影。他從窗子裡喊了一聲「喂！」問她在做甚麼。她回答她有名有姓，不叫作「喂」。他走到屋外，看見她在補的原來是他工廠的制服。

菫丹問她：妳怎麼可以隨便幫陌生男人補衣服？

她指著停在屋簷下的那輛舊腳踏車，看到沒？是我把它擦得亮晶晶的。

菫丹在她面前蹲了下來，看她偏過頭去咬斷線頭。她頸項露出的部分柔柔嫩嫩的，好年輕。他說她不可以幫一個男人做這些事，除非是她喜歡他。

她抬起眼笑道：我是喜歡他。

菫丹立刻紅了臉。這個男人妳連認識都不認識，怎麼知道喜歡他？

我在市場上和他擦身走過，看見他走去小酒館的時候，我就知道我喜歡他了。他和村裡人喝酒的時候，我一直在看他。他幫每個人付了酒錢，他還講了好多故事，像個說書人似的。

妳還很容易就喜歡上一個男人嘛，菫丹哈哈地笑起來。妳知道一個女孩子家說這種事，是很危險的。

為甚麼？

董丹不回答。莫名的緊張讓他一直想笑。

過了一分鐘他才說：妳就是不能夠這樣子說。他呵呵笑著，摸起她的手來。

她盯著他的臉，想不出甚麼事情這麼好笑。

他知道自己不應該佔人家便宜，但是還是忍不住。妳讓他摸妳嗎？要是喜歡他，就該讓他摸妳，不然他不知道妳喜歡他。

他不正在摸我嗎？她道，看著他的手從手掌移到了手臂，然後到了肩膀。她異樣平淡地看著他，任他的手掌鑽進了她的衣衫領口，從肩膀往下移動。

就摸一下，好不好？他問。

她點點頭，讓他解開了她的衣領，接下來是胸前的鈕釦。

他四下張望了一下，確定旁邊沒人。他把她摟進自己懷裡，撫摸起她才剛發育的胸部。他發現她的眼睛一直盯著他手的動作。如果董丹著迷她的身體，同樣的，她也著迷他的那雙手。

之後他並沒把她放在心上，直到那一晚，去看露天電影時又碰到了。她抱著張小板凳，靜靜地坐在了董丹身邊。趁著看電影，他偷偷又摸了她幾把，告訴她第二天帶她出去玩。他們去了河邊，河灘上盡是白色的卵石。董丹將他從北京帶來的橘子和餅乾擺出來，她只吃了他從鎮上麵包店買來的一條麵包。其他的食物，她碰都不碰。

這個妳不吃？董丹拿起一個橘子問道。

不吃。

為甚麼？

沒吃過。我不知道怎麼吃。

說不上來為甚麼，董丹對於自己對這女孩做過的事感到極度的內疚。她這麼年輕，甚麼事都不懂，包括不懂男人。對像她這樣善良純樸的女孩，男人們是不會放過的。這讓他覺得沒勁，似乎他竊了一個連竊是啥都渾然不知的人。

一週過去了，董丹就要回北京了。他到市場上希望再碰見這個叫小梅的女孩子。除了市場，他不知道還能到哪裡才能找到她。一連找了她兩天，她都沒有出現。直到要動身的前一晚，他又去小酒館喝酒時，看見她正站在酒館門口。

他說他也喜歡她。實際上，他對她的喜歡已經讓他想著將來帶她去北京。她像往常一樣淡淡地笑了笑，告訴他那得趕緊，因為再過幾天，她就要去西伯利亞了。她去西伯利亞做甚麼？她的家人已經把她許配給一個在西伯利亞有田有地，經營農場的中國人。那人雇了許多俄國籍的農工，現在需要一個老婆為大家作飯。董丹不能相信有這樣子的事。女孩說她來董丹的村上，是來跟自己的姑母告別的。

董丹將回北京的日期延後，來到女孩的家裡。那是一戶窮得一清二白的人家。他只待了十分鐘，就沮喪得離開了。女孩家裡告訴董丹，農場主人願出三萬塊錢作為聘金。當天夜裡小梅便逃家，跑到了董丹父母的住處。他帶她到了鄰縣，等待下一班回北京的火車。

董丹以前跟陳洋說這個故事時，都沒像這一次說得這樣子完整。這次他也不敢保證老傢伙聽完會記住。

有一天陳洋跟李紅大吵了一架，突然說，他多麼懷念還有像董丹這樣子的愛情故事。「一個村姑和一個牛郎。」他悽然地笑了笑。「這種愛情故事在大都市裡早就沒了。」

田

董丹晚上從外面回來，看見小梅正在修補他們最心愛的那一件紀念品，就是有鑲了金邊和金色商標的那一塊作成書形狀的黑色大理石。那塊金色的商標脫落了，小梅想把它黏回去。董丹在幫忙的時候發現，那東西太輕了，不可能是真金。他拿到燈下細看，發現不過是一塊塑膠。就是說打在上面的那家有名的金號印章也是假的。看來拿它換吃的是沒指望了。有了董丹的幫忙，小梅終於把那塊仿冒的金片黏回了黑色大理石上。就算不是真的金子，還是挺好看的。

兩人重新把它掛回牆上時，小梅告訴董丹，今天有人找她的麻煩。那個人開著一部車，當時十字路口交通非常擁擠，小梅正在路邊賣她的炒板栗，對方問她是不是去過魚翅宴。

「那人長甚麼樣子？」董丹問道。

她只看到那個人的頭，反正是個大頭。侏儒才會有那種大腦袋。董丹判斷。他戴眼鏡嗎？那種黑色寬邊，二十年前就不流行了的式樣？他問她。可她唯一看清的就是對方的腦袋。那時天色已經漸漸暗了，那人又跟她隔了幾部車遠。車陣喇叭齊鳴下，他得大喊大叫地跟小梅說話，他說他敢肯定，在魚翅宴上見過的女孩就是她。她叫他滾蛋，他不滾，還問她是不是住在這附近。她叫他人回家照照鏡子，也配打聽她住哪兒，沒鏡子自己撒泡尿照照也成。車隊開始移動了，他還想跟小梅說甚麼，可是她不給他機會了。她朝對方尖叫：滾！滾！滾！這回他總算滾了。

董丹握起小梅的手，叫她別慌別怕。不過他馬上意識到慌的是他自己。他的腦袋現在一片混亂，各種的猜測和自問自答同時朝不同的方向拉扯。小梅被監視了，有人在盯她的梢。

可是那傢伙為甚麼不一路跟蹤她回家呢？想到他沒有把小梅訓練好就把她帶去魚翅宴，董丹恨不得把自己給殺了。到了上床的時候，他告訴自己，睡一個好覺醒來，不再這麼驚慌的時候，他一定會想出一個讓他們兩人都解套的辦法。

夜愈來愈深了，董丹愈是想辦法入睡，愈是把自己搞得精疲力盡。他一雙腳又冰又冷，額頭上不停地冒汗。小梅背對著他睡在身邊，屈起的一隻腳擱在他的腿上，那腳掌的溫度溫暖健康，只有安心入睡的人才會有。董丹把自己的胳臂伸出，鑽進她的脖子下，真好，這樣他的前胸就抵著她的後背，兩個人一前一後緊貼著。董丹的下腹與大腿與對方的臀部及大腿的線條緊緊密合。或許可以說，他讓她載在身上，他乘著她的睡眠，乘著她均勻規律的呼吸，讓她身體的起伏一波波載起他開始漂浮，他就任她帶著他浮浮沉沉，溫柔地搖搖晃晃。終於，他的呼吸與她合而為一。就在他進入夢鄉前，董丹最後一個念頭就是，酒宴混吃的這勾當也不能再幹了。

𝌆

星期天的下午，董丹帶著小梅去附近的一處建築工地，這是小梅最喜歡的遊樂場。他們爬上完全沒有扶欄的階梯，上到了頂樓。小梅坐下來，環視四周所有還未完工的住宅大樓，董丹則在一旁對著建築的設計以及施工品質發表意見。他一邊指指點點，一邊告訴小梅，再一兩年後，他們會搬進其中哪一棟，以及他會選擇甚麼樣的室內裝潢。如果他再堅持做一陣酒宴混吃，他們存的錢就夠買一戶了。或許，他應該繼續冒險，賭這一把是值得的。他望著坐在初秋涼風中的小梅，讓人奇怪的是她永遠是那麼滿足，從來不會跟他要任何東西。體會到小梅的快樂可以這麼簡單，他心頭一震。他把小梅拉到身邊來，她舒服的偎在他的懷裡。

他們就這樣坐著，直到肚子開始咕咕叫。

晚餐就吃小梅親手擀的麵條。自從董丹到處吃酒宴以來，他一直沒機會享用從小最愛的家常菜。上次吃到小梅煮的熱湯麵已經都一年多以前的事了。他感覺肚子裡熱呼呼、軟綿綿的，那感覺滲入了他的血液、肌膚，開始愛撫著他的五臟六腑。突然下一秒，一種恐懼籠罩住他。如果他再不停止混吃酒宴，他將要失去這一切，這工廠宿舍、自己修補的沙發、偷來的熱水，甚至小梅，還有她親手做的熱湯麵。

小梅停下筷子，問他怎麼了。

「妳別再到街上賣東西了。」

「為甚麼不？」

「因為有人跟蹤妳。」

「我不在乎。」

「他們跟蹤妳是為了想逮到我。」

「為甚麼要逮你？」

「我偽造身分混宴會啊。這陣，他們正在抓像我這樣酒宴上混吃的冒牌貨。」

小梅並不懂去酒宴上混吃有甚麼不對。反正食物那麼多，根本吃不完，董丹不吃，還不都浪費了。多董丹一個人吃又怎麼樣，就算多一百個冒牌貨來吃，恐怕也吃不完。你看到沒有，即使每個人都吃飽了，還是有這麼多東西剩下來。真是浪費。要不是有他們這些冒牌貨，恐怕會有更多的食物給倒進餿水桶。說到犯罪，那才是真正的罪不可赦。

董丹想著幾個小時前他們看見的一間公寓房子，在他們這種郊區的小公寓，並不用太多錢。如果他再繼續跑酒宴跑三個月，頭期款的錢就差不多了。接下來，他會去找一份出賣勞力的活兒，來繳每個月的貸款。或許，他可以去開計程車，他們工廠裡很多下崗職工都在這麼做。這樣子，他擁有一戶小公寓就有著落了。他不會介意以後天天都吃小梅煮的熱湯麵。他可以吃整個下半輩子。

他們約好了在那家地下的按摩院見面，可是高喜卻沒出現。董丹找她來，是要跟她討論那一篇有關農民的文章。他把錄音機和採訪陳洋的錄音還給高喜的時候，她樂得尖叫，可是她卻沒有兌現她的承諾，幫他把這篇文章改出來。他一個人坐在房間裡繼續枯等。

有人敲門，接著聽見一個怯怯的聲音問道，可以進來嗎？董丹起身去開門，看到老十站在那兒。還來不及打招呼，她已經用肩膀推開門走了進來，手上還捧著一桶熱水和一只臉盆。

董丹並沒有約按摩服務。明白他的心思，老十笑著跟他說，別擔心，今天的服務算她請客。自從他們上次見面後，她過得還好嗎？嗯，還好。那她姐姐也好嗎？

「水晶泥還是藥草？」她一邊幫他脫鞋子，一邊問道。

董丹說由她來決定，她請客嘛。他哈哈大笑。她微笑著開始按摩他的小腿。他說因為她的緣故，他也開始喜歡上這種特殊「酷刑」了。她又笑了笑。人是怎麼發現的——想要這麼舒服，先得忍受一點點的疼痛？董丹一個人在那兒自說自笑。兩人之間有一種不自然的氣氛，他希望藉著說說笑笑能夠淡化它。

「水晶泥是唬人的，」老十說。「西藏根本沒有甚麼水晶泥。」她幫他脫掉襪子，把他的腳擱在自己膝頭上，一邊試了試水溫。

等她開始為他按摩之後，董丹這次感覺不太相同。她把他的腳放在離她身體更靠近的地方，當她前傾或是伸手，他的腳趾頭便跟她的胸部碰個正著。她的乳房感覺上很柔軟，而且意想不到的細嫩。

「妳不是說，妳想換個工作。」他的腳趾現在正在她的乳溝中間。無端的，一個令他痛苦的念頭出現了：任何人的腳都可以擱在他現在佔據的位置。搞不好會是一個又老又禿的男人，腕子上掛著勞力士，專門向老十這樣子的女孩炫耀自己的財富——他那雙長著腳氣、老繭的老腳丫子。

「我說過嗎？」她的手握住他的腳跟，疼痛的感覺中另有一種無法形容的鬆弛快感。

董丹發現自己的嘴巴鬆開了。

「所以……所以妳常常說過了一些話，又忘了？」

她回答的方式就是在他腳後跟上方的筋腱處用力一捏，他立刻痛得張口卻叫不出聲音。

「我沒有姐姐。」

「妳的意思是，上次妳是騙我的。」

「不，那個時候我是有個姐姐，現在沒了。」

董丹坐直了身體，定定看著她。她只盯著他的腳。

「她死了。」

「發生甚麼意外嗎？」

「她把她的積蓄借給了一個男人……」

老十繼續解釋，那是她姐姐所有的積蓄。她把錢借給了她的男朋友，之後要不回來。那是她姐姐從廣州到上海到北京，一路打工，辛辛苦苦存下來的。她工作了十年，可是她的男朋友就這樣全拿走了。他穿最貴的衣服，戴最貴的翡翠戒指，參加最貴的俱樂部。他還有太太，也上最貴的美容院，每隔兩天就作一次臉部保養。倒反而欠她的錢不還。

「她是甚麼時候借他錢的？」董丹問道。原本流蕩在他身體裡，讓他下半身無比舒暢的快感慢慢停止了。

「大概六個月以前。」老十說。

那是發生在他們第一次碰面以前。當時她怎麼沒跟他說？她是覺得兩個人認識還不夠深，不能談這樣子的事嗎？

「妳姐姐怎麼死的？是她男朋友還是男朋友的太太殺的？」

她一直看著他的腳，兩隻手繼續上上下下動作，快成一臺按摩機了。

「沒有人殺她。」

「那她是自殺的嗎？」

「也不是。」

她的一雙手，繼續在機械地動作，上下、上下、上下。董丹不明白她姐姐還可能出甚麼樣其他的事。一直隔了好幾分鐘以後，老十才終於打破沉默。六個月前，她的姐姐企圖把她的男朋友給毒死，結果是那男人的兒子誤吃下有毒的食物。她被判成謀殺罪而逮捕。上個禮拜，他們執行了她的死刑。她才二十九歲，高大美麗，有一頭長及大腿的秀髮，她總是跟老十說，小妹，雖然只是幫人按摩，可是它的前途無法預知，也許會為妳開一扇門。妳永遠不會知道。

「你第一次來這兒的時候，我其實是想告訴你的，」老十說道。

可是她並沒有。她本想等他第二次出現的時候再跟他說。她當時覺得董丹第二天一定還會來找她，要她為他做更貼身的服務。大多數的男人都想，而且也是這麼做的。

「我本來是想要找你求救。你是記者。我聽說有很多判決不公平的案子，就是因為你們這些人寫了文章之後就翻案了。他們怕你們。」

「他們」是誰？政府嗎？立法單位還是執法單位？可是董丹只問：「那回妳怎麼不說呢？」彷彿他已經成了一個真的記者，有一支有力的筆可以捍衛真理。他從來沒有像現在這樣，感覺「記者」是這麼神聖卻又遙不可及的一個頭銜。從來沒有像現在這一刻，他多麼希望自己真的是一個記者。

「妳姐姐叫甚麼名字？」其實已經不重要了。

「小梅。」

「小梅！」

怎麼回事？他註定了要跟叫小梅的人糾纏不清嗎？怎麼這世界上有這麼多漂亮、毫無戒心的、對男人不知道防範的女人叫作小梅？他不知道要向哪一個菩薩禱告，別再讓任何叫小梅的陷入魔掌了。

「在她被處決前，我去看過她。」老十停下了手說道。

那是初秋的一個美好的午後，是那種讓你覺得既滿懷希望又同時感覺惆悵的那種天氣。小梅並不知道她第二天就要行刑了。她只被告知將要有一個公審，許多犯人都將接受審判。她被帶進會客室與她的小妹見面，雙方都不知道這就是她們最後一次的相見。小梅話很多，嘰嚕咕嚕笑個沒停，臉上還淡淡化了一點妝，一定是從牢房外面偷運進來的。她問她的小妹，有沒有跟她上次提到的那位記者碰面。作妹妹的撒謊說，她已經跟某位能幫她的人接觸了。作妹妹的並沒有告訴姐姐，能夠求助的人她都求過了，統統拒絕了她。她用她的身體，用她的服務作交換，那些人享受了好處，就不見了。探監後第二天，老十在為客人做特別服務時，她姐姐被處決的新聞在電視上出現。那一刻之後發生的事情她都不記得了。只記得那一刻，她看見小梅槁木死灰的一張臉，兩個男人的拳頭揪扯住她的頭髮，被五花大綁的胸前，她那雙變形的乳房。之後整整兩天，老十的記憶完全一片空白。

董丹沒注意自己的手正在撫摸著她的頭髮，她的一張臉埋在他的膝頭上。

「哭。痛快哭。別憋著。」董丹道。

她卻沒有哭。這倒反而可怕。

就在處決後一週，她遇見了一個在那個審判她姐姐的法院工作的人。他告訴老十她姐姐被處決的經過。他們把她眼睛矇起來，和其他犯人一起送上一輛卡車。這些犯人並沒有像以往載著遊街示眾，他們直接被送進了市裡某處位於地下好幾公尺深的神祕場所。那地方的隔音水泥也有一米厚，完全被密封起來。既聽不到槍聲，也聽不到哭喊與求助的聲音。

當然也聽不見小梅的哭泣與哀求。董丹的手在老十染燙過的頭髮間摩挲。他現在甚麼也不能做了。即使是當時，他也做不了甚麼。

「就讓它過去了，好不好？哭一場，妳會好過些。」董丹道，輕撫著她的頭。

她把他抱得更緊了。

他端起她的臉來端詳著。她站起身，將她的嘴唇壓在董丹嘴上。還來不及反應，他已經感覺到他的懷裡一個年輕的肉體。她跟他說別擔心，沒有人會來打擾他們。她早就跟經理說了，這個客人的服務會很久。

她讓他在那一張躺椅變成的床上躺下。她一片真心毫無保留，任何可以想得出的身體部位所能使用的招數，統統都派上了用場，那些不可啟口的肉體快樂在他體內被喚醒了。他從來不知道自己的身體能夠承受這樣巨大的滿足，每一寸的肌膚都彷彿化成渴望激情的器官。

她騎坐在他身上，柔滑微汗的身軀回應著他對她身體每一個欲求。她對他慾望的渴求瞭若指掌，駕馭著他，順著一條他到此時才知道的祕徑往極樂世界而去。快感成熟了。快感溢了出來。

她癱軟在董丹身上。一陣痙攣，她突然決堤般放聲大哭起來。

「妳就大聲的哭。就讓他們聽見。哭得出來，妳才能好起來。妳想要發洩，就發洩在我身上。」董丹邊說邊抓起她的手，在自己的臉上、胸膛上捶打。他把自己的手指塞進她的牙齒間，讓她去咬。方才曾經偷香的手指被用力咬出了齒痕，他感到一陣疼痛。

一小時之後，老十翻身睡到一邊。她平躺著，眼睛盯著天花板，偶爾仍有間斷的啜泣。

董丹每聽到她抽泣，便摸摸她的肩膀。

「我……，」她欲說還休。

「有甚麼事情妳要我幫妳做的，儘量開口，」董丹道。

「我在想，你能不能把我姐姐的故事寫出來。不能讓她死而復生，也算多少還她一個公道。」

董丹對此完全沒有心理準備。令他感覺悲傷的是，老十剛才所作的一切，其實是想跟他交換條件，就像是她同其他男人做的交換一樣。她也以為那些男人可以救她姐姐。

「妳應該多為自己想想。我想妳姐姐在世上最後的心願，應該是希望妳能好好照顧自己。」董丹說，邊把衣服穿上。

老十告訴他，那個男人的妻子買通了某個有權勢的人。他們是在處決名單決定的最後一分鐘，才把她姐姐的名字加上去的。她姐姐沒運氣，趕上了這一波打擊犯罪的整飭行動。與其說維護治安，不如說是政治清算。把人匆匆忙忙就送上刑場，根本沒有完成司法的程序。

她一邊說話的同時，頭髮全部披散在臉上，彷彿是被她剛剛說出的話炸散開來了。

「過去的事就讓它過去吧，」董丹道，「妳得面對自己的人生。」否則妳就是下一個小梅。

「你怎麼能這樣說呢？」她說。話一急，她的鄉下口音加重了。「到底還有沒有公理？她死的時候還有三個月的身孕！那個孩子是在監獄裡頭懷的。你想想看，這會是誰幹的！」

董丹望著她。感覺不寒而慄。

「他們強迫她把孩子打掉，還說如果她告訴任何人，她就絕對逃不過死刑。」

「妳從哪兒知道這些的？」

「你如果真想打聽，你會知道的。」

董丹萬萬料想不到竟然有一群這樣的人，像老十這樣的年輕女孩本來應該靠他們保護，結果竟然會對她們做出這樣子的事。

「只要你肯幫我，我天天幫你免費服務。我喜歡你，我信任你。如果我想嫁人，就嫁你這樣的。」

「妳知道……」

「我知道。」

他看著她。

「你是有老婆的。」

「她的名字也叫小梅。」

她給他一個悲喜交集的微笑。

## 🀆

連續五天，董丹每個下午都跟老十在一塊兒。他知道了小梅過去更多的過去。在念中學的時候，她曾經是班上的第一名。可是她的父母決定，作為長女，她得放棄自己的學業，好讓她的弟弟們繼續升學。老十的兩個哥哥，一個大她兩歲，一個大她四歲，後來都進了大學，但是家裡頭沒有辦法負擔他們的學費，所以先是小梅，然後是排行老么的老十，陸續都到城裡來作按摩的工作，好資助哥哥們念書。

按摩院裡的下午安靜而漫長。他們總是做愛，說著悄悄話。他發現她對他的激情，並不是裝出來的，並隨著每一回他來看她持續加溫。

每回董丹要離去時，他都在她制服的口袋裡偷偷塞上幾張鈔票。究竟是作為小費，還是一種關心的表示，董丹並不去定義它。到了下回兩人再見面時，誰也沒有提起錢的事。她明白那錢並不是她服務的酬勞。她對他的服務如果真的要收費，要比這高出太多。

有時做愛中途，她會突然問董丹，他開始寫她姐姐的故事沒有。無意之中，董丹還是撒了謊。他與老十關係愈深，他愈無法振作精神提起筆。他甚至看不出兩件事有甚麼關聯，這是一樁乾柴烈火的愛情，源自於彼此相同平等的慾望。董丹不希望這是另一種利益的交換，他已經看得太多，對於這樣子的事感覺反感而且厭倦。

這天下午，董丹才剛走出房間，留下老十穿著內褲、胸罩坐在那兒補妝，忽然就聽見一聲：

「哈，總算找到你了！」

高喜站在董丹面前，雙臂抱胸，一臉挖苦。

「我到處在找你。你好像從酒宴上完全消失了。」

董丹支支吾吾的編了一個理由或藉口，解釋他為甚麼在這裡。

「我不聽你的狗屁，」高喜道。她推開門，探進頭。「哈囉，」她對老十道。「早安啊，美人！現在是早上八點，紅磨坊時間。」

董丹用力把她推到旁邊。

「來這裡扮演這些小賤貨的救世主嗎？」高喜問道。

「妳想幹嘛？」

「不幹嘛，我就不能來這兒？」

董丹走在她前面，把她從老十房門口帶開。

「這比我預想的還糟糕，」高喜說，隨著董丹走進了一間門上掛著「無人」標誌的房間。

「你愛上她了。」

「胡扯。」

她過去在一張椅子上坐下，又動手拍拍她旁邊空著的椅子。他猶豫著要不要過去。她更用力地拍了幾下。

「到底有甚麼事，有話快說，不然我要回家了。」董丹說。

「你那篇文章，今天晚上上版，」高喜說。

「農民寫的那一篇文章……」

「現在是你的文章了。你把他們的名字換成了是你的，別覺得過意不去。因為你從頭到尾把它改寫了。所以接下來會發生甚麼事，轟動還是倒楣，掌聲還是批判，你自己全權負責。對了，它的標題是：『白家村尋常的一天』。」

董丹的心卻又跑回了老十身上。她現在跟誰在一起？今天晚上她是不是又要為某個自吹自擂的傢伙做按摩？她也會張開她的腿，騎在那個噁心的男人身上，就像她同他做的那樣？可是他現在跟其他那些噁心男人有甚麼不同，說不定更噁心。她也會跟其他的男人枕邊細語嗎？她也會用她的胸脯去按摩每一個人的臉頰嗎？天，那一張張的臉多麼醜陋。豬腮配上大吃大喝過度的一雙油膩的厚唇。他董丹長得不難看，這一點他還明白。至少小梅告訴他，他生得英俊健壯。小梅。他心愛的小梅，他怎麼會做出這樣對不起她的事。

「你不喜歡那個標題嗎？」

他根本不在意。那是高喜的文章。是她把它重寫了。她把它徹頭徹尾改成一篇無味冷酷、無悲無喜，沒有任何同情或是道德譴責的文章。如果是他的文章，他描寫的對象是像他自己父母一樣的人，他怎麼會不激動，不感同身受？

「還可以。」

「我就知道你會喜歡。想出這名字，還真得靠點天才。我把文章中原來那些陳腔濫調全拿掉了，現在它讀起來感覺像是一篇有趣的鄉下傳說。我並沒有省略任何細節，也沒有對任何一方偏心，我讓受害者與加害者兩方都有機會把他們的角色立場表達出來。」

董丹看著她整個人四仰八叉躺在椅子裡，像是一隻海星。

「最後這個版本，你會喜歡的。它真的挺幽默的。是那種很冷的幽默。比較有程度的讀者會讀得出來，在這事件中的受害人，在其他事件中可能會做出相同加害於人的事，如果這些人永遠困在他們那種農民式的無知裡。」

董丹擔心她又要開始她那一套農民是腐敗源頭的演說。她那一套真的會讓人發瘋。他得趕快走人。他舉起腕子看了看錶。她問他要上哪兒去？她可以載他一程。不用了，謝謝。交通尖峰時間就要開始了，他最好坐地鐵。他晚上還有事。

「把煙灰缸遞給我，好嗎？」高喜坐直了身子，點起了一根香菸。她從來不管你是不是在趕時間，就算你娘臨終在病床上，還是說你老婆正在臨盆，她照樣對你發號施令，面不改色。

他走到對面假窗子旁的小櫃子前，拿起一個陶瓷煙灰缸遞給她。

「他們逮到了一些『宴會蟲』。」高喜道。

董丹原本要背在肩上的袋子被他拎在手裡。「甚麼宴會蟲？」

「這是他們取的名字。指的是那一些專門在宴會上冒充記者混吃混喝的罪犯。」高喜說道，一邊躺平了身子，拍拍身邊的座椅。

「過來到我這坐下。吸過毒沒有？」

董丹在她身邊坐下。原來宴會蟲從來不只他一個。他們會怎麼對付這些宴會蟲呢？他們也會給裝上卡車，偷偷運到某個地下刑場去處決嗎？

「吸完這樣一躺，是再好也不過了。」

他望著她，高喜雙眼緊閉，嘴唇微張。

「我敢打賭，你從來沒吸過，」她道。「你這種人一輩子，跟剛生出來一樣，那麼簡單，多乏味呀。想過把癮的話，我可以安排。」

「好啊。」逮捕的那天，如果他也在現場混吃，說不定也一塊兒被逮走了。

「你得要找對門道，才可以拿到好貨。你想先來點溫和的，還是直接就試真傢伙？」

「好。」那小個子是不是也被抓起來了？還是說，他是便衣警察，專為這一場打擊宴會蟲的掃蕩行動來臥底的……

他聽見高喜又問了他些問題，他照樣回答好。接著他聽見她大聲笑了起來，兩隻腳在籐椅的邊緣踱得蹬蹬響。

「怎麼了？」他轉身去問她。

「我剛剛說，咱倆乾脆脫光了到街上去遛彎吧，你也說好。」她笑得快背過氣了。

「他們打算怎麼處理那些宴會蟲？」董丹儘量裝作自然。「他們都被關進監裡了嗎？」

「大概吧。算這些王八蛋運氣好，大力掃蕩犯罪行動剛剛落幕。他們頂多被關個一兩年，都是一群流氓混混，失業的傢伙，有些人是鄉下來的土包子，來這兒做建築工人，結果老闆們發不出薪水。」

董丹想到自己竟然是這個群落的一分子，感到很沮喪。老十對他這種人還當作神一般侍奉。

「他們抓人的時候，我也在場。便衣警察突然從每個地方冒了出來，每一張桌上幾乎都有一兩個。你想想看，他們這樣子不也算是宴會蟲嗎？好幾張臉我都認得。他們也游走在各大酒宴好長一段時間了，跟著混吃混喝。整個大掃蕩，五分鐘就結束了，然後一切繼續，宴會上的人照常拿閒話來下飯。」高喜回憶起那一天的情景。

真的就差一點。否則他現在也在監獄裡啃饅頭和醃菜。他可能睡在光禿禿的水泥地上，或許有一張破草蓆，那會是一間擠得像魚市攤位一樣的房間。他擠在兩個全身發出餿臭汗味的男人之間，聞得見他們老二沒洗乾淨的怪味。他也許會被打得鼻青臉腫。他也許就這樣子失蹤了好幾天，小梅都還不知情。要不是跟老十的這一段，他就慘了。

「等你那一篇文章登出來之後，你說不定會走紅。這是玩火型的文章。你不是換得名聲，就是招來整肅。你覺得冒這個險值得嗎？」

她在講甚麼，董丹並沒有真正往心裡去。他的心裡仍在想像著，因為他的逮捕而傷心欲絕的小梅，帶著她自己做的熱湯麵來探監遭拒。而老十發現他失蹤後，一定以為董丹跟其他那些得了好處就拍拍屁股走的傢伙們沒有兩樣。玩過了就不新鮮了。

「你最近見陳洋了嗎？」高喜問。

「沒有。」

「有時間快去看看他。」

「我不是把妳要的錄音帶都給妳了嗎？」

「我看你真的是肏小姐都肏傻了，是吧？陳洋的前妻指控他逃稅，現在是頭號新聞。好幾家報紙都拿它作頭條。那個前妻接受了許多記者的專訪。」高喜一邊說一邊把香菸的煙灰東彈西彈，就是沒有彈進煙灰缸裡。這個人很邋遢，因為她把邋遢當成一種瀟灑。「我告訴你，這事不看好。如果陳洋被發現有罪的話，他可是要坐牢的。現在他拒絕接受媒體採訪，連那些平日跟他接近的人都見不到他。可是你不一樣，他會見你的。」

董丹也相信藝術家會想要見到他。

高喜認為現在正是刊登關於老藝術家那篇長篇專訪的最好時機。不過得把這個新的事件加進去，然後會把它改成比較負面的文章。為甚麼？因為這是現在讀者們想要讀到的。董丹還得幫她一個忙，她說。再去跟陳洋見個面，想辦法從他那兒再多知道一些細節，了解一下他對這件事情有甚麼看法，對於自己被背叛，又有甚麼感覺？她相信他這時候急需要一個他又能信任，又有同情心的人，好讓他能夠傾吐。這個人就是董丹。董丹以為呢？是，他想也是。利用他對他的信任，盡可能提供他所需要的同情。陳洋一定迫切地希望得到媒體的同情，只是自從那次孔雀宴之後，他一直沒有做好與媒體重修舊好的工夫。這也是為甚麼他現在不能夠跟他們接觸的原因。她敢賭一萬塊錢：現在老頭一定為那天在孔雀宴上得罪了媒體後悔莫及。

「我還敢打賭，那個李紅這時候也一定走人了。真沒勁，是不是？賤貨們做的事全一樣。」

囲

在陳洋住處的大門口，那個門房因為早已經認識了董丹而把祕密告訴了他。藝術家此時正待在他鄉下的房子裡，距離城市五十公里。現在是誰在照顧藝術家呢？他的司機和廚子。他的未婚妻沒有跟他一道嗎？沒有。她得回她老家去照顧她生病的母親，她母親心臟不太好。有沒有公車可以抵達陳洋在鄉下的住處？就他所知道，並沒有。

無所事事的董丹又來到了「綠樹林俱樂部」。此時正是生意清淡的時刻。「盲眼」的治療師們正在休息室裡打乒乓球，另外一旁，年輕的男孩女孩們正在觀看電視連續劇。老十正在電視機前的地板上塗腳指甲油。看見董丹，她立刻彈了起來，用一隻腳跳著來到門邊。當著其他人的面，她並沒有隱藏她對董丹的情感。她其實是拿董丹在跟他們炫耀。

十分鐘後，他們兩人來到了大街上。老十跟經理說她感冒了，董丹還真應該看看她假裝打噴嚏的樣子，她道。他帶她進了地鐵站，她很驚訝董丹並沒有開車。他沒錢買車。她以為跑新聞的都賺很多錢。如果是老家還有年老父母，每個月等著他們的兒子寄錢回去，那真的沒甚麼錢。這樣啊。等她嫁了有錢人，她就幫他買一輛。甚麼時候嫁？早晚唄。快了嗎？希望是。你是喜歡BMW呢，還是賓士？還是法拉利？賓士敞篷型倒是挺舒服的。夏天的時候把車頂放下來，冬天的時候座位還有暖氣，只是它的造型沒有法拉利那麼拉風。她對車子了解得還真不少。當然囉，活在北京這種城市，人人都得趕緊長知識，對不對？沒錯。她微笑起來。他也跟著笑了，很想問老十她有沒有坐過這些在北京大街上經常呼嘯而過、不守交通規則、把許多騎單車的人嚇得半死的名車。她是不是曾經坐過那種騷包傢伙開的車？那種專靠剝削別人發財的人一邊開車，一隻手在換檔的時候還偷偷伸到她大腿上。他沒有問出口，卻聽她說她姐姐的男朋友經常換車，愈換愈炫，還邀請過她坐他的車。他問她會嫁一個像那樣的有錢人嗎？不會。為甚麼？因為他不是真有錢。他只是假裝有錢。他望著她桃子形的臉蛋，左邊的唇角一顆紅痣，讓她看起來十分撩人。他突然注意到她的一雙眉毛看起來跟以前不一樣。他曾經聽說有些女人會把原來的眉毛剔掉，然後紋上新的眉毛。這樣子紋出來的眉毛都有著相同的弧度——好萊塢型的弧度——所以工整而完美。董丹的心中出現了一幅畫面，在有六億五千萬女性同胞的一個國家裡，所有的女性都有一副相同弧度的工整眉毛。最後的結果是沒有多少女人還有自己原來的眉毛。老十今天換上的衣服讓她看起來有些老氣：黑色蕾絲的襯衣外加上一件白色外套，底下一條緊身的白色短裙。她走起路來膝蓋打彎，屁股往後，看起來好像打算要坐下的姿勢。她還沒學會怎麼穿高跟鞋，可是她還是算得上美女，知道怎麼樣利用自己的條件。

這時是初秋時分，天空清澈，有著微微涼風。他們一路慢慢溜躂來到了北海公園，他們並沒有像情人一般手牽手。一塊走在外邊的世界對他們來說是新經驗，彷彿他們得重頭開始建立他們親密關係，以一種新的方式，不同於從前躲在陰暗的按摩室裡。他們眼神交會時，心跳會加速；有好幾次他的手或肩膀不經意就碰到了她，剎那的接觸造成了一種緊張的偷情樂趣，讓他們找回了少男少女的感覺。這樣的閃爍碰觸令他們顫慄，渴望得到更多。

在北海公園，他問她想不想去划小舢舨。她說她當然想，她還從來沒乘過。兩人交換了一個微笑：現在在北京的情侶們都正時髦划舢舨。在小碼頭上，她坐下來把腳上的高跟鞋脫掉。隔著玻璃絲襪，董丹看見有兩顆水泡都已經流血了。他把她的腳放在自己膝頭上，檢查那傷口，責怪她腳痛成這樣還不出聲。他叫她等著，自己跑到附近的商店，回來的時候，手上多了藥棉和消炎藥膏。在為她傷口擦藥時，他問還痛嗎？不疼，她沒有甚麼感覺。她揉著他的頭髮跟他說，那頭有個老太太看見他跑去店裡幫她買藥時，對他很誇獎。她怎麼說？她說我是一個幸運的女孩，能夠嫁給一個這麼疼愛老婆的男人。

「至少，她以為你是我的丈夫，」她說。「你希望別人把你看作是我丈夫嗎？」

他不敢作聲。

「老一輩的女人看一個男人好不好，總是先看是不是已經有老婆。」

「這哪能算是鞋子？」他指著她那一雙用蕾絲裝飾的高跟鞋。「穿這玩意兒怎麼走路啊？」她說她沒想到要走這麼多路，她以為她會坐他的車。她說自己有雙大腳。他則說他不喜歡女人的腳肉肉小小的。她的腳看起來既健康又自由，是那種在田裡很能幹的一雙腳。很會爬山，她說，還可以扛著一堆柴爬在那些陡峭的羊腸小徑上，有時候挑的是磚頭。她曾經挑磚上山？是呀。有人在山頂上蓋那替觀光客住的旅社。那種工作酬勞很好，村裡的人都搶著要。難怪她有這麼一雙強健的腳。

他蹲在她的面前，她的腳在他的膝頭上，正像是以前她把他的腳放在她的膝頭上讓她按摩那樣。

「我們的腳，」她突然大笑著說道，「它倆比咱倆有交情。」

他突然想起來，這還是第一次他看她笑得這麼開懷。老天，她真是漂亮。舢舨全部停開，因為有大風要來了。他們很失望，改去附近的餐廳吃飯。一路上他攙著笑個沒完的老十。她說他要有開車就方便多了。沒問題，車就來了——他一把將她抱起，背在背上。她掙扎著想要下來，但是他不讓她下。就這樣，一人騎在另一人的背上，走進了公園對面的一家館子。

「人家都在看我們，」她說。

他笑著把她從背上放到座椅上，位子上的椅墊很髒。這是一家四川館子。一個男孩拎著茶壺，那茶壺嘴足足有一米半那麼長，以一個不可思議的角度就把熱茶倒進了小杯子裡。從茶壺傾斜到熱茶從茶嘴流出，這中間有短短的空檔好讓大家看清楚，茶要倒進杯子裡有多長一段距離。她在桌子底下伸出腳去碰他。他則想像她那受傷的腳跟，貼著繃帶，表皮脫落露出了濕潤的嫩肉以及底下纖細的神經。他從未嘗試過這樣的親密動作。感覺有一點點色情，非常之不倫。她的腳從他的小腿已經移到了膝蓋。他感覺暈眩。

他讓她點菜。她讀著菜單，點了一道沙鍋魚翅和魚香干貝。她同服務生開玩笑說，可別拿粉絲冒充魚翅來騙他們。不會的，他們童叟無欺。老十又說，如果他們騙她，她吃得出來，因為粉絲跟魚翅的區別她一清二楚。這麼說來，她常常上館子了，董丹心想。那是跟誰呢？

身體和腳都同樣被她親密伺候過的傢伙嗎？是會多付一點錢要求額外服務的那種男人嗎？

她繼續點菜。他在一旁開始擔心了。他這才想到他身上只帶了一百塊錢。他從來不放太多現金在身上。當他有錢的時候，他總是把錢交給小梅。小梅很會存錢。他記得今天出門的時候，小梅放了一張一百塊錢的鈔票在他的皮夾裡。另外還有幾張零鈔，他已經花掉了，用來買了地鐵車票和雪糕。其實雪糕根本不該買的，一個就要二十多塊錢，因為是從美國來的，一種叫 Häagen-Dazs 的牌子。老十對舶來品了解得還真不少。早知道讓她一個人吃雪糕就好了。可以推說他不喜歡甜食，或是他要抽菸，或是編一個任何其他類似的藉口。

他跟女服務生又要了一份菜單，假裝在欣賞菜單的設計。菜單設計得很糟糕，這家館子的問題就是他們太努力想要讓一切看起來豪華。他的眼光直接就盯在了菜單右欄有價錢的部分。以前在麥當勞，每當小梅盯著櫃檯上方菜單右欄的時候，他總會取笑她。單單那一道魚翅沙鍋就要七十塊，四川師傅怎麼可能做得出好的魚翅？四川這地方離海邊說有多遠就有多遠。如果是真的魚翅，恐怕遠不只七十塊錢這個價錢。按照這樣子的價格，能把鯊魚尾巴在他們的湯裡蘸一蘸就算運氣不錯。付完魚翅，他的皮夾裡就只剩三十塊。她告訴他要知道四川館子好不好，就要看他們端出來的冷盤地不地道。因此，她又加了幾道冷盤：四川泡菜、夫妻肺片、燻鴨脖子，還有芝麻雞。她看菜單的時候，只顧左欄的部分。

他現在後悔把上幾次從酒宴中賺的車馬費全交給了小梅存了起來。他喜歡看他太太數錢的樣子。數完她會告訴他，他們目前存款的總額。前天晚上，他不是才交給小梅伍佰塊錢？加上皮夾裡的一佰，他本來應該有六佰塊。六佰塊！只能在這兒吃一頓飯！小梅知道會心痛死。他希望老十不要再點了。他賺錢不容易。要撒謊、要假裝、要時時刻刻提高警覺，不是一件容易的事。它很消耗人，這也是為甚麼他的體重愈來愈輕，即使這一年來都是吃香喝辣的。此刻，他聽見老十問女服務生，他們有沒有雞尾酒。雞尾巴做酒？不是，老十笑了：就是一種飲料的名字，把酒和果汁混在一塊兒。他們沒有雞尾酒。那有沒有白蘭地呢？大概有，她得去瞧瞧。

他希望那個服務生待會兒不要真的抱著一瓶昂貴的白蘭地出現。如果這樣，他得跟老十撒謊，他不能喝酒，因為今天傍晚他有一個重要的會議。她繼續看菜單，輕輕皺著眉頭，問他想吃對蝦嗎？不，不想。那好，因為她也不想。他感覺鬆了一口氣。她總共點了幾道菜了？六道，不包括那些冷盤。他兩趟酒席宴存下來的錢全泡湯了。

「妳還真是餓壞了？」他說。也不知道館子附近找不找得到自動提款機。

她抬起眼對他微笑，闔起了絲緞封面的菜單。他端起茶杯喝了口茶，滾燙的溫度讓他一陣痙攣。她又開始談她的姐姐了。他執起她的手，輕輕愛撫著。他原以為今天他們會放個假，不再談論她姐姐。他握緊她的手，怕她眼中的淚水就這樣子滴下來，可是它們還是落下了。落在餐桌的玻璃面上，一滴、兩滴、三滴、四滴……

女服務生回來了，他們有賣白蘭地。董丹自己都很驚訝：知道他們賣酒他居然很高興。他待會兒會找到提款機的，他會有足夠的錢付這頓飯和酒。只要能讓老十開心，不要一直談論她的姐姐，花點錢是值得的。他願意做任何事情，只要不要讓她又想起了她姐姐，接下來想到她求他寫的那篇文章。這讓他們的關係有點兒走味。

「甚麼白蘭地？」她問女服務生。

「就是白蘭地嘛。」

「我知道。但是白蘭地有很多種，價格也不同。你們賣的是哪一種？」

「我們是一杯一杯的賣。」

她沒好氣地朝董丹笑了笑。「你喜歡喝哪種白蘭地？」她問他。

「隨便。」他回答。

董丹不懂任何白蘭地的牌子。老十決定以後，女服務生端來了兩杯白蘭地。老十懂得品酒，看那樣子她一定常常出來喝酒，或者她只是從好萊塢電影裡學來的。他希望她是從好萊塢電影裡學來的。她端杯子的樣子很性感，幾乎有點懶洋洋地，就讓酒杯的長柄夾在中指和無名指間晃蕩。他們用的杯子，杯口有一圈金色，杯底也有一些金色的圖案，可是看起來不乾不淨。很顯然地，洗杯子用的水就是他們洗了好幾打油膩髒盤子的洗碗水。不對，她喝酒的這一套不是從好萊塢電影裡學來的。花錢買她服務的那些傢伙，絕沒有看好萊塢電影這樣高的品味，董丹如此分析著。肯定是那些腦滿腸肥、帶著銅臭的傢伙，把她帶到外面來，給她上了雞尾酒以及白蘭地的一課。喝了盡興之後呢？他們又做了甚麼？第一杯酒下肚，董丹已經有一點醉意，可是老十仍然面不改色，好端端坐著。他觀察她靈巧的手指，端著混濁的杯子，想不出到底她是怎麼培養出這些習慣的。她在他眼睛無法看透的昏暗曖昧中養成了這些習慣。這些習慣，是從一些不清不楚的關係之中累積出來的，像他們現在這般。每天都有載滿鄉下姑娘的火車開進北京，像老十這些長得漂亮的就在這座城市的地下發展出另一個城市，建立了一種與真實的人生對稱的祕密生活。那是對做人妻子、子女的人來說不得而知的一種生活。對那些苦哈哈的薪水階級、騎腳踏車去上班的人來說，也是看不見的一種生活。而董丹原本就是這些人當中的一個。如果他沒有冒充記者，他是永遠不可能知道會有這樣子的生活，有像老十這樣子美麗的女人，還有他對她熾熱的慾望。如果他真的是一個有影響力，有錢又有名的記者，或許他能夠擁有她，只是短暫的也好。他望著她，意識到他嫉妒的對象竟是自己冒充的那一個人。

「喂，」老十喊那服務生，「這白蘭地是假貨。」

「不可能！」服務生抗議道。

「你嚐過嗎？」

女服務生搖搖頭。看來即使她喝過也不知道有甚麼不同。

「要不我們改叫大麴酒？」老十問董丹。

董丹笑著點點頭。這樣帳單上又多了五十塊。她到底會不會就此打住？否則，他對小梅要怎麼解釋？他一個人從來不曾花掉這麼多錢。小梅對謊言有非常敏銳的直覺。老十終於挑到讓她滿意的酒，八十塊一瓶的四川白乾。接著她又開始了，講起她母親一直在追問關於她姐姐的消息。她們的母親是家族裡唯一對於小梅的死還蒙在鼓裡的人。在董丹為她們伸張正義之前，她沒辦法跟她說任何事。她在桌子下緊緊抓住董丹的手。在她目光壓力下，董丹覺得自己要崩潰了，就算他是一個正牌的新聞記者、而不是一個會說點鄉下傳說的宴會蟲，他也沒有辦法寫出這一篇關於她姐姐的報導。他如何能下筆，如果他和其他那些男人沒有兩樣，也在剝削著老十？他憑甚麼來伸張正義，如果他也接受了老十用肉體作的賄賂？除非他們的關係能夠徹底的改變，重新來過，他是沒有辦法寫這一篇東西的。

那白蘭地還真的是冒牌貨。他的頭和胃已經開始作怪，他站起身往大門走去。

「你要上哪兒？」

「上洗手間。」

「餐廳裡就有。」

「我還是去公園裡的廁所。」

「為甚麼？」

「透口氣。」

他朝她送了一個飛吻，跨出了門檻。他知道他這個動作很土很誇張，但也沒辦法。

到了公園門口，他找到了提款機。他把提款卡塞進去，卻不斷地被退出來。他問清潔女工，附近可還有另外一臺機器。沒有，公園裡不是設置提款機的好地方，很不安全。於是他朝反方向走，既沒有看到有任何銀行，也沒看見提款機。

風力開始在增強，一個看上去大概有一百歲的老人，面孔如風乾木乃伊，正推著一輛掛滿棉花糖的手推車，搖搖晃晃走過街道。一張骯髒破舊的塑膠紙飛過，正好落在一球棉花糖上，被緊緊沾住，沙拉拉響地飛舞著。老人把它從棉花糖上往下扯，一不小心給路中央一塊突起的水泥給絆著了。手推車翻了過來。老人於是消失在色彩繽紛、軟綿綿的一堆棉花糖下。

董丹朝他跑去，中途卻煞住腳。那老人在放聲哀號，一面忙著把沾在糖上的落葉、冰棒包裝紙、香菸頭清理乾淨。天啊，真是人間慘劇。董丹走了過去，從他褲袋裡掏出了他最後那一張一佰元鈔票。如果讓他停止號哭是這價錢，也沒有甚麼好還價的了。他將錢塞進了老人那隻皮鬆指枯的蒼老手中，轉身飛快逃去。

在一座辦公大樓的大廳處，他看到了一間銀行外頭設有提款機。他趕緊跑過街，接近時卻看見旋轉大門入口處，被一排鐵欄杆和繩子給圈了起來。他想也沒想便一腳跨過繩欄。正當他往提款機走去時，聽見一個聲音喊道：「幹嘛呢你?!」

他停下步轉身。一個瘦乾的男人穿著一件不合身的制服，正站在欄繩外，手中拎著一個鐵製飯盒，另一隻手上握著筷子。他用筷子點了點地上。董丹發現他身後有一排印在未乾水泥上的濕腳印。那瘦子問他有沒有長眼睛？看看他幹的好事。董丹說，他現在看見了，不過也晚了。要跨過被繩子圍起來的地方，事前都該先看清楚。沒錯，董丹同意是該先看清楚。他陷在自己的腳印裡，腿開始感覺僵硬。因為要趕著暴風雨來之前把水泥鋪完，五位工人弟兄累得半死趕工的結果。現在十秒鐘就讓你給毀了。是六秒。甚麼?!他只用了六秒鐘就把它毀了——那十二個腳印子就是證據。你以為花六秒鐘就比花十秒的賠償得少嗎？瘦子氣瘋了。不、不、不是，董丹糾正他，他的意思是他很快就發現自己的錯誤了。十秒還是六秒沒差別，反正他得賠償。賠多少？這不是他來決定。大樓經理會定價。

董丹困在自己的腳印裡，感覺酒意愈來愈重。烈陽當頭，又急又乾燥的強風陣陣吹來。再過沒多久，他可就會凝固在這水泥地上了。他跟瘦子說，他得先去領錢，才好賠償損失。瘦子說，他絕對不會讓他再有動作，損壞了人行道其他的部分。那他到底要他怎麼做？簡單：把錢交出來給大樓的經理。如果他讓他去領了錢，他就會賠。那他的腳印又會多十二個，價錢就要加倍。

瘦子朝他手中的對講機咕噥著，一邊對著電話另一頭看不見的那人比手劃腳。有人群攏了過來。已經發展成暴風雨的風勢中，他們的褲子及衣裙被吹得啪啪響。他們彼此詢問發生了甚麼事。

老十會怎麼想？她八成以為他賴帳溜掉了。突然這個念頭讓他冒出了一頭汗。他才要抬起腳跨向欄繩，瘦子就叫了起來：「不要動！」

他緊急煞住，兩隻胳臂不停畫圈圈好在風中維持住平衡。

「你嫌賠得還不夠，是不是？」瘦子問道。

「不是。」他回答。

眾人笑了起來。

也許老十這時正在看錶，發現他已經去了半個鐘頭。她搖著頭，臉頰鼓起作出不齒的冷笑。甚麼玩意兒？一頓飯的帳單就把他給嚇跑了。她接著會叫買單，拿出她替人作按摩還有天知道其他甚麼服務賺來的一小疊鈔票，從裡頭抽出了幾張來。這不過是再一次證明，想要靠男人完全是妄想。

兩個穿制服的男人走出了旋轉門。他們繞過了繩子圍起來的區域，走到了瘦子身邊。

「給，這是我的名片。我是記者。」董丹拿出他最後的一招：他把名片交給了其中一人。

瘦子接過董丹給他的名片。他的嘴唇無聲地動著在唸名片上的字，讀完之後又把它傳給了他的同事。

「我們怎麼知道這是真的還是假的？」瘦子問道。

「你還想要看我的身分證件嗎？」董丹自己說。

瘦子說是。於是董丹把證件也交給他。

「這個我們能先扣著嗎？」瘦子問。

「為甚麼？」

「等經理回來決定了賠償金額，我們才好知道上哪兒找你。」

如果他猶豫，一定會令對方起疑。所以董丹跟他們說，隨他們便，想扣甚麼就扣甚麼。

他乾笑了幾聲，聞見自己呼吸中白蘭地酒氣。只要你們把拿去的東西給我列出一張收據。其中一人掏出了收據簿。

「你們就靠這個勒索人是吧？至少得掛個警告標誌啊。甚麼提醒都沒有，就等人家掉進你的陷阱，你好跟他們要求賠償。撈這種外快夠容易的！」董丹惡狠狠地盯住三人其中之一，等對方避開他的目光後，他的眼光再轉向下一個。

「扣我的證件會有後果的。」酒精開始發揮了很大的功效，他壯起膽繼續表演。

三個人低聲交頭接耳起來。

「好吧，你出來吧。給我小心，別再踩出新腳印。」其中一人說道，把繩子拉起來。

瘦子還在盯著董丹名片上的頭銜：自由撰稿記者。

董丹沒有動作。

「先把我的身分證還我，否則我就待在這兒。」

他們又很快地商量了一會兒，答應了他。他得踩著自己原來的步子退回到欄繩邊，踮著腳，好讓每一個步子正好落進反方向的腳印裡。這樣倒退著走，看來既狼狽又怪異。他這才發現自己的步子原來大腳趾撇向外，腳後跟靠得很近，像卓別林走路，也像鴨子。原來自己走起路來跟鴨子踏步沒兩樣，這個發現讓他很沮喪。在往餐廳走回的路上，他儘量把自己的兩隻腳掰直。

老十還在。這真讓他大喜過望。她正在跟餐廳的老闆聊天，是個四十多歲，穿著黑色西裝，操四川口音的前農民。董丹坐了下來，不知如何告訴她，他不但沒提到款，而且辛辛苦苦在風中來去找提款機時，連自己身上最後的一佰塊也拿出來給一個賣棉花糖的老頭好教他別哭。他將自己杯裡的白蘭地一飲而盡，咂嘴發出很大的聲響，把他自己都嚇了一跳。餐廳老闆轉過來望著他笑了笑，然後走開了。

「真不錯！」董丹對著他的背影喊道。

老闆轉過身來望著他。

「你這兒的菜作得真好，快趕上國宴了。」董丹說。

「您被邀請去吃過國宴？」老闆問道。

董丹看見老十的眼睛正朝他閃閃發光。

「我們跑新聞的很可憐，別人在吃，我們還得工作。」

「原來先生是記者！」

「專業的！」老十一旁補充。

董丹把自己的名片給了對方一張。他的身上永遠帶著一大疊的名片。有的時候，它們比現金還好用。

「蓬蓽生輝呀！」老闆讀完名片後朝董丹伸出手掌。

董丹說他這家餐廳需要有宣傳炒作。的確需要。這年頭宣傳炒作就是一切。一點都沒錯，老闆附議。他們一直沒有跟媒體打過交道。你記得那句話是怎麼說來著，董丹問道。「酒好不怕巷子深」？好像聽過。這是一句四川的名言，老十提醒他們，語氣十分驕傲。是嗎？董丹問道。你要打賭嗎？老十說，只有四川才有那些古老的酒窖，還有深又長的巷子。總而言之啦，董丹繼續說，那是過時的說法了。酒好自然會有人來，可是現在不興這一套了，是不是，老闆？記者先生，您說得一點也沒錯，我們得要相信媒體。是不是能有這個面子，讓記者先生您報導一下我們這兒的菜？

董丹也搞不清楚接下來發生了甚麼事，總之他已經喝起了四川的百年好酒。老闆特別開了一瓶招待他。今天這一頓飯算是店裡請客。老闆請董丹務必把他剛剛對他們菜的稱讚寫下來，登在報紙上。那當然，這些菜應該得到的讚賞，絕不只他剛剛說的那些話而已。記者先生，您隨時有空來小店用餐，只要老闆活著，吃飯都免費。

董丹走出餐廳的時候已經跟跟蹌蹌。左手握著老十的手，右手握著百年老酒。狂風漸漸緩和了一些，餐廳老闆一直把他們送到街上。董丹注意到，老闆穿的黑西裝在肘部有個破洞。他們上了計程車，老闆替他們關上車門後仍在向他們鞠躬作揖。他那一條皺巴巴的廉價領帶不經意滑了出來，在風沙中飛揚。他的人生現在全指望董丹的這個承諾，要為他的館子和他們的菜寫篇文章。他們的菜和董丹吃慣了的酒宴相比，只能算是粗菜淡飯，毫無新意。董丹閉起了眼睛，老闆閃動希望的雙眼，和他那破西裝和舊領帶下卑躬屈膝的身影，令董丹胃裡一陣翻攪。

為甚麼當一個人迫切抱著希望的時候，看起來是這樣子的可憐兮兮？每當你告訴別人你是記者的時候，他們的心裡立刻迫切地燃起了各種希望。其實幹甚麼職業，董丹並不在乎。他可以去開計程車，可以去擺小吃攤，可以去掃大街，甚至去混黑道。可是現在他明白，他絕對不希望做的事，就是成為某人的希望。餐廳老闆的希望。依偎在他身邊年輕貌美的腳底按摩師的希望。此時她正用她的一雙唇在他的手指、臂膀上按摩，問他是不是可以快點把她姐姐的故事寫出來。他告訴自己，不可以再去找老十了。她把他從一個活生生的人變成了她孤注一擲的希望。

「你知道嗎？我狗屁都不會寫。」他驕傲地說道。

即使在黑暗中，他都能夠看見對方因為驚訝而睜大了眼睛。她鬆開他的手。他轉過身與她面對面，他的嘴角扯起了燦爛的微笑，露出他那潔白整齊的牙齒。酒還真是個好東西，它讓他變得誠實，同時還能勇敢面對他誠實的後果。

「我從沒上過大學。中學只讀了一半。當兵的時候，我也不是個好軍人。」

她繼續盯著他瞧，露出害怕的表情。

「我每寫完一篇文章，字典都被我折得亂七八糟，因為我有太多的字需要查。還因為我翻頁的時候非得在手指頭上沾口水，整個字典都被我搞得濕搭搭。」他很高興看到她完全夢碎了。

她突然咯咯笑了起來。「你喝醉了真好玩。」

「我沒醉。」

「才怪。醉的人都說自己沒醉。瘋子也從來不承認自己瘋。」她朝他身上靠得更緊了。雖然兩人之間隔著層層衣物，他的身體仍能清楚感覺到她玲瓏有致的線條。

第二天早晨，他在小梅身邊醒來，感覺無比的低潮，害怕自己會熬不過對老十的渴求。因為他決定，以後再也不要見她的面了。

囲

高喜正在等他。她在一個四周全是高大住宅公寓的公園裡。大老遠他就看見她在來回踱步，忙著講手機，一邊做出與人在爭辯中的手勢。待他走近了些，他瞧見她鑲著珠珠的袖子揮得虎虎生風。她告訴電話那端的人先別掛斷，然後轉撥到另一條線。她問這人能在二十分鐘裡頭做決定嗎？她說就照原稿登出，不做任何的修改或刪減，這已經是最不會惹起政府不滿的版本了。如果還要再溫和一些，這篇東西還有甚麼登的意義。要不要登，隨便，她二十分鐘內就要知道回音。她輕輕做了個手勢叫董丹別打斷她。她又將電話轉回第一個線上的人，卻發現對方已經掛斷了。她氣得齜牙咧嘴，說是那家報社的社長最近才剛從黨校回來，結束了為期八個月的學習，他湊巧看到了董丹即將被刊出的那篇文章，當下喊停，希望部分內容能夠刪去。

「所以我又找了另一家報紙。」

她撥了一個號碼開始等候。對方終於接了電話。她說她或許可以要求作者考慮將文章中部分遣辭用句稍作更改，但是文章中所提到的人名和地名不可以動。毫無預警的，她將手機交給了董丹。

「你跟他說，這是一篇實地查訪，不是小說，」她壓低了聲音說道。

董丹不懂「實地查訪」是甚麼意思。他記下了這個字眼，模仿高喜一分不差的重述了一遍。

「您是董丹？」

「是我。」

「我是王主編。」

「很榮幸能跟您說話，王主編。您還好吧？」董丹道。他感覺高喜在一旁瞪了他一眼。

「我非常喜歡您的這一篇東西。」

「您這麼說，真是太客氣……」

「可是董先生，我們社長對您文章中有些部分不太滿意。」

「這個嘛……」董丹朝正在盯著他的高喜望去。

「如果您堅持捍衛文章內容，我完全理解。我們期望以後還能看到您的作品，畢竟這不是我們關係的結束，這只是一個開始……」

突然他的聲音被高喜湊到電話機大喊的聲音蓋過：「你甭想讓他妥協。他這個人是有原則的。」

主編不理會高喜，繼續跟董丹的談話。

「很遺憾這一次我們沒能合作。我們很希望在近期還能再看到您更多傑出的作品。再見。」

「再見。多謝……，」董丹道。

主編早已經掛了電話。

「搞定了?」高喜拿回她的手機。

董丹看看她。「他說他很遺憾這一次不能合作。」

「甚麼?」高喜尖叫起來。「他不打算今天晚上讓你的文章上版?」

「我想不會了。」董丹道。

「那你還跟他說謝謝?你謝謝他取消了你的文章?」她轉身就丟下董丹走開,走了幾步之後又折回來,因為突然才想起她的車子還停在這兒。「你怎麼這麼容易就讓他把你甩了?你怎麼可以讓我為了登這篇文章花的精神、時間、口舌就這樣白白浪費了?只要他曾經答應過,就絕對不能放棄。用你的一口爛牙緊咬住不放,不管你的手多髒、多無力,也要緊緊抓住他。不可以放過。絕對不可以放過。」

「我不能強迫他。」

「你真是無藥可救。當一個新聞記者,你得要夠厚臉皮、夠頑強、夠冷血、夠難纏,而且還要讓人害怕。」高喜話還沒有說完就已經開始撥另外一通電話。

她望著董丹,卻彷彿視而不見,嘟起了嘴,在車上敲著手指頭。她對於任何要她等候的人都極度不耐煩。她掛上電話,想了幾秒鐘,繼續再撥另外一個號碼。「快一點,快點接電話,王八蛋,二十分鐘早就過了。接電話!」她放棄了,又撥了一個新號碼。「王主編雖然混帳,至少他還能像個男人一樣面對我們，」她邊說邊撥號。「這個傢伙告訴我二十分鐘內會有決定，結果給我坐在那裡聽著電話鈴響，卻嚇得發抖。」她把電話放在耳朵邊，嘴裡仍繼續地說著話。「王八蛋、狗屁……噢，喂！我是高喜！」

當她終於掛上了電話的時候，董丹明白她在撥了無數恐嚇電話後，終於已經找到一家雜誌對他的文章有興趣。然而即將刊出的這一期已經來不及了，因為從現在算起兩天就要出刊了。這一類文章的版面早已經滿了。

才剛掛了電話，高喜立刻又撥下一通。「我是高喜。也不問問我吃過晚飯沒有。……當然沒有，因為我已經吃狗屁吃飽了。你是不是有一篇文章投到了《中國農民月刊》？太好了。我一聽就知道那篇文章是你寫的。哼，會替稿費那麼低的地方寫稿的，大概沒有十個人。幫我一個忙，好不好？……把你那一篇文章抽回去，就告訴他們你要做重大的修改。我會想辦法讓你的那一本書出版。怎麼樣？我有一篇東西，現在必須立刻登出來，不能等。你那一篇東西可以等。一言為定？」

她深呼了一口氣，掛上電話。現在董丹終於明瞭「頑強、難纏」是甚麼意思。她把剛剛打電話時捲到肩膀上的袖口放了下來，一邊朝董丹微笑。

「你想學開車嗎？」她問，把鑰匙丟給董丹。「我可以教你。」她望著董丹，徹底恢復了她的女人味。「為甚麼不是現在？當然是現在。等到了明天，我也許又會變成了一個潑婦，才沒時間為我未來潛在的男朋友當駕駛教練。」

看見董丹目光迅速彈開，她大笑起來。

在上車前，董丹問起為甚麼這篇文章不能等。因為政治風向馬上就要變了。她怎麼會知道？報社的社長跟她說的。所以妳跟那個社長有交情？沒有，不是這樣，是他對董丹那篇東西的反應顯示了黨就將有新的政策。那家報社社長最近才參加了黨校的學習，黨校是黨裡的思考中樞，他一定是感覺到政治氣候要變。近來媒體太自由了，想要對某些長舌記者們約束一下。因為這些人管起黨幹部貪腐的閒事，當然包括了像白家村這些鄉下地方的幹部，這讓黨裡頭很緊張。

「如果這篇文章這個月沒有登出來，它永遠都不可能登了，」高喜道。

她握住董丹的手，把它放到了緊急煞車桿上，車子突然就朝後移動。

「以前開過車嗎？」

「我以前在家裡頭開過拖拉機。」

她笑起來，把董丹的手緊緊握了幾下。她的手很骨感。當她向前傾時，董丹聞到一股奇特的味道。那是燻鴨或燻豬肉的氣味。整個晚上她忙著講電話找地方登文章的時候，一直菸不離手。菫丹對她突然感覺一種憐惜。高喜對自己善良溫柔的表現似乎很不屑，所以菫丹懷疑，她的內心比表面上看起來要溫柔得多。

「好吧，現在就來開拖拉機。記得要開得夠快，喇叭按得夠響，對任何擋你路的人都破口大罵，」高喜道。「開始。很好。現在換擋。嘿，不賴嘛。再快一點。你看，我可沒有綁安全帶喔。如果出了車禍，我跟你死在一塊。你怕甚麼？開快一點。按喇叭。再按。」她搖下窗子，「各位，看看這一幅共產黨的最佳寫照：拖拉機手與他的愛人同志。」

高喜沒在耍性格的時候，她看起來不差。菫丹記得那一天在陳洋醫院門口草坪上看到她那一副無助模樣時，曾經感覺自己喜歡她。

「嘿，你會開了。我們倆可以是最佳的搭擋。你訪問，我寫稿。你開拖拉機，我打電話去恐嚇。你那一張黃金獵犬般的臉孔，真的可以讓任何人都相信你。他們對你信任，我也得到好處。」

一輛十字路口前的車不按規定停下等候，突然就衝了出去。

「白痴呀你！」高喜大喊，用手緊壓住菫丹膝頭要他快踩煞車。她那一副金屬邊的太陽眼鏡原本給推到了頭頂上，這時打到菫丹的臉頰，掉落了下來。

菫丹下意識地伸手想保護自己的眼睛，車子一打滑就衝向了人行道，一個急煞車後，前輪已經開上了人行道邊石。一根路旁的樹枝插進了車窗，高喜撲在董丹的肩膀上，笑得前仰後合。

「能看看你的駕照嗎？」一個聲音說道。

一個騎坐在摩托車上的警察，警帽拉得低低的，完全看不見臉。

「警察先生，你應該去追前面那個混球，他差點害我們送了命。」

「我一路跟在你們後面，你們是在開車還是在耍大龍啊？」那警察道。「駕照。」

董丹不知道該怎麼說或怎麼做，只聽見高喜一旁小聲地道：「收起你那一副傻笑。」她打開車門，婀娜地踏出車外，儀態撩人地走向那一位警察。

「我們沒有喝酒，警察先生。」

「我說過你們喝酒了嗎？」

「我們只是太累了。工作了一整天。」

「駕照。」

「這年頭，跑新聞不容易。這你知道。」

警察完全不理會站立一旁如水蛇般性感的高喜，彎身朝董丹問道。

「你是自己把駕照交出來呢，還是想要到局子裡走一趟？」他問。在警盔的陰影下，那張臉露出了下半部，那是一張很年輕的臉。

「他駕照忘了帶。我的在這裡。」高喜把自己的駕照交出去時，手指頭和對方的手似了接觸。

年輕警察感覺到在兩個人手中間的鈔票，他倒退了一步，嘴角露出彷彿剛剛吞了一隻蒼蠅的表情。

「我們很抱歉，」高喜道，戲劇化地垂下她的頭。

「開車要小心。別讓我再逮到你們，」年輕的警察道。他對自己的厭惡轉變成了一種恨意，恨這兩個讓他對自己感到厭惡的人。

「謝謝你，警察先生。」

年輕警察連轉頭再看他們一眼都懶得，不耐煩地揮了揮手。

「妳給了他多少錢？」董丹問。他坐到了駕駛人旁邊的座位。

「我身上所有的。我想，大概五佰塊吧，」她說。她把一片 CD 裝進了車上的音響，她的身體隨著音樂開始扭動。「乖乖，瞧你嚇得！」

「我沒有……」

「還沒呢！像你這樣傻笑就是在害怕。那種笑法就像一隻羊見到了朝牠砍下的刀子。你看過屠宰場裡的羊在笑的樣子嗎？我的曾叔父是個屠夫。我剛剛也被嚇到了。因為我有一些東西是不可以讓警察看見的。萬一被看見，我可就麻煩大了。」

他想問究竟是甚麼東西。但是他甚麼話也沒說。他被高喜一身菸味搞得不知所措。老十的身上也有一股特殊的體味，可是卻是像甜甜的牛奶就開始要發酵變酸的味道。光是聞到那氣味就讓他要發狂。他納悶為甚麼小梅在他們初次見面時，沒有那樣子的氣味。她聞上去像是野花小草混合了家裡頭自釀的米酒。光那氣味就會讓人感覺醉醺醺的，然而它現在已經變得愈來愈淡，就快要從記憶中消失了。

「隨便列兩樣：我有兩家大學的文憑證書。當然，沒一張是真的。另外，還有五張不同的名片。」她說。她將原來的CD取出來，放上了一張新的。她總是不停地換音樂。「嘿，對了，你需不需要一張文憑？有了它，很方便。特別是你想要找工作的時候，如果對方完全不看才華與能力，只懂得看那一張愚蠢的文憑。我有一個朋友專門在做假文憑，還有身分證件他也做。哪天你把那個腳底按摩師搞大了肚子，想要去做人工流產，他可以幫你們弄張假的結婚證書。」

「真的？」

「噢，你還真想把她肚子弄大呀？」

董丹一時沒有作答，心裡斟酌著，究竟她值不值得信任。最後，他決定跟她說實話。

「她要我幫她寫一篇報導，關於她上個月被處了死刑的姐姐，」董丹說。

「應該是本小說。聽起來像是哈代寫的《黛絲姑娘》……」

董丹不知道她在說些甚麼。董丹沒辦法真正喜歡高喜，有一部分的原因就是，他總是在聽對方說話，而且即使聽不懂她在說甚麼，他也得假裝聽得懂。他懷疑她是不是專門喜歡講些別人聽不懂的話。也許，說一些連她自己都沒辦法真正理解的東西是她的樂趣。

「需要假結婚證書去做手術就說一聲。我朋友可以給你折扣。」她道，拍了拍他的大腿。

董丹立刻挪開了他的腿。

「害甚麼臊。這年頭誰喜歡跟自己老婆上床？除了那一些缺胳臂缺腿的，要不就是身無分文的窮光蛋。」

董丹看見了一個地鐵站，於是要高喜停車。

「那邊那家飯店，」她道，用手指了指，「叫作五洲飯店。有一個很不錯的酒吧。你知道嗎？那兒的小姐要多漂亮就有多漂亮。她們還會告訴你她們是大學生。」高喜道。「你難道都沒收過她們發來的簡訊嗎？她們會告訴你，她們是最好的談心對象，也是一流的旅行伴侶。如果你打算出遠門去美國或加拿大，還是香港，反正任何地方，只要你老婆沒跟著。」

她又開過了下一個地鐵站。當她想幫你忙的時候，你除了對她感謝，毫無其他選擇。她對於自己具有為你安排一切、以及幫你做決定這樣的能力感到欣喜。董丹決定，萬一她載他一路到家，要讓她把車停在他們家工廠附近的另一座公寓，假裝他是住在那兒。他會跟高喜說，很抱歉，時間不早了，否則的話，他會邀請她上來喝杯茶。

按照他給的指示，高喜把車開上了出四環的公路。四環以外的地區，就算是北京的郊區了。車輛少了許多，而且多半是開起來像破銅爛鐵作響、不准開進市中心的一些老舊卡車或小貨車。這些車子的車身都沾著厚厚的泥巴，發著脾氣地鳴笛，開著刺眼的大燈，排氣也黑乎乎、油膩膩。一些還沒有被都市擴建給侵佔的菜園或果園，在黑色的夜幕下靜靜出現在公路兩邊。

車子突然就煞住了。

「董丹，對不起，我沒法送你回家，」高喜道。看見董丹一臉迷糊的樣子，她又說：「我忽然想起還有事。」她轉身從後座抓起董丹的上衣以及包包，把它們放在董丹的膝頭。

董丹四下張望，想看看這附近有沒有可能叫得到計程車。一輛也沒有。地鐵的路線也不經過這兒，從大道那一頭就又開了，一直要到大道盡頭才又會合。

「我早說要乘地鐵，」董丹道。他白白得花計程車錢，他因此感覺恨她。

「關門小心點，」她道。「再給你打電話。別忘了明天採訪陳洋。」

董丹的手機響了。他覷著眼看了看床頭櫃上的時鐘，才早上五點鐘。小梅轉過身去，用棉被搗起了頭。天色還暗著，董丹認不出來電顯示是誰的號碼。

「喂？」他說。

「董丹！」一個並不熟悉的聲音。「我是李紅。」

他媽的，李紅是誰？「喔，嗨！」

「我把你吵醒了嗎？還是你還沒睡？我知道記者們都喜歡晚上趕稿。他也喜歡熬夜作畫。」

這會兒董丹全醒了。李紅，是她。李紅在跟他敘述她母親的病情時，他的手在床頭櫃上一陣摸索。

「你找眼鏡幹嘛？」小梅道，咯咯地笑了起來。

他才發覺他是在找他的眼鏡。眼鏡就好像是一副面具。李紅的聲音讓他不由自主的想把面具戴上。對方若只認識董丹的偽裝身分，都會讓他想戴上他的服裝和道具。

「你想你是不是能夠去陪他一兩個禮拜？我沒辦法丟下我媽，」李紅道。

董丹又看見她婀娜多姿地扭動著她的身體了。他說可以，如果陳大師需要他，他陪多久都成。

「別的人我都不能相信。可是我第一次看見你，我就知道，萬一陳洋發生了甚麼事，我可以拜託你。」

被這樣子稱讚，董丹感覺血液全衝上了他的臉。她信任他，用她全部的心——在若隱若現地網絡著淡藍色血管的潔白肌膚下的那顆心。她跟董丹說，千萬別讓廚子和司機偷了他的畫。那兩個人，她一個都不信任。可是她信任董丹。「信任」這兩個字，發自她那兩片朱唇，在她的貝齒間輕輕振動，彷彿就變成了另外的意思。如果她不能夠給他情愛，那就給他信任也成。想到了李紅，董丹無法克制就有一種浪漫的遐想。她是一個來自與他完全不同身分地位的女人。她繼續地往下說。司機和廚子如果不好好看著，一定會手腳不乾淨。而陳洋平常總是心不在焉，如果有甚麼人來拜訪他，也別讓他把他的作品像糖果一樣隨便送出去。

小梅坐起了身，定定看著他。

他掛上了電話，小梅一語不發。她知道她的丈夫近來變得愈來愈重要。董丹匆忙穿上衣服，看見小梅對他崇拜地微笑，於是捏了捏她的鼻子。下一秒兩人就翻滾成一堆，搔對方的癢，笑得岔了氣。這世上只有跟小梅他才可以這麼淘氣。跟老十在一起，他是一個記者，一個救星，一個可以平反冤情、伸張正義的人。跟她可不能嬉嬉鬧鬧。高喜待他的方式是當他同行，即使是低她一等的同行。常常他有衝動想要逃離他扮演的這些角色，回頭去做那個嘻嘻哈哈、吊兒郎當的自己。

吃過早餐，他撥了陳洋的手機，卻沒有人回答。打第五次的時候，接電話的人是司機，告訴他大師昨晚工作了一夜，現在正在睡覺。大師現在還有在作畫？他一天可以畫上十四個鐘頭，只睡兩鐘頭而已。他不跟任何人說話，在野地裡一走就是好幾哩。所以他一切都好？他好得很，比李紅小姐在這兒的時候還要好。

司機謝謝董丹要來幫忙的提議，可是他不認為老藝術家現在需要任何人的陪伴。他現在完全在創作的情緒裡。每回他碰到了困難，他唯一的避難所就是作畫。司機對董丹謝了又謝，卻拒絕了讓董丹來探望老藝術家。董丹說他時間很自由，任何時候只要老藝術家需要他或是需要他的紅辣椒，隨時都可以打電話給他。他可以和紅辣椒一起出現。

中午的時候，高喜來電話。

「你跟他在一塊兒嗎？」

「跟誰？」

「陳洋啊！」她的語氣帶了指責。

「……是啊。」少用那種上司的口氣跟我說話。

「能不能跟他說你有事，然後走開，找個隱密的地方跟我說話。」

「嗯……」又來了，對我指手劃腳。

他這個時候並不想跟高喜說話。她會侵犯到他與小梅僅有的這一點空間。

「走到外面去，就跟老傢伙說，房裡訊號不清楚。」

「我……沒法走開。」

「好吧，我知道了。不過你聽好，別出聲，臉上也別露出任何表情。」

董丹又含糊地「嗯」了一聲。

「現在外面的傳言說，調查的結果對陳洋很不利。稅務官員已經查到了一些畫廊作假帳和他獲利對分的事實。很有可能他們將會舉行一個公聽會。」

「甚麼時候？」

「不要出聲。老頭正在看你嗎？……沒有？那就好。他正在幹嘛？」她問，完全忘了剛剛她還叫他別做任何回應。

「沒幹嘛……」他在小梅的屁股上擰了一把，謝謝她為他端來的茶。小梅做了一個假裝生氣的鬼臉，讓他輕笑了起來。「他就是一直在畫畫呀。」

「別說話呀。」她道。

「我現在到外頭來了。」

「那好。他別墅甚麼樣兒？」

「挺大的。特大……樹挺多的……柳樹，還有池塘，鴨子甚麼的。」那是董丹夢想居住的地方。「還有很多荷花，」他補充。說完他才想到，荷花的季節早就過了。「全謝了，焦黃的。」

「甚麼焦黃的？」

「荷花。」

「聽著，你得讓他告訴你，他究竟為甚麼跟前三個老婆都離婚了。這對我的文章來說是很重要的資料。這樣才能真正投射出他的本性。他第三個前妻為甚麼這麼恨他，也許就有了解釋。他那幾個女人都貪心，包括現在跟他在一起的那個年輕騷貨。如果你向他暗示，他的這些女人都在貪圖他甚麼，也許就會引他開口。這樣一來，大家也會明白漏稅的事情也許根本只是夫妻間的報復。我聽說，打擊犯罪這一波過後，接下來就是打擊逃稅漏稅了。你得跟老傢伙說，保持冷靜，一定要挺過去。只要撐過了這一波的風潮，以後一直到他死，他愛怎麼逃稅漏稅也沒人管。一定要跟他說，這年頭沒甚麼是非，一切看你怎麼辦事，誰來辦事。你就這麼告訴他。」

董丹說好的。他看著小梅踮起腳尖，想要從窗子上端的一根釘子上取下一個大紙袋，他衝過去幫她拿了下來。

「他得使點錢，施點小恩小惠，買一些便宜的轎車還是摩托車甚麼的，當禮物送出去。」高喜道。董丹哼哼哈哈地回答著，一面看小梅從紙袋裡取出了五頂完工的假髮。他想起來她曾經跟他說，假髮上用的膠水聞起來甜甜的，她怕老鼠啃。難怪她要把它們掛在這麼高的地方。「因為那些人素質太低，不懂他的畫的價值，送畫給那些人，就是讓他們玷汙他的藝術。你可得看好他，絕對不能讓他用現金去賄賂，那樣只會讓他罪加一等。」

董丹說，好啦，他一定會看好他。現在她連陳洋的人生都想要控制。

「現在你進屋去，把老傢伙最不為人知的祕密都給我挖出來，」她說。

董丹聽到撥號前的空白聲，他才知道高喜已經掛了電話。高喜剛剛要他做的事，讓他感覺非常不堪。最不為人知的祕密？難道他真得靠這樣出賣祕密為生？難道他們所有人都得靠這樣討生活？話又說回來，這不正是記者的工作？他們揭露沒被揭露的，無所不用其極，不管是高尚還是低下，他們能夠讓某人一夕之間臭名遠播。這真是一個不堪的工作。至少，這工作有很多不堪的地方。

董丹把自己的手機關機，他早就計畫了今天要帶小梅去看一座新的建築工地，在離他們工廠更遠的郊區地帶。到了那兒，至少有十位銷售人員在辦公室裡，他們全朝董丹和小梅擁了上來。其中一名售房小姐請他們觀賞一座沙盤上的建築模型，一邊告訴他們，最近價格才剛降下來，他們真是幸運。她是王小姐，她跟他們這樣說道。手裡握著根可伸縮折疊的長棍兒，她在模型上指指點點，說這一塊地方一年以後將有一座森林公園，又說那塊兩年之後會有一座小人工湖。董丹心裡想道，所以他們在賣的東西，目前都還沒影兒，跟大多數的預售屋沒兩樣。可是他不忍心這樣拆穿，因為對方正像一個一本正經的演員，唸著好不容易背熟的臺詞。

「每平方公尺只要一千九百塊，」王小姐說道。

這是唯一吸引人的地方了。董丹喜歡逛這一些預售屋，只逛不買。走在大街上，到處都可以拿到像這一種郊區公寓的促銷傳單，他把它們帶回家之後做了一番研究，只要那地方還不算太遠，他一定會親自去逛逛。反正小梅最喜歡這一些巨大的建築工地。他們跟著王小姐上了「電梯」，不過就是一片木板，四周毫無安全圍欄。他們和一堆工具一塊乘著「電梯」扶搖直上，王小姐給他們一人一頂工地安全帽，直朝他們抱歉，真的電梯還沒有裝好，所以他們得跟工具一起搭乘這種工地電梯。

一走進了「屋內」，也就是一片用水泥牆圍起來的區域，王小姐變得更加雄辯。她指著地板上一個大洞告訴他們，將來這兒就是主臥室套房裡按摩浴缸的位置，牆上凹進去的那一塊，則是一個大得可以走進去的櫥櫃。將來地板都是實心木，廚房用的全是義大利進口磁磚。

「您有甚麼問題，我都樂於回答，」她道，臉上是充滿期待的微笑。

董丹看看小梅，她又是她那一貫事不關己的快樂表情。

「她現在正在看的地方，」王小姐邊說邊指向小梅眼光的方向，「是一座網球場。網球場再過去會有一座室內高爾夫球場。兩位請跟我來。」

她走路的時候得十分小心，免得她高跟鞋的細跟會卡進了地板上的水泥縫隙。

「請看這邊，就在您的窗戶底下有一條小溪，是從大門口的噴泉一路流過來的。它會流過每一棟建築，最後過濾消毒之後回到原來的噴泉。小溪的兩岸種的是玫瑰和百合花。往北邊那兒會有一座超級市場，賣一些當地的蔬菜，比起城裡頭的要更新鮮，而且便宜得多。」

他們隨著她走過了屋子的每一面牆，用想像力看見未來社區提供的措施。

「我知道北邊有一座養雞場，空氣汙染很嚴重，常常朝著這裡颳臭風，不是嗎？」董丹問她，並沒有意識到他現在用的是他「記者」的口吻。

「這就是為甚麼我們的價錢這麼低廉。不過我們正在交涉這件事，會要求他們搬遷。如果交涉成功，我們會買下整座雞場，把它拆了之後，在那兒蓋更多的公寓房子。到時候您買的這個單位可就要升值一倍了。」

「如果交涉不成呢？」董丹問道。

「政府在二〇〇八奧運之前，一定會重視汙染問題，我可以跟您保證。汙染問題是我們政府現在最首要的工作項目，到那時候，養雞場一定會不見的。臭味也一定會有大幅度的改善。」

她指近指遠，手的動作看來也是經過排演的。她好像一個教馬克思主義的講師，傳授共產主義美麗的思想，想要幫助你看到事物未來可能的樣子，因此即使它們還只是美麗的想法，你已經可以提前享受。對於董丹提出的每一個問題，她的答案一點都不含糊，她跟他保證五年之內，這裡會有社區醫院，還會有專放外國電影的有線電視頻道。董丹心想，她對自己說出的每一個字都深信不疑，可不見得真正知道她在說些甚麼。

「很好，我喜歡，」董丹道。只有一樣他喜歡的，那就是價錢。

王小姐喜形於色，請他們跟她回到辦公室，他們可以拿到銀行貸款以及政府抵押規定的一些資料。

他們又搭上了那一座四邊空無一物的電梯，擠在一堆吃過的空飯盒以及空水桶之間，從頂樓慢慢降下。董丹一直看著小梅。她張著充滿夢幻的眼睛，對著工地為夜班工程突然點亮的一片銀河般的燈火，自顧自地微笑。她或許是唯一對承諾不能兌現不會抗議的人。她從來不會想知道她的人生中缺少了甚麼，不管是魚翅、海螺、蟹爪、外國片有線臺，或者只是一座有著自來水和抽水馬桶的基本人類生存空間。她也並不知道她的丈夫在過去失蹤的兩週裡，至少有一部分是跟另外一個女人在一起的。董丹伸出胳臂，輕輕把她拉到身邊，圍起一個護欄在這一座四面無牆，彷彿空中特技的電梯上。

等他們回到了銷售屋的辦公室，一群人大聲有節奏地呼著抗議口號，出現在大門口。他們是一群來向開發商示威的買主。口號內容說開發商欺騙了他們，他們並沒有真正取得養雞場那塊土地合法的長期租約，現在雞場在告他們，如果雞場贏了官司，那他們已經付的頭期款全都要泡湯了。

王小姐用力從人群中殺出一條路，指揮董丹、小梅緊跟她的腳步。

「別聽他們的，」她說。「他們在這兒鬧事，為的就是想把價錢再殺低。」示威的人抓住董丹和小梅，不讓他們進去。

他們告訴董丹，這開發商雇用的所有人都是騙子。他跟之前養雞場的主人只有一張一頁的協議書，對方最近心臟病死了。

「雞場繼承人不承認這份合同。他說原來的主人拿了賄賂，所以才跟開發商有這個私下的買賣。」

「開發商說他們會把整個雞場買下來，事實上雞場現在還在擴建，而且進口了許多新的設備。」

「就算現在雞場的新主人會收賄賂，將來的租約也都搞定，可是這樣一來就有上百萬隻雞到處跑來跑去，這裡的每一平方公尺的空氣都要臭死了，你想想看。」

「一旦他們收了你的頭期款，他們無論如何也不會退還給你，即使他們承諾也沒用。」

「別跟我們一樣被耍了。」

「別又中了他們的圈套！」

王小姐企圖把董丹拉走，卻沒有成功。

「我們可要叫警察了，」她威脅道。

「他們還要叫警察呢！最好把記者也叫來。趁著你們都還在這兒。」有人喊道。

董丹拉著小梅終於穿過人群進了辦公室。其他的售屋人員都下班了，他們在沙盤模型旁邊坐下，好好又端詳了一陣這些小模型所代表的美麗遠景。

「請用茶，」王小姐道，拿來兩個裝了茶的紙杯放在沙盤的邊緣。「我知道聽起來很混亂，不過政府的政策也一直搖擺不定。對於土地租約從來也沒有一個清楚的法條，百分之九十的郊區住宅建商都遇到了像我們這樣子的問題。」

董丹目不轉睛地盯著模型。

「我再給你們零點二，」她道。

「甚麼零點二？」董丹問道，皺起眉頭，他那一副寬邊眼鏡後的眼睛瞇了起來，他不知道在王小姐眼中，他看起來挺有威嚴。

「折扣。」

「妳說我們甚麼時候可以搬進來呢？」

「隨時。只要你們自己內部裝潢好了。」

「我以為這個價錢還包括裝潢。」

「是包括，不過那得等到明年夏天。」

她的手指敏捷地在計算機上敲打，然後告訴他們這是比蜜還甜的好買賣，一下子又省了幾萬塊。

「你們每個月的要繳的錢不過一千三百塊，」她說。「如果你有穩定的工作，所有的銀行都會來爭取你。您是幹甚麼的？」她的眼光在董丹和小梅之間穿梭。

突然一塊磚頭打破了窗玻璃，落進了辦公室的地板上。王小姐把沙盤拖到了角落裡。外頭的天色漸暗，群眾叫嚷的聲音更響了。

「不用擔心。再過十分鐘，他們就會走的。」王小姐說道。「到時候他們就肚子餓了。有的時候，連續劇不好看的話，他們飯後還會再來鬧一會兒。您是在大學教書嗎？」

「我的工作不固定。」

「不固定？」她說，眼睛直直地看著他。「您能不能找個開公司的朋友，甚麼公司都行，無論多小一家的公司，只要他能幫您開一個在職證明，列出您的月薪，比方說五千塊一個月，其他的事情我會幫您處理。」

「一張證明就行了？」

「還要有公司的執照。您有這樣子的朋友嗎？」

董丹想到了那個專門偽造文件與證書的傢伙。他可以給高喜打個電話，請她幫他拉個線。

「我有。兩天之內我就可以拿到。」董丹道。

當他們要走時，地上已經有五塊磚頭了。抗議叫囂已經結束，正如同售屋小姐的預言。

董丹掏出一張名片放在桌上，一口把杯裡的茶喝乾淨。

「噢，您原來是一位自由撰稿的新聞記者！」王小姐喜悅地嚷著。「您都為哪些報紙、雜誌寫文章啊？」

董丹點了點頭。小梅看看他，一臉的驕傲。

「我也認識一個自由撰稿的記者！他忑有錢。一有人請他幫忙寫東西，都得付他高價，有時候還會送他飛機票，請他住酒店。他姓鄧。你們認識嗎？」

這種女孩大概以為同行的人不是同學就是同一個辦公室的。董丹笑了笑，說也許在一兩個場合碰到過他。他發現他說不了兩句話就得撒謊。

「既然是這樣，您也不必找甚麼人來證明您的工資了。銀行貸款我會幫您搞定。」

她跟他要身分證件，跑進了辦公室另一頭影印了好幾份。她回到了自己的桌子，找出了表格，請董丹填好明天帶過來。她向他保證一個月之內，就會把他房間的鑰匙交給他。

「不是只要兩週嗎？」董丹問道。

「兩週的話，恐怕得給銀行的傢伙一點禮物——也許一臺電視，還是甚麼金手飾之類的，包括一條有雞心墜子的項鍊和一副耳環。我覺得沒有這個必要。」

董丹也認為沒有必要。

在回家的路上，董丹心想他可以把陳洋的畫賣了來繳頭期款。一到家，他的手機就響了。

是那個王小姐。她說他們老闆想要請董丹明天中午吃便餐。董丹接受了邀請，告訴她幫他謝謝她老闆。她說明天他們就在餐廳的大廳碰頭。

董丹早到了二十分鐘。這一天天氣很好，晴空萬里無雲，氣候不冷不熱。每年只有三、四天，北京會有這麼好的天氣。結果那家餐廳一點都不像一個吃便餐的地方，大門兩邊各站了一排穿著十八世紀歐洲宮廷服的少女恭迎。她們深紫色的絲裙像汽球般蓬起，複雜的花邊長長地拖在地上。她們身上掛滿金色和紅色交叉的彩帶，金色的那一條上面寫著「賓至如歸」。光天化日之下，她們看起來與這個地方完全不搭調。近日裡，無論你走到哪兒，只要是高檔的飯店、餐廳和百貨公司，都可以看見這類女孩子。她們站在大門口、櫃檯旁、在電梯門口、在電扶梯前、洗手間裡、洗手間外、用餐座椅後邊、走廊前邊，清一色穿成戲臺子上角色的模樣，看上去既僵硬又羞澀，一雙眼睛還偷偷盯著你瞧，一旦被發現立刻避開目光，帶著只有剛剛下火車從鄉下進到城裡來的人才會有的強烈好奇。大多時候，董丹覺得這些女孩十分煩人。她們讓他覺得是被監視並非被服侍，讓董丹產生極度缺乏隱私的無奈。他極其需要隱私，好偶爾放下偽裝透口氣；他也需要隱私把自己打點好再繼續偽裝，抑或趕緊修理一下他那臺閃光燈報廢的照相機。甚至就需要一點點隱私，讓他發一會兒呆。發呆是他解除當宴會蟲造成緊張壓力的一種方法。一旦知道有這些女孩總在某處觀察你，想要找一個安靜的地方讓自己完全放鬆發呆，變得十分困難。此刻，她們正成群站在階梯頂端看著他慢慢拾階而上。董丹感覺她們的目光彷彿交織成一張蜘蛛網，讓他身陷其中。

他笑著問站在進門處的兩個還算清秀的女孩（事實上，她們的打扮慘不忍睹），想知道她們是不是姐妹。她們先是互看了一眼，然後一起轉向董丹，覺得他簡直瞎了眼，自己與另外那個醜女孩怎麼會有任何相似之處。董丹轉身又走下樓梯。這些女孩是用來增進顧客食慾嗎？還是說，她們只是一種高檔次的象徵？或者是熱情款待的表示？沒人知道答案，也沒有人提出疑問。也許這根本只是為了解決大批從鄉下湧進城裡的女性勞工而刻意製造出來的工作機會。如果他今天是自己掏腰包吃飯，買單包括這些女孩的費用，董丹非抗議不可。

董丹在大廳外頭的小庭園裡逛了起來。從雕琢的窗框往裡看，在高雅的大廳裡一個年輕人正坐在一張方方正正、一絲不染的白色大沙發上，蹺著二郎腿，一份報紙攤在膝頭，同時正在挖著鼻孔。董丹心想，要不是挖鼻孔可以讓他閱讀的時候更專心，那麼就是看著報紙才能讓他專心地挖鼻孔。

到了約定好的時間，董丹走進了餐廳，報上了自己的姓名。他被帶了進去，走到一張桌子旁，介紹給座上的八位客人。他發現剛剛那個挖鼻孔的傢伙竟是這家房地產開發公司的董事長。

「這位是吳董事長，也是總裁，」王小姐道。「這位是記者董先生。」

吳董伸出了手（董丹知道那隻手剛剛幹了甚麼），一陣親熱的握手後，拉著董丹在他身邊坐下。董丹注意到他的左手中指戴了一只碩大的翡翠戒指。

「我就喜歡把房子賣給像你這樣子的人。我才不想讓那些沒檔次的人搬進我的社區。」吳董呵呵笑著說道。

其他的人跟著大笑以示忠心。董丹也跟著陪笑。他注意到現在他隨時可以笑出來，不需要任何理由。吳董手上的翡翠戒指綠得像一滴菠菜汁。

「妳有沒有告訴董先生，他將來的鄰居裡有連續劇明星和流行歌手？」他轉向王小姐，還不等對方回答，又轉回面向董丹。「就在幾天前，一個連續劇著名的明星來找我，要買一間公寓。我沒理他。他對我的態度不好，而且他跟另外一個女演員在搞緋聞。我可不希望我的住戶裡有這樣子亂搞男女關係的。」

董丹說，吳董真是一位有社會道德感的人。其實在他腦中浮現的是老十曾經告訴他的話：她姐姐的男朋友有一只名貴的翡翠戒指。那傢伙也是搞房地產生意的嗎？

「我對你有一個要求，我希望你寫一篇報導，說你有多麼喜歡我們的住宅。只要你看過一眼，就巴不得立刻搬進來。告訴老百姓，你是千挑萬選才選定了我們。一定要登在大報上，讓它大大地轟動。」

他虎視眈眈地盯著董丹，不讓他的任何反應逃過他的法眼，如果一個人知道自己被槍的瞄準十字儀給鎖定了，就會知道現在這種感覺。只要能逃離這個傢伙像來福槍掃射的眼光，董丹願意不顧一切。

「對，我知道那房價很合理……」董丹道。

「我在乎你這樣上流人士的意見。那些來扔磚頭的不過是一群下三濫。」吳董道。他是那一種經常會打斷別人說話的人，只顧順著自己的思路走，自己講個不停，完全不是在交談。「王小姐跟我說，你很想盡早地搬進去，連裝修都等不了。把這個也寫進去。讓大眾相信你的話而不是那群來鬧事的人。」

董丹一邊點頭，一邊想起老十那個曾經在學校裡名列前茅的姐姐。她讓一個戴著像吳董這樣翡翠戒指的男人的手，將她像摘一粒鮮豔欲滴的果子一般給摧折了。

「……聽起來怎麼樣？」

董丹這才回過神來，發現吳董剛剛問了他甚麼，他卻一個字也沒聽見。在座所有的人都面露驚訝。吳董想必是說了甚麼令人興奮的建議。

「如果你沒有完成約定，我就會把公寓收回。」吳董說道。

原來是這麼回事。董事長讓董丹住進他們的公寓，條件是他得完成一個大篇幅的報導，登在報紙上。董丹馬上想到，這樣一來他就不必繼續宴會蟲那樣子危險的工作了。他可以讓小梅得到她這輩子一直缺少的東西：一個真正的住屋，附帶了的廚房、浴室，還有壁櫃。她再也不必站在凳子上，握著水管幫他沖澡。也再不用蹲在下水道的出口解手。這個吳董原來是一個十分慷慨的人。

「吳董，您太慷慨了，」董丹道。「甚麼時候方便來跟您採訪呢？」他不想露出急迫的樣子。他取出自己的小筆記本，假裝檢查著行程表。「明天下午，我可以挪出一點時間……」

「我城裡還有好幾片住宅區，全都是十幾億的投資。有時候我老婆嘮叨我，說我是娶了住宅工地而不是她。」他完全沒理會董丹的問題。

吃剩的冷盤給撤下的時候，吳董叫來女服務生，要換掉原先點好的菜。這些菜都太普通了，有的也太油膩。這一家餐廳裡，有沒有甚麼獨特的招牌菜，既可解饞，又不會馬上撐飽肚子？

女服務生嘰嘰笑說她會請大廚想辦法。

「儘管讓我大吃一驚，在全中國，我已經找不出哪家餐廳還能夠做出我沒有吃過的菜，讓我驚喜。全都缺乏想像力。」吳董說道。

這頓席總共上了十六道菜。吳董講手機的時間比吃東西的時間多。當他看見電話顯示是他認識的號碼，他立刻衝到旁邊去，背過臉去並用一隻手遮住嘴巴，調情過火，那笑意都寫在背上了。上了最後一道菜，女服務生故作神祕地微笑，眾人忙猜這道菜是甚麼。吳董仍然背轉著身，繼續在手機上說話。客人們等著他說完好來試吃這道菜。充滿好奇的靜默當中，吳董的悄悄話清晰可聞。

「乖乖等著我，啊……」他道。他的手蓋住手機和嘴巴，在窗子透進的陽光中，他的翡翠指環閃閃發光。那是一隻粗賤的手，屠夫或是皮條客才會有的一隻手。

他一回到飯桌，便盯著這一道新菜。

「這是甚麼？」

「給您驚喜的呀，」女服務生道。她知道絕大部分時候，她可愛的笑臉可以讓她不受刁難，特別是用來對付像吳董這樣子的男人。

「妳就告訴我吧。」

「鴿子舌頭。」

「這算甚麼稀奇美味？」他的臉色一沉。「它們一點也不稀奇。可是貴得要命！你們這裡是甚麼黑店？來你們這兒的客人難道都是錢多得發霉了嗎？」

女服務生不由得朝門口退了幾步。她望著每一位客人，企圖找到目擊者。董丹眼睛轉向別處。

「可是先生，您不是叫我事先不告訴您……，」小個子女侍道，眼裡充滿了緊張、哀求的神情。

「我不喜歡服務員跟我回嘴。」吳董道。

「對不起，先生……」

「這種態度還差不多。」

「謝謝……」

「妳得學會甚麼時候該說話，甚麼時候不該說話。」

「謝謝您的指正，先生。」

這個站在門邊，全身緊繃，眼裡噙著淚水卻還試圖擠出一個顫抖微笑的女孩，也可能是老十。董丹收回眼神，盯著盤子裡的幾百隻小舌頭，不知是清炒還是醬爆，配上鮮紅的辣椒絲，還有白色野菊花的碎花瓣灑在這些小小的器官上。這一些三角形的小肉屑在水晶碟子上組成了一朵巨大的菊花。很費事的一道菜。

「我從來沒嚐過鴿子舌頭，」董丹說完便感覺到小個子女服務生淚汪汪的眼睛望向他這一邊。

「是呀，對記者先生來說，很稀奇呢，」客人當中有人說道。

「鴿子舌頭！這下我能跟我老婆炫耀，說我今天吃到了鴿子舌頭，全是託董事長您的福。」女服務員知道她沒事了。她充滿了感激地朝董丹深深望了一眼，讓人心疼，然後安靜地退下。

董丹發現董事長吃起鴿舌頭一點也沒比別人吃得少，儘管還是一臉不高興。飯後，董事長的心情又復原了。他說他希望一個禮拜後能讀到董丹的文章，然後董丹就可以拿到公寓的鑰匙。

這地方看起來一點不像是吳董最新的住宅工地，倒更像是一片廢墟。董丹握著小梅的手走在四散的木材、張口的水泥袋，以及乾了的石灰塊當中。竣工還早得很，可是有些牆壁已經出現了裂痕。到處都可以看見保麗龍免洗餐盒。一樓有許多房間牆壁已經熏黑，還掛了曬衣繩。它們已經成為遊民或是建築工人的收容所。

這是吳董在郊區的三處建築工地之一。吳董計畫的龐大令董丹印象深刻。這座社區就如同其他的兩座，總共有十棟高樓，每一棟都有二十八層樓。

董丹不明白為甚麼吳董讓這些大樓都半途停工。銷售辦公室在一棟臨時搭建的房裡，門已經上了鎖，百葉窗也放了下來。董丹用力推開門走了進去。沙盤上的建築模型已經垮了，迷你模型樓灑了一地，混在磚頭塊當中。飲水機瓶子裡只剩下一些髒水，一堆用過的紙杯上頭都沾著暗褐色一圈一圈的茶漬，還有兩臺老舊的電腦螢幕留在這兒。董丹和小梅從屋子的這頭走到那頭，每走一步都有灰砂像小沙塵暴一般揚起。從破碎的窗戶透進來的晨曦光線裡，灰塵末發了瘋似的亂飛。這地方簡直像鬼屋。他們剛走出屋子，小梅便叫起來。

「董丹，快瞧！」她邊說邊用手指著高處。

董丹看到在建築的頂樓，有二、三十個戴著工地安全帽的腦袋從窗戶裡冒了出來。不一會兒，從其他高樓的窗子裡冒出了更多戴了安全帽的腦袋。

「先別走！」有一個男人喊了起來。

那人從其中一座建築的出口一路朝董丹跑過來，他身後又一群戴著頭盔的男人跟著追趕上來。

「請你跟我們說實話，到底甚麼時候才要付錢？」

「付甚麼錢?」董丹問道。不明白他和小梅怎麼會一下被這麼多頭盔包圍。

「你們上禮拜答應付錢。你們說禮拜一一定就會付,今天已經禮拜五了。我們不想鬧事,可我們還有老婆孩子等著我們寄錢回家。」

完全摸不著頭腦的董丹看著頭盔下一張張的臉,他們的面孔看起來都十分相似,有著相同的表情。被太陽曬得黝黑的皮膚,讓他們看起來不像一般的漢族人。他們看來像是南洋的原住民。他們是一群在城裡混生活的人。把老婆孩子留在老家,為的是找一份工作,找那種城裡人都不願意幹的活。

「我不是開發商的人。我是來這兒買預售房的。」

「求求你們,我們已經等了一年了。去年八月,你們就說中秋節前會把拖欠的工錢發給我們,現在你們已經拖欠了我們兩年的工錢。我們就睡在這裡的水泥地板上,每天靠喝稀粥,這樣已經過了好幾個月,就是在等你付錢。」

「我說的是真話,我甚麼情況都不知道,」董丹道。

「我看到你在辦公室裡面弄電腦,」另外一個男人說道。「是不是老闆派你來看看我們離開了沒有?」

「聽我說,我和你們的老闆一點關係也沒有。」

「你們都這麼說！」

董丹用胳臂環繞住小梅的肩膀，企圖從人群中衝過去，結果卻被包圍得更緊。

「我聽說大老闆特有錢。他的錢足夠蓋兩座天安門廣場三座白宮。為甚麼他一直不肯付我們工錢？我們這麼便宜，這點工錢對他來說不就是九牛一毛嘛？」

「你說大老闆去年八月就答應要付你們工錢？」董丹問道。

「每一個禮拜他都答應說會付。」

「可是他到現在都還沒付。」

「沒有。」

「那你們是怎麼活的？」

「你都看到了。我們吃得很少，反正現在也不用幹活。」

董丹看到一個年輕的男孩子撐著支架枴杖。另外一個老人穿著一件用水泥口袋作成的上衣。現在看清楚了，所有人相貌都不同。

「如果大老闆最後還是不付錢呢？」董丹道。

群眾一陣譁然。

「他是這麼說的嗎？」

「他跟你這麼說？」

「我們最怕的就是他跟我們來這招。」

「我們求他發發慈悲！我們家裡頭還有餓肚子的孩子。」

「我母親要動手術！」

「我老婆快生孩子了！」

董丹的上衣被人來回拉扯，小梅動手掰開想要抓董丹領帶的手指頭。那是他僅有的兩條領帶之一。

「你們聽我說！」董丹喊道。汗水在他的背上滲開來。

他告訴大家再耐心一點，要講道理。你們老闆還是想把房子蓋好，不是嗎？要把它們蓋好，他就得雇你們。

「才不是這麼回事兒。老闆可以雇新的工人，」一個男人說道。看起來他彷彿是這一群建築工人的頭頭兒。

「北京有不少老闆都這麼幹，」架著拐杖的男孩說道。

「他們一直答應要付，結果一直拖延，」那頭頭兒說道。

他告訴董丹，那些老闆都是騙子，等到民工們實在耗不下去，用光了身上最後一分錢，有的還生了病，只好回家。然後老闆又會雇進新的民工，對這些新的民工用同樣的手段，再騙一次。

董丹說他一定負責把這些沒良心的欺騙伎倆揭發出來。他一心只想立刻擺脫這一群民工。否則他就必須閉起眼睛、摀住耳朵。被這麼多無助的人包圍，令他感覺害怕，他恨自己變成了所有這些可憐蟲可以朝裡頭吐苦水的罐子。那個誰誰誰的母親正焦急的等著錢好在肚子上開一刀，他需要知道嗎？難道那一些大著肚子還在田裡頭幹活的農村婦女，丈夫去城裡工作卻一直沒寄錢回來，他還見得不夠多嗎？今天和小梅出門時候，他還是高高興興的，現在他的情緒完全給他們毀了。

「你看那邊那棟樓，」小梅大聲地道。「它不是直的，它朝西邊歪。」她說得更大聲了。舉起她的手掌水平地擺在她的鼻樑前面，然後慢慢從自己的臉移向那座建築物。

所有人都轉頭去看。

「看起來沒問題，」穿著水泥袋裝的老人說道。

「如果你一直看著它，看十分鐘，你會發現它歪向這邊，」她說，放在鼻樑前面的手跟著斜下去一點點。「我常常這麼看。盯著這一些又新又高的大樓看上好一會兒，結果我發現它們沒有一棟是直的。」

最後他們總算脫離了這一群建築工人的包圍。在回家的路上，小梅跟董丹說，她發現沒有一棟建築物是百分之百筆直的，也沒有哪一個人的鼻樑是真的直的。她剛才仔細端詳了包圍他們的那些工人的每一張臉，發現他們的鼻子都有點歪。她說她從小就一直在做這種測量，從來沒遇到過哪一個人有百分之百垂直的鼻樑，就像是你不會發現哪一棵樹、哪一面牆、哪一根桌子腿，或是哪一根電線杆是百分之百筆直的。

「那我的鼻子呢？」董丹開玩笑地問她。

「當然也不直。你走路也走不直。每一個人走路的時候，不是往左就是往右，多少有點歪。」

她的話裡有些甚麼。有些董丹一時還不能明白的深意。

一週之後，董丹就將那篇關於吳董事長的經濟適用住宅的文章寫好了。他約高喜在亞運村附近的小公園碰面。高喜穿著一件薄羽毛外套出現。董丹注意到，她底下穿的竟然是飾著蕾絲花的皺巴巴睡裙。她的作息從來不管社會一般的規範。董丹在她坐著的公園板凳後面來回踱步，觀察高喜就著一盞路燈冷漠的白光讀文章時的反應。附近有人正用一臺破錄音機放著一首鄧麗君的老歌。那聽起來像是嗑著了的柔情蜜語，雷聲般響徹整座公園。董丹從樹叢與樹之間望出去，看見一對對婆娑起舞的身影，都是一些五六十歲的男女。每晚他們來到公園，隨著情歌起舞之時，他們都重拾了青春。摟著的是對方的粗腰、肥肩，望著的是舞伴在禿了的額頂，以及稀疏鬈髮下那雙夢幻的眼睛。他們穿著高跟鞋以及擦亮的皮鞋，轉圈攪動起夜晚的空氣。董丹很感動。音樂停止時，舞者仍然停留在對方的臂彎中，一下子又老了，他們露出哀傷的神情。董丹走回到高喜身邊。

不知道是因為剛剛的那一首情歌，還是她讀到的文章，讓她皺起眉頭。

董丹在寫這篇文章的時候，極力閉起眼睛，用力想像噴泉與小溪、池塘以及一片翠綠，還有那鋪滿小花的起伏丘陵。丘陵上有穿著白衣的男孩與紅衣服的甜美少女，正在採著野姑。他還特別跑去各大百貨公司以及地鐵入口，收集來一堆房地產廣告，每一篇讀來都像是童話故事。然後他將這一些文字全部拆開之後，重新將句子以及段落拼裝，用王小姐作展示時說過的話將它們串聯在一起，然後把原來的第三人稱改成了第一人稱。他對自己的剪接工作十分滿意。

「這是甚麼垃圾玩意兒？」高喜將文章丟到一旁，像是丟掉一張髒衛生紙。「流行歌的歌詞？還是甚麼狗屁？」

文章的一頁被風吹在地上跑。董丹趕緊跳過去，他的高個子彎得很低。

「你能幫我潤色一下嗎？」董丹邊把它撿起來邊問道。

「已經潤色得過了頭。加的全是糖漿、奶油。好在我還沒吃晚飯，否則我一定吐得滿地。」她道。她的情緒正惡劣。

「『潤色得過了頭』是甚麼意思？」

「他們付你多少錢寫這玩意兒？」她進一步逼問。

「這樣好不好？我會跟妳對分。」

「除非是一百萬。」

董丹考慮了一下。沒有高喜的幫忙，他沒辦法發表這篇文章。

「如果說是一百萬的十分之一呢？」他問道。

「你是說十萬？」她道。「太少了。」

「那是我稿費的一半。」

高喜看著他，露出詭異的微笑。

「他們還讓你免費住他們的公寓，對吧？」她往後靠向板凳。「他們手上有太多房子，讓你搬進去住對他們沒有損失。」

「妳怎麼知道？」

「不過，他們不會讓你出售的，」她道。

「可是，那是他們給的禮物……」

「你他媽還當真。」

董丹瞪著她。

「所以你想要跟我平分這份『禮物』？」她看著他，笑得更開了。「你知道要潤色你的謊言，那我得犧牲多少品德與自尊。」

「我們可以把房子租出去，然後平分房租。」董丹道。他知道自己現在看起來走投無路。

「好孩子，你騙不了這一群人的。」她關愛地拍了拍他的肩膀。

「妳是幫還是不幫？」董丹道。

高喜伸手進口袋掏香菸，可是立刻就抽了手。

「上個禮拜發生了許多事。我戒了菸。我談了戀愛，又失戀了。」她從板凳上站起來，邊說邊舒展筋骨。

「這麼說好了，你想寫這一篇文章就應該儘量平實，」她終於又開了口。「你從前有這樣的風格。我第一次讀到你那一篇孔雀宴的文章時，覺得很感動。還有就是，你也行行好，寫的時候查查字典，別寫錯別字。這一篇爛文章裡，至少有一百個錯字。我只能幫你幫到這兒。你要從陳洋那兒問出更多的私密細節作為對我的答謝。你跟陳洋在他鄉下房子裡待了幾天？」

「我待了五天。那地方太漂亮了，特安靜。」當時要不是陳大師的司機攔阻了他，他一定會去的。「可是大師沒跟我說過一句話。他像個瘋子一樣，不停地在作畫。」現在他說謊比說實話要流利得多，而且也不像以前一樣會臉紅。

「再跑一趟。再待五天看看他會不會開口。去找他的廚子和司機。給他們點錢，看他們會不會提供甚麼消息。」

她往公園出口處走去的同時又把手伸進了包包，又再一次空著手抽出來。她總是忘記她已經戒菸了。

董丹帶著文章來到吳董事長的辦公室。祕書告訴他，董事長在他自己的酒店，離這兒不遠。董丹在一張真皮大沙發上坐下，把文章又看過了一遍。祕書問他，是否打算在這兒等董事長。是的，他是在等。可是董事長今天不會來辦公室。不來嗎？不。他在酒店裡與一些人正在開會。

那是一家不大的小酒店。大門口放了一對金色的獅子，局促的大廳裡放滿了塑膠花，室內的氣味讓董丹想起了從白家村來的那些農民所住過的地下室。所不同的是，為了掩飾那氣味，空氣裡還有空氣清潔劑那種刺鼻的人工香味。服務櫃檯裡頭擱了一尊觀音像，與祂整齊並列的是十字架上的耶穌基督。牆上掛的照片都蒙著灰塵，用金色的金屬框裱著，多處都已經褪色。照片中是吳董與北京副市長在他某住宅區的合影，頭頂的招牌寫著：「錢少沒問題，購屋最經濟」。另外的幾張照片中則是吳董和一些體育明星和知名連續劇演員剪綵時的合照。

一個穿著制服的女孩領著董丹上了樓，沿著樓梯兩旁的牆上挖出了一個一個小格子，裡頭放了東西方各式女神的裸體像。到了三樓，董丹看見一個上頭寫著「總統套房」的標示。

一陣麻將洗牌的聲音從走廊的盡處傳來。董丹對那女孩說，吳董打牌的時間很不尋常，一般人都喜歡在夜裡搓麻將，他一大清早就已經玩起來了。不，他都是午夜時分開始打，女孩回答。他已經從昨天晚上打到現在？噢，不，他是從前天夜裡打到現在。

房門是半掩的，董丹可以聞到裡頭充滿了酒精與油膩食物的味道。除了光潔的骨製麻將牌碰撞摩擦的聲音外，屋內沒有其他聲音。他可以感覺得出方城大戰的緊張。女孩告訴董丹，現在他可以進去了，但是在一局牌結束前，千萬不要出聲。董事長最恨有人打擾了他的牌局。

他一打起麻將來，可以不吃、不喝、不說話，也不睡覺，除了補充水分與喝酒。

一個化著濃妝的女人走到門口來迎接董丹。她有甚麼可以效勞的嗎？她輕聲問道。他和吳董約好了。她遲疑了一秒，接著告訴董丹，得等董事長把這一圈打完。她約莫四十歲左右，穿著緊身的長褲，連裡頭三角褲的形狀都看得見，正好將她的臀部勒成了兩截，讓她看起來彷彿有四塊屁股肉。

走過了玄關則是一間大客廳，擺設了金邊絲絨的沙發。一個長茶几上蓋著帶金色流蘇的絨桌布。兩個傢伙躺在沙發上，正蓋著毯子呼呼大睡。巨大的電視機前，一個女孩正趴在那兒看著關了聲音的連續劇。董丹看見吳董用左手摸起了一張牌，而同時右手則不停地彈出一根根的火柴棒。他將火柴棒放在拇指與中指間，食指則對火柴棒用力推，火柴棒深深嵌進了指頭的肉裡，緊繃到不能再緊，彷彿吳董要測試火柴棒能承受多少壓力，或是手指頭能承受多少折磨。然後，當火柴棒快要折斷的時候，他用中指一彈就把火柴棒射到了地上。偶爾他會不小心折斷了火柴棒，讓他猛然一驚。董丹暗自禱告他在快折斷火柴棒時住手。

這一圈結束了。吳董起身走進了浴室。當他出來的時候，他的手還在拉褲襠拉鏈。他問正滿地幫他撿起火柴棒的女人，是誰要找他。董丹從剛才被人安頓坐下的椅子上站起來，面露微笑。吳董盯著他瞧了一會兒，他的雙眼充滿血絲，雙唇乾裂，鬍渣子滿臉。

他並不是在裝傻，而是真的忘記了董丹是誰。董丹只好尷尬的又自我介紹了一遍，重新遞上了名片。吳董揚了揚眉毛，朝他伸出了手。

吳董說，他現在沒辦法看他這篇文章，他建議董丹把東西留在這兒，只要他有時間，他一定會立刻讀。董丹提醒他，是他要求一個禮拜內寫好的。可是董丹明白對方想必有太多比這篇文章還要重要的事需要操心。那麼吳董事長甚麼時候有空，他可以隨時過來和他討論。過了今天都有空。

吳董叫那個屁股有四塊的女人送董丹到大門口，然後連再見也沒說一聲就又回到了麻將桌。

一整個禮拜，董丹都沒有吳董的消息。他穿了西裝、打上領帶跑去那家酒店，希望可以又撞見吳董在那兒打麻將。沒有，董事長已經好幾天沒來了，和上次不同的一個女孩這樣告訴他。離開了酒店之後，董丹來到了「綠樹林俱樂部」，正巧今天老十休假。有沒有人知道她上哪去了？他問一個名叫「老二」的女孩。不知道，老十有很多祕密，老二這麼告訴他。

在回家的路上，董丹看見馬路邊掛滿了海報、彩帶，足足有一公里長。有一家製藥公司正在五洲大飯店舉行記者會，宣傳他們一種對抗致命流感的新藥物。這種所謂 New Age 的藥品，用的全是純天然配方，連用的水都是特別採集來的。

幾分鐘之後，董丹的人已經在五洲飯店的宴會廳裡了。他四下打量，對熟識以及不熟識的面孔都露出微笑。這地方看不出有任何警戒的徵兆。似乎掃蕩宴會蟲的運動已經結束。在人群中，他也沒有感覺到任何緊張氣氛。著名大醫院的醫師們穿著西裝、打著領帶穿梭在輕鬆自若的記者之間。正當董丹想找位子坐下時，一個額頭上長滿了發紫的粉刺的男人朝他走來，他緊貼著董丹站著，不停地清著喉嚨，準備要與他長談的樣子。董丹裝做若無其事地走向出口。他不想冒任何可能撞上宴會蟲辦案人員的風險。

「您好，」長著紫色粉刺的男人朝他喊道。

董丹頭也不回繼續往大廳走。

「幹嘛這麼急著走啊？」

董丹繼續裝著沒聽見。

「是不是您不喜歡我們的產品？還是對我們沒有信心？」對方問道，現在他離董丹只有兩步遠。

「對不起，」董丹說。「我不知道你是在跟我說話。」

「其實我們可以挑一家更好的酒店。這兒的宴會廳看起來有點寒磣，是不是？」他問，一面掏出了名片，上面寫著他是這一家藥品公司的公關部主任。「我姓楊。請問您是哪家醫院的？」

「幹嘛？」一定是因為今天他為了見吳董而穿上了西裝，也打了領帶的緣故，引起了楊主任的美好誤會。

「幹嘛？」對方笑了起來。「因為像今天的場合，你如果不是新聞記者就一定是醫療單位的專業人士。如果是記者，即使他沒有帶任何器材，我一眼都能認得出來。」

雖然長著紫色粉刺，這一位楊主任倒是個討人喜歡的傢伙。他說服董丹今天酒宴的菜色有許多獨特之處，每一道菜都有治療某種疾病的功效。

董丹隨著他又回到了宴會廳，看到客人們都已經開始用開胃菜了。

「這道肉凍用的是牛鞭與海馬，還有數種藥草調味，它可以增加性能力。」

董丹用筷子夾起了那滑溜溜的玩意兒，嚐了一口。吃在嘴裡的口感十分細緻，藥草的味道非常嗆人。

「不錯吧？」

董丹點點頭。很不錯。楊主任告訴他，這道菜需要花七十個小時來烹調。董丹細細咀嚼，仔細品味食物在舌頭上的觸感。他發現隱藏在第一口的滋味之後，還有一百種說不出的神祕滋味。每一種滋味都是那麼的特別。那味道真是複雜得難以形容。

「來，嚐嚐這個，」楊主任道。

這是一道漂著淡黃色半透明花瓣的湯。

「這些是蛤蟆卵巢。對女性有滋陰催情效果。如果你有帶女伴來，你今晚就享福了。」他邊說邊眨了眨眼。

這滾燙黏稠的玩意兒讓董丹吃出了一身汗。有點油，嚐不出甚麼味道，他用牙齒慢慢地咬，那感覺十分微妙，難以捉摸。人類的卵巢吃起來也像這樣嗎？董丹感覺一陣反胃。

「藥膳料理不見得就要難以下嚥，對吧？雖然它是藥，可也不必像我們傳統觀念裡的藥。」

董丹只管點頭與微笑，這樣他就不必停下筷子加入談話。他已經好久沒有吃到宴會上的好菜了。缺席了這麼久，這些日子他總是在想著像這樣子的食物，只要一想到如此頂極的美味因為他少吃了一份而被倒進了餿水桶，他簡直要發狂。掃蕩宴會蟲運動已經以逮捕了十六隻蟲，勝利落幕，看來一切已經恢復了原樣。

「……你會考慮考慮嗎？」楊主任問道。

董丹完全沒注意楊主任在他耳朵邊嘟囔了些甚麼。他若有所思地慢慢點著頭，好掩飾自己吃得樂不可支。為甚麼這些人總愛用一頓好酒好菜作幌子去談生意？面對著一桌子美味佳餚——都是費了好幾天人工與創意完成的作品，不專心地吃，卻要談判交涉、討價還價、串通勾結、各懷鬼胎。董丹聽見楊主任在說甚麼「公平利潤」。他嚥下食物，用餐巾抹了抹嘴。看來又有一樁買賣了，拿品嚐佳餚作為藉口。

「你自己不必開處方。你只要跟你的病人推薦就行了。只要強力推薦，就這麼簡單。然後你告訴他們哪兒可以買得到。你看，」他拿出一張卡片放在桌上。「這是我們的網址。他們可以在網上訂購。我們第二天就送貨到家。」

董丹錯過了他的提議的重要部分。

「我知道你們不能開處方，因為所謂用天然食材製造的藥品，如果有添加化學物，那就得經過藥物管制局的核准。我只是要求你作推薦。用你的專業權威作強力推薦。如果你對這樣的分帳利潤不滿意，你告訴我，我們還可以再談。」

董丹這才忽然懂得了楊主任提出的交易是甚麼。這家製藥公司的總裁這時正站在講臺上，對著所有醫生以及新聞界作演說，感謝他們的支持。

「媒體是我們最好的朋友。因為你們的協助，你們在各大重要媒體刊出的文章，我們的藥才得以為老百姓創造奇蹟。」總裁如此說道。

董丹問楊主任，那媒體知不知道這本來應當是純中藥的藥品裡頭摻了化學物質？長著紫色粉刺的男人笑了笑，朝董丹靠得更近了些。

「你以為現在媒體真的在乎？現在連西方的媒體也都不在乎了。在美國，他們讓各種騙子在電視上賣任何東西，只要他們付錢買時段。他們只會告訴你，自己購買物品要自己負責。這樣說吧，在宴會上的這一些客人，不過是大型宣傳機器裡的小螺絲和小齒輪。你要他們說甚麼，他們就會說甚麼。只要你招待他們一頓好吃的，然後在他們口袋裡塞夠了車馬費。」

董丹故意裝出一副驚訝的表情。

他覺得百分之二十合理嗎？董丹這才會意過來，他剛剛專心吃東西的時候，一定已經表示同意了。他看著那位主任跟他講解這筆生意，他額頭上的粉刺散發出不安的能量。每當董丹的病人跟他們網路訂購了這藥，百分之二十的收入直接自動匯進董丹的戶頭。他們會為他開一個帳戶——當然是祕密的——如果這樣的條件雙方都同意的話。那公司又怎麼會曉得誰誰是哪個大夫的病人？這很簡單，公司會給每一個醫生一個「醫師密碼」，病人在訂藥的時候必須輸入醫師的特別密碼，醫師就可以從每次訂購中得到利潤。

「如果你的病人在服用藥物後有改善，我們就會讓媒體把它報導出來。就用讀者投書的方式。」

原來如此。董丹每天都會在報上看到類似的投書，還一直奇怪這些病人文筆不錯，把他們的經驗描述得有聲有色。

董丹望著餐桌上的大轉盤，看著最後一道湯分進了每一位客人的碗裡。除了董丹，其他人都吃不下了。大家都已經開始了他們的口腔衛生行動。他們用手掌蓋住了自己的嘴，拿牙籤挑出了酒宴的殘渣，一邊從齒縫間吸入清涼的空氣，最後發出滿足的輕嘆。

有人開始離席，董丹一眼就看見靠出口的那一桌，小個子站了起身。一如往常，小個子總是先確定了逃生路線，才決定自己要坐在哪兒。

「嘿，」董丹說。

「噢，嗨，」對方回答，揮舞著他粗短的五指。「好久沒看到你了。在忙甚麼？」

「我到外地去了。」所以你沒有在那十六個被逮捕的宴會蟲名單裡。「我到鄉下去作了一些農民的訪問。」董丹作了說明。

「我也出城了，」小個子道。「去調查一件非常有趣的醜聞。人可以有多聰明，讓你嘆為觀止。」

「是嗎？」我倒想知道你是不是還在用我創造出來的假公司名片。

「你要走？」他問。

「嗯，」董丹說。

他們一起步出了宴會廳，朝後門走去。

「有一家公司他們生產的醬油味道非常好。他們的產品甚至外銷到海外二十多個國家。不過你想像得到他們的產品是用甚麼作的嗎？」

董丹看著他。對方故意抿起嘴唇製造懸疑。突然間，董丹注意到，他的眼鏡也和他一樣是平光沒有度數的。原來也是偽裝面具。

「他們的產品是黑心貨。他們用人的頭髮來作醬油。用動物的毛髮也是可以，但是那是次級貨。他們發現毛髮裡有一種和黃豆非常相似的化學物質，有醬油的口味。經過了發酵以及萃取之後，那味道會變得更濃烈。他們自我辯護說，人類頭髮是有機物質，從身體來最後回到身體裡去，所以對人類健康無害。」

「是嗎？」董丹問。

「我跟他們說，是不是對人類健康有害還不能確定。他們說，在一個有十三億人口的國家裡，永遠有潛在的糧食匱乏危機，能夠找到新的食物來源，應該是被鼓勵的。然後我就說，他們應該告訴大眾他們的『醬油』是從人類毛髮中提煉出來的，應該讓消費者有他們自己的選擇。」

他又停了下來。這人說起話來就像他小時候見過的二流說書人，讓董丹很討厭，故意製造懸疑讓孩子們好跟著他一個村子一個村子跑。

「這家醬油廠面臨了巨額罰款以及公司倒閉。他們在法庭裡頭招認他們的頭髮是從理髮店、髮廊、剃頭挑子、醫院，這些地方收集的。聽起來挺恐怖，是不是？你在你的麵條裡擱的醬油是用醫院手術室扔出來的毛髮作成的。這年頭，沒有哪件事情可以經得起深入研究。你說是不是？甚麼事情都可能是假的。掛羊頭賣狗肉。」

「你打算把它寫出來嗎？」董丹問。

「已經被報導得很多了，」小個子說道。「讓我感興趣的並不是他們用甚麼方法矇騙了大家這麼多年……」

有人在董丹肩膀上拍了拍。是那一個楊主任。他把董丹拉到一邊，拿出了一個裝得鼓鼓的咖啡色口袋。

「所以我們一言為定了，啊？」他說。

「沒問題。」這裡頭是甚麼？一綑嶄新的鈔票？總共有多少？

「一點小小的意思，不成敬意。」他把口袋塞進了董丹手裡，同時還有一張紙，上面簽滿了許多名字。「幫我個忙，簽一下收據。你的名字簽這兒，醫院名字寫在這兒。」

董丹簽了一個只有他自己認得的名字，又匆匆寫下了一個醫院的名字。之後，楊主任問道：「我給過你名片沒有？」

「我想你給過了，」董丹道。掂著口袋的分量，有一千？兩千？

「我再給你一張。」他把名片塞進了董丹的拇指和咖啡色紙袋中間。「免得你把我剛給你的那張弄丟了。」

「多謝，」董丹道，心想他等會兒就會把這張名片丟進身後的垃圾桶。

「你可別把我的名片丟進垃圾桶，啊？」說這話時，主任臉露出揶揄的微笑。

「我為甚麼要這麼做？」董丹笑著說道。

他大笑幾聲之後便走開了。

「那人是不是做假藥的？」當董丹走回來後，小個子問道。「他們這場酒宴可真揮霍。」

兩人走到了外面，小個子說他真正感興趣的是，醬油廠怎麼會有這方面的原料知識。是甚麼讓他們想到，頭髮做出的東西將會和黃豆蛋白發酵之後的滋味相仿。這跟愛因斯坦的相對論一樣是天才之作。

董丹同意地點點頭。看這重量，這疊鈔票應該有三千塊，足夠用來買他和小梅在大賣場看見的一套沙發。他今天晚上就會帶她去。他要借一輛小貨車把沙發運回來，然後請鄰居幫他們把家具搬上樓。

「人類頭髮竟然有這麼好的滋味，這是偉大的發現，」小個子道。「這是真正讓我感興趣的地方。」

「這真的是很有趣。」然後他們要把自己拼湊起來的沙發丟掉，他們的屁股再也不會被壞掉的彈簧突襲。

「你需要我載你一程嗎？」小個子說。

「謝謝。我想走走。」他要做的是趕緊走進一間男生廁所，關上隔間的門好數他的鈔票。

「我正要趕下一個行程，我可以把你載到附近的地鐵站放你下來。」

另一個行程。那意思是說，另外一場酒宴外加一份兩百塊的車馬費。菫丹還是謝謝他，婉拒了。

不一會兒工夫，菫丹已經坐在一輛跟蹤小個子的計程車上。他也不明白自己為甚麼要展開這樣的追車。或許是，他想要知道小個子下一站是哪裡，他也好分一杯羹。或者是，他想從這場並非他所願的兩人競爭中，從被動轉主動。在一個紅燈路口，小個子從車上跳下來衝到了引擎蓋前，把它打了開來。紅綠燈已經變了，被他擋住的車輛紛紛按起喇叭。他的車拋錨了。他又衝回了車上，再下來的時候，拿了一本雜誌，他把它捲成了一個漏斗形。在計程車開過了小個子約一百公尺後，董丹丟給司機十塊錢，然後下了車。小個子又站在他的車子前面，用他雜誌作成的臨時漏斗朝油箱裡加油。車輛分成兩道，從他身邊開過。其中一位駕駛對他吼著：「嘿，老兄，我在廢鐵廠都看不到你這樣的破爛！」

無情洶湧的車潮中，小個子站在他拋錨的車旁，看起來像是某齣喜劇裡的倒楣角色。董丹坐進了一家小吃店靠窗的座位，點了一瓶冰啤酒。他看著小個子衝上車又衝下車，拿出不同的工具修理不同的零件，不時舉起手用西裝袖子擦掉頭上的汗。董丹喝完啤酒的時候，一輛拖吊車到了。看著自己的車被拖走，小個子跟在後面跑了一段路，就像是自己心愛的人正被送進開刀房要動緊急手術。

半個小時之後，董丹尾隨著小個子爬上了地鐵站的樓梯，跟他離了約二十步遠。出了地鐵站是一個觀光景點，有許多外國人以及賣假古董的小店面。董丹緊跟在小個子身後，在擠滿了像是看電影人潮的街上穿梭，最後來到一座帶著古代風味的建築前。這是一座建築得像中國樓臺的豪華廁所。在標示男廁與女廁指示牌的中間，有一個傢伙坐在一張桌子後頭，看守住入口，販售著衛生紙。董丹走進一家店鋪裡，爬到了二樓，在那兒的窗口有兩張桌子和一張椅子，好讓顧客坐下來端詳他們的貨品。董丹看見小個子在跟公廁服務員交談，從他激動的表情中，董丹猜想他正在告訴對方，他的車子拋錨了。店家向董丹展示了一些唐代的陶倆，董丹假裝欣賞，就著窗外的光線，一件一件仔細端詳。他看到小個子和服務員調換了位置，一個站了起來換另一個坐下。那廁所服務員懶洋洋的樣子讓董丹感到眼熟，就是幾個月前，跟小個子在一起的那個攝影師。董丹手裡握著一具陶藝品，眼睛從旁邊偷看出去，小個子正在數一個小盒子裡的錢：賣衛生紙的收入。那個攝影師進了廁所，再出來的時候，穿上了那件有許多口袋的背心，肩上掛著攝影器材的包包。董丹明白了，這對採訪搭擋也是公廁生意的合夥人。

兩個外國人過來，拿了一張百元鈔票。小個子給他們看盒子，用手比劃著告訴他們，他沒有零錢可以換開鈔票。攝影師在他的照相機袋子裡東掏西掏，掏出了一些零錢。外國人走了之後，一對中國夫妻匆匆忙忙出現，但是看到了衛生紙價錢以及收費後，立刻停下腳步。他們調頭就走，嘴裡還生氣地咒罵著。

這沒有道理。他們為甚麼要看守廁所、販賣衛生紙？就算這個廁所非常豪華。可是幹記者的收入不是不錯嗎？唯一的答案，他們是冒牌貨，就跟董丹一樣。他們跟董丹一樣沒錢，或許還更窮。

「你有看到甚麼中意的嗎？」店家已經對董丹不耐煩了。

董丹裝出十分讚嘆的表情注視著一座陶馬。

「真的是唐代文物，」那店家道。

鬼才相信。「怪不得，它一下就吸引了我。」

「大概有八百多年了。」

真的咧。搞不好你昨天才埋下去，今天早上挖出來的。「是啊，看得出來。」

「我可以給你個好價錢。」

「不妨說來聽聽。」

「原價給您打對折。」

「我再想想吧。你知道，我前兩天就被騙了。」董丹指著對街的廁所。「那個矮子賣給我一件類似的假貨。中國人不是常說，矮子矮，一肚子拐。」

「您大概搞錯了吧，」店家說道，從窗口望了出去。「我認識他好多年了，他從來沒賣過古董。他以前在這兒有個小攤專賣字，可是不久就關門了。因為他付不起攤位的租金，競爭太激烈了。如果你在這街上隨便放一槍，也許就會打死一個水墨畫家或者書法家。這是咱們北京最有文化的一條街。這兒的文化人多得不值錢，所以一等公廁蓋好，他就在那兒幹起了服務員。」

董丹看見小個子正在與一群中國觀光客說話。顯然是上廁所的代價讓那群人生氣，他們開始討價還價。董丹走出了店門，走進人群中。董丹得承認，這兩個宴會蟲比他厲害多了。他們知道兩人搭擋的好處，一個可以幫忙掩護另一個。就像日前，當那一個冒牌攝影師感覺董丹正在跟蹤他們的時候，他過來為小個子解圍。這也是為甚麼董丹和小個子會這麼經常碰到面，而每一次小個子一定跟董丹禮貌招呼，這是他們表達對董丹一種同行間的敬意。他們對董丹這一套打心底佩服，所以他們抄襲了董丹的名片，模仿了他的形象，為此他們想要跟他道謝。或者是，他們希望得到董丹的建議。也可能他們想要給他甚麼建議。這工作還有改進的空間。也可能是他們想邀請董丹入伙。或許他們的組織還不只這兩人，所以他們才能夠逃過這一波宴會蟲的拘捕行動。沒逃過的人，想必都是孤軍奮鬥的蟲子。萬一他們只是想把他帶到甚麼地方去幹掉他？他們已經偷走了董丹的一切，或許他們現在打算綁架他，把他帶到一個郊區建築工地——像吳董那樣的就可以——然後把他除掉。畢竟在北京，工作機會難得，誰都不願意多一個競爭對手。好在董丹從沒坐過他們的車去太遠的地方。

董丹蹲下身子假裝在繫鞋帶。他可以看見他身後那一雙白色的運動鞋，步履蹣跚。他輕聲地告訴小梅自己先走，他待會兒就會跟上來。他們到這個露天市場來，原本是想買一張小茶几來配他們的新沙發，結果發現被人跟蹤了。董丹來到了專賣男人內衣的攤位區，一個箭步就躲進了用布簾圍起來的試衣間。他從布簾的破洞中看出去，有個傢伙正伸長了脖子四下張望。他看起來不像是一般人印象中的便衣警察。身材笨重，動作遲緩，身上那件橘紅色的防雨夾克，也像是借來的道具服裝。他走路的姿勢很不俐落，半駝著背，走路的時候腳上那一雙仿冒 Nike 鞋在地上拖著步子。董丹瞧見小梅停下來正在跟賣家具的小販說話，一邊用手摸著家具檢查是否完好。她搖了搖頭後，轉身要離開。那傢伙便尾隨在後。莫非宴會蟲掃蕩行動跟他有關？整個事件不是以十六個人的被捕告終了嗎？這個奇怪的傢伙為甚麼還會鬼鬼祟祟出現在這裡？

董丹從試衣間裡走了出來，小梅和那個奇怪的傢伙早已在人群中不見了蹤影。董丹朝市場的出口處走去。

他一眼就在靠近出口的地方看到了他們倆。那傢伙擋住了小梅的去路。他問了一個甚麼問題，小梅搖搖頭，想繞開他繼續前進。可那個討厭的傢伙加快了步子，現在跟小梅並肩而行。原來他的身手還挺敏捷，剛才拖著蹣跚遲緩的步伐只是他的偽裝。他不放過小梅，繼續問了些問題。小梅再次繞開來想擺脫他。董丹看見她朝身後市場裡一片黑壓壓的人頭焦急地望了一眼，看不到董丹的人影，她鬆了一口氣，開始沿著市場牆邊那一排小吃攤走著。那傢伙又企圖盤問她些甚麼，她開始繞著對方走半圓形，好讓附近的人看見，她正極力擺脫這個在騷擾她的男人。

他們移到了小吃攤對面的糕餅店門口，這時小梅動怒了。她對著街上的人們大喊，這個流氓已經纏了她一個小時。董丹知道當她選擇撒潑的時候，她真的夠潑辣。他隔了約五十公尺觀察動靜。小梅比手畫腳，意思是這傢伙剛才碰了她的手臂和肩膀。她的呼天搶地引來了一圈觀眾，圍在了糕餅店的玻璃門前。董丹的視線給擋住了。

推擠開重重看熱鬧的人群，董丹只見那傢伙已經將小梅逮捕，正準備要離去。男人手中亮出一枚警徽，示意群眾們讓出路來。群眾不甘願地讓出一條小路，隨後跟在他們後面，看好戲的興趣越來越高。一夥人就像一個熱鬧的戲班子浩浩蕩蕩前進。

董丹大受驚嚇，當場傻了。他機械性地跟著人群一起走，努力想從人頭和肩膀的空隙中瞄見小梅。這個便衣警察會對她做甚麼？會把她帶去拘留所嗎？他們會把她送進監獄，跟小偷和殺人犯關在一起嗎？他們將要給她冠上甚麼罪名？在魚翅宴上白吃了一頓？不知道她的腦筋夠不夠快，她可以辯稱她是要去參加另外一個酒宴，去吃婚禮喜酒，結果她沒弄清楚，吃錯了酒宴。到底有甚麼大不了的？本來走錯酒宴就常會發生，誰叫他們有這麼多宴席。他們一定是從那一次魚翅宴後就一直在跟蹤她。可是他們為甚麼不在打擊掃蕩運動期間，在逮捕其他十六個宴會蟲的同時，也把她抓起來？

「我才不怕跟你走咧，」小梅大聲地說。她似乎不明白事情有多麼嚴重。她還是用她鄉下姑娘抬槓吵嘴的那一套。他們家鄉村上的年輕男人與女孩們喜歡玩這一種鬥嘴的遊戲。「可是你待會兒送我回家得用大賓士車。」

「沒問題。大賓士有。」那男人對著周圍群眾做了個鬼臉，意思是別拿她當真，他們又不像這女人這樣腦筋不正常。

「一點沒錯，」小梅道。

「勞斯萊斯好不好？」人群裡一個男人問道，同時對著圍觀的人裝出一個逗笑的表情。

「不行，比賓士便宜的車都不行。」小梅道。

「勞斯萊斯要貴多了！」另外一個男人高聲說道。

群眾們全都爆笑起來。

「你領導還得給寫封道歉信，說他冤枉了我，他非常抱歉，」小梅說。

「行，」那便衣警察應道。

「要是他的領導是文盲呢？」一個女人問。

眾人又笑了。這樣的場面很容易把大家就逗樂了，笑話的點子層出不窮。

他們會對她施刑嗎？她有沒有這個頭腦，就供出他們想讓她招的，免得受皮肉之苦？還有天知道其他甚麼虐待？董丹很後悔他讓她牽連了進來。她過去的人生多麼單純，而且她一直是開心的，那樣的人生的確有著許多空白，但也絕不需要用這樣的經歷去填補。

「你領導要是不寫道歉信，就得給我擺一桌壓驚酒。土匪冤枉了人也不會白冤枉，也得請客賠罪。」小梅說。

「在北京沒這回事，」有人道。

董丹推擠過人群，想在他們上車前，把他們擋下。便衣的車子停在一個塌了的臨時小鋪後面，擋風玻璃在陰影裡不時閃動一下，看起來十分險惡。

「喂，妳上哪兒去了？」董丹向前一步，一把抓住小梅的肩膀問道。「我到處找妳！」

小梅看他的表情，彷彿他也是剛剛圍觀群眾中的一個。

「拿開你的手！」她道。他從她的眼睛讀出她的意思：「你幹嘛還在這邊出現？」

「咱們回家了。」他輕輕把她拉近身邊。

「你是誰呀？」她道。她真正要說的是：「難道你沒看出來，我正在引開他們注意好掩護你？我就快辦到了。結果，你讓我的努力全泡湯了。」她不再是那一個淘氣、愛抬槓的姑娘。她現在是一頭小母虎，不顧自己未可知的下場，也要盡全力保護小虎。

「走吧。」董丹沒放手。他希望她也能讀懂他的意思：「我不會讓他帶走妳的。」

那一個便衣警察站在他倆人中間，一張臉毫無表情地轉左轉右，就像是在看乒乓球賽那樣。

「你是她親戚？」那警察問道。

「我是她愛人，」董丹說。

「她可沒承認，」那警察道。

「那是因為她還在跟我鬧彆扭。我們在家裡吵了一架。」

群眾慢慢安靜了下來，一張張聚精會神的臉都成了看乒乓球賽的觀眾。

「你們吵了一架？」他問小梅。

「不關你的事，」小梅說。

便衣警察想把這個情形理出個頭緒。

「她叫甚麼名字？」他問董丹。

「李小梅。」

那便衣警察看著小梅。「是嗎？十分鐘前，她告訴我的是另外一個名字。」

「我愛有多少名字，隨我高興，」她說。「我只騙那些笨蛋！」

大夥兒笑起來，喜劇又開始上演。每天這一些人都在尋找可以取笑的對象，如果找不著，他們就拿黨領導和警察開刀，講些關於他們的骯髒笑話。

「你帶身分證了嗎？」那便衣警察問道。他朝四周的人嚴肅地看了一眼，希望他們不要再鬧了。

董丹掏出了他的名片，那便衣警察一把就抄了過去。

「自由撰稿記者？」

「沒錯。」

他盯著那名片一直看。

「自由撰稿記者，」他又唸了一遍。

「那意思是，我……」

「我知道那是甚麼意思，」他打斷他。「跟我走一趟吧？你倆得一塊來。」

「我們怎麼了？」董丹抗議道。

「你心裡明白你們怎麼了，」那便衣警察道。如果沒見過那警察的臉，就不算真正體驗過甚麼叫受到脅迫。

「夫妻吵架也犯法嗎？」董丹說。

便衣員警笑了笑——他在這樣的公共場合還給他們這樣留情面，已經對他們夠開恩了。

「你不能沒有理由就在街上隨便抓人，」董丹一邊說一邊轉過臉朝向群眾。

「有沒有理，待會兒就知道了，」便衣警察說。

「他不喜歡記者同志！」群眾裡有人說道。「那就是理由。」

「是哪個說的？」那便衣警察吼了一聲。「給我站出來！」

群眾稍微退縮了。

董丹和小梅坐在警車後座，開往警察局。半路上董丹的手機響了。是陳洋打來的，氣喘噓噓地叫喊著他屋子裡發生了可怕的事情。董丹還來不及說些甚麼，那便衣警察告訴他不可以接聽電話。董丹把這話轉述給老藝術家。

「剛才是誰？」陳洋問。「叫他聽電話。」

「陳洋想跟你說話，」董丹說道，把手機交給了正在開車的便衣警察。

「把電話掛了。」

他說得很大聲好讓電話那頭的人聽見。

「那是甚麼人？」老藝術家喊著。

「是警察，」董丹說。

那便衣警察一把從董丹手上搶過了手機。

「你不可以跟他說話！」警察對著陳洋大吼。

「你怎敢這麼無禮！你知道我是——」老藝術家說道。他尖銳的聲音，董丹都聽見了。

那警察把手機關了，丟進自己的口袋裡。

「老實點，啊。坐上了這輛車，就是進去了，」他說。「進去」是對監獄的一種暗號，就像是「走了」表示過世，「方便」表示排泄。

對方說話的時候，小梅一直從後視鏡中偷看那便衣警察的臉孔。每次當董丹站在舞臺上扮演主要角色的時候，她就退居一旁，恢復她一向淡然的神色，靜觀事情的發展。她滿心崇拜地望著兩個鼻孔噴出冷笑、不屈服的董丹。董丹嘆了口氣又低聲笑著，想讓那警察看見，對這整件事情的荒謬，他已經驚訝得無話可說。

分局是位於二環路上。即使一路警笛作響，穿過混亂的交通到達那裡還是花了他們一個小時。在走進審訊室時，董丹問警察，可不可以給陳洋那位大藝術家打個電話。不可以，絕對不可以。藝術家又老又病，現在獨自一人，他也許是從急診室打來的。求求你？不行。替他打個電話呢？也不行，他既不會讓他自己打電話，也不會替他打這個電話。求你了？不行。

如果警察跟你說「不」，那就是「不」，這很難明白嗎？

一個穿著制服的警察一邊讀著卷宗，一邊匆匆走過他們身邊。

「喂，你有沒有聽過一個叫陳洋的？」那個便衣警察問道。

穿制服的警察抬起頭來。

「噢，陸警官。」穿制服的警察跟便衣打了招呼。

「他是個畫家，」便衣警察說道，轉向董丹，「是不是？」

「是的，」董丹回答。「他也作雕塑。」

「你們在講的是那一位大師陳洋嗎？」穿制服的警官問道。

「正是他，」董丹道。他激動了起來，眼珠子在兩個警察中間轉來轉去。他恨自己竟會這麼低下可卑地懷抱著希望。但是他不能控制。

「他都叫我老鄉！」

那位叫陸警官的便衣看了董丹一眼，讓他別那麼得意。甚麼了不起？不過就是弄些甚麼廢物、把那稱作是藝術的傢伙罷了。

他們把董丹押進了走廊中間的一個房間，小梅則去了走廊的盡頭。陸警官吩咐將門鎖上，他並沒有說他會不會打電話給陳洋，可是董丹心想他會的，可能就是為了滿足他的好奇心。

天色漸漸暗了，樓梯上來來去去有腳步聲，夾雜著笑聲與打諢。警察們準備要下班了。董丹和小梅已經被關進來至少三個小時，有好幾次，董丹有慾望走到門邊求救：請哪位去看看我老婆需不需要上個洗手間，或者她是不是口渴？

走廊上偶爾有腳步聲經過。它們敲在花崗岩地板上，響起的回音，聽上去有些懾人，如同在一部懸疑電影裡。董丹屏住氣，張著耳朵，直到回音慢慢消失。他心中劃過一陣恐懼：他居然已經能分辨出這些腳步聲的不同了。有的是和善的，有的是粗暴的，來把人抓出去審訊，或是祕密地移送他處，作為一個監獄犯人他肯定能有這一分敏感。有的腳步聲或許是把人帶去地下某個刑場，有的腳步聲是來送食物與水，有的夾帶辱罵，有的帶來安慰，像是老婆或者父母的來信。對於自己這麼快已經學習聽腳步聲，令他感覺害怕——他已經可以分辨甚麼腳步聲跟他有關，甚麼無關。晚上十點十五分左右，他又聽見腳步聲爬上了樓梯，帶著穩健而又威嚴的節奏，隨著行進而響起的回聲，嗚鐘一般響徹整座空洞的大樓，非常懾人，如同是在夢裡。董丹知道那是某個警官，穿著黑皮膠底皮鞋帶來了對他以及小梅的處治。

門被打開了。陸警官一身制服，帶著兩頁紙走了進來。

「你有沒有給陳洋打電話？」董丹問道。

「甚麼？」陸警官似乎想不起來他去了這麼久是幹了甚麼。

「你給陳洋打電話了，有沒有？」董丹問。

「沒有。」

「你沒打？」

「在這兒簽個字，我們都可以回家了。」陸警官把紙放在了桌上。

壓抑住驚訝，董丹慢吞吞走到了桌旁，拿起了筆。他很快地瞄了那簡單的表格一眼。那是一份私人財務的驗收單，上面的意思是說，剛剛沒收的東西你已經檢查過了，每一項都已經歸還給你。董丹簽了自己的名字。

看見小梅的時候，她感覺格外消沉，垂著肩膀、低著頭，彷彿過去無聲的幾個小時耗掉了她所有的能量。她穿過滿是消毒水味道的長廊向他走來。廊上燈光慘白得近乎帶一點點的紫。小梅朝他笑笑。她的微笑、她的臉龐，還有她的肌膚都像是被那光線給漂白了。她的人生不需要裝載像這樣子的遭遇。

陳洋告訴董丹，他再也不相信他的祕書了。他要董丹到他鄉下房子去一趟，監督他一些要運出去的畫作。他有一個朋友將移民國外了，他想把這些畫作運到朋友的別墅。陳洋卻發現有人偷偷從他垃圾桶裡偷走了被他揉棄的畫稿。因此他希望董丹能協助他這一次的運畫行動。他們將在午夜時分運送，這一切都得暗中進行。董丹得看守住所有的垃圾以及字紙簍，把工作人員裡那個順手牽羊的賊給抓出來。

陳洋站在通往他鄉村別墅的路口迎接董丹。他戴了一頂紅色棒球帽，身上一件白色工作罩袍，東一點西一點全沾染了水墨及顏料。他打從派車去接董丹開始，就一直在這兒等候。他呵呵笑著，用他墨跡斑斑的手掌拍著董丹的背及肩膀。他的高興很具感染力，董丹陪著陳洋往屋子裡走的路上，自己的煩惱也暫時擱下了。

「很抱歉，昨兒那個警察對您很不禮貌，」董丹說。

「甚麼警察？」

「就是您昨天跟他講電話的那一個。」

「我打電話了嗎？」他問。

「他對您大吼，還掛了您的電話。」董丹說。

「我吼回去沒有？」大師露出不相信的表情。

藝術家對昨天跟在警車上的人有過簡短對話一點印象都沒有。他早就被自己的事給攪得頭昏腦脹，所以陸警官對他的羞辱完全沒被放在心上。這也就是為甚麼他總是看起來和藹又寬宏大量。

「陳大師，那麼昨晚您是否接到一個從警察局來的電話？」董丹問道。

「沒有。」他回答。

「肯定沒接到過？」

兩人走在路上，他一雙眼睛盯著董丹，目光慢慢地變得專注，然後露出了害怕的樣子。

「他們找我幹甚麼？那些警察？」

「這麼說，您接到過電話。」

「他們想在電話上盤問我？」

「他們問了嗎？」董丹問。他想用過濾法找出到底是甚麼原因，自己被釋放了出來。如果是因為警察給藝術家打了電話，那一切就有了解釋。

「他們敢！給我試試看！」陳洋大吼一聲，對著秋天的午後，伸出一隻手指。「大膽！」

董丹看著他。

「你他媽的想對我幹甚麼？你們這些穿著爛布料制服的卑賤警察！我有律師，看你們敢不敢越雷池一步！」

董丹這才搞清楚，大師在擔心的全是他自己的問題。他想陸警官昨晚並沒有打電話。可是他把他們丟在偵訊室之後，這麼久時間都上哪兒去了？在這一場與警察看不見的角力中，他到底是怎麼被擺布的？這個疑問令他心煩意亂。

「怎麼了？」他的沉默讓藝術家不耐。

「沒甚麼。」

「你有話就告訴我。」

「噢，是我老婆。她昨天跟個便衣警察吵了一架。就是這麼回事。」董丹道。他對大師接下來的詢問已作好心理準備。「我老婆有時候……」

「我也弄不懂是怎麼回事，」大師打斷他的話。「他們剛來的時候，都像是老實可信，沒多久就明目張膽開始幹些偷雞摸狗的事。」老傢伙又回頭去想自己的。董丹回答他的問題時，他並沒有真的在聽，他就是那一種只要事情跟他無關就立刻關上耳朵的藝術家。老傢伙走在粗石子鋪的路上，半途突然唱起歌，打斷了自己剛才的話，那是一首他學生時代的情歌。接著，歌沒唱完，他又立刻回到剛剛的話題。

「沒有女人，啥都幹不了，就是幹不了。她們的清新是我的靈感。可是到頭來她們都變成了一個樣兒。真搞不懂怎麼一開始的時候，她們一個個都新鮮獨特，到後來全成了一路貨。

天老爺，一個個到後來全都這麼乏味！我最沒法忍受的就是乏味的東西。」

董丹現在明白了，第三個陳太太對他的恨和背叛是甚麼原因。

「是呀，一開始李紅也是我的繆思。」

董丹感覺一陣雞皮疙瘩從他的手腕上冒起，一路朝頸子、肩膀下擴展，連整個背和屁股上都是。雖然「靈感」、「繆思」對他來講已經不是陌生的辭彙，可是聽起來讓他很不舒服。它們事實上令他感覺難堪。怎麼這些搞藝術的傢伙就不能面對這是男人赤裸的慾望？為甚麼他們要用像「靈感」這種話自欺欺人？

在寬敞的大客廳中，董丹剛在一張原木椅上坐下，陳大師立刻就端來一盒甜食，是一個在巴黎的收藏家寄來的某種中東地區的異國點心。董丹還沒來得及試吃，陳洋已經又從廚房裡端來了一盤鹿肉乾，這是學生送來的禮物。接著，他又從一個大櫃子中抱出了一堆畫，在地板上一張一張鋪開。他躡手躡腳走去把門關上，一邊叫董丹不要出聲。

「來！瞧瞧我的新作品。看看你能不能發現甚麼新東西。」正當董丹估量著應該在每件作品前停留多久、打算開始他那很有深度的盡在不言中時，大師卻道：「還真好吃耶！中東蜂蜜和棗子做成的。我留著沒吃完，就是等你來。」一邊去拉了拉董丹的手臂。

「你怎麼不嚐嚐鹿肉乾呢？好香呢！」他說。

嘴裡塞滿了食物，董丹只能點頭作手勢，表示他一次只能吃一樣。可是藝術家又去拿了一塊，走回來把它塞進董丹手裡。

「你有瞧出它們有甚麼改變沒有？看看我的用色和我的運筆。」老傢伙問道。

董丹點了點頭。

「這裡，看到沒？這跟我以前的作品有多大的差別！還有那裡，看到沒？下筆的時候像一首弦子拉的小曲，最後驚天動地只剩下節奏——旋律都沒有了。這是反旋律的。這是一場色彩的運動，將節奏和旋律攪拌在一起，讓它成為一種純粹又豐富的和諧，幾乎已經是無聲的……」

他停下來，上氣不接下氣。董丹從畫作之間抬起眼，看見老傢伙瘦弱又蒼白，對著自己的作品傾慕得目瞪口呆。這真是嚇人，非常嚇人，董丹心想。

「他們全滾開反倒幫了我一個大忙。他們的邪惡反倒是幫助我找到這麼多年來，我一直在尋找的一種運筆。他們儘管送我進監獄吧，或是把我的財產奪走，可是我已經找到我要找的，死也無憾了。」

「你不會死的……」

他指著其中一張畫，上面有一塊接近褐色的紅：「我敢打賭你絕對猜不到那顏色是怎麼調出來的。從來沒有看過有這樣豐富、深沉的顏色。對不對？直到上禮拜我也從來沒見過。這是紅茶發酵以後的顏色。我一不小心把畫筆插進了茶杯裡，那已經臭掉的茶水像閃電一樣給了我這個靈感。」

董丹一邊點頭，一邊想到那家用手術房收來的人類毛髮製造美味醬油的醬油公司。

「你喜歡這鹿肉乾？我這幾天甚麼都沒吃，我工作的時候就只吃這個。因為我不想在屋子裡看見那些人的臉。那些居心叵測的臉。你喜不喜歡這肉乾？」他又問了一遍。

董丹說他喜歡。他把它撕開，津津有味地嚼著。他不敢跟陳洋說，肉乾已經放太久了，其中有幾塊上頭已經長了淡淡的綠霉。

「李紅小姐回來了嗎？」

「她母親病得很重，」老傢伙說，接著他笑了起來。「不過我知道為甚麼她到現在還不想回來。」

董丹不出聲音。

「她現在還在等著看接下來會發生甚麼事。如果我從這次的訴訟中全身而退，她母親的病就會好了，然後她就會回到我身邊。如果情況相反，她就會說，對不起，我的母親病得太重了，我必須陪著她，或者等她康復，或者等到她死。也許她會這麼說，嘿，離開你又不是我的錯，我並不知道你逃稅。我到底有沒有做錯甚麼，她才不在乎。她只在乎我是不是會被逮捕，還有我會為這件事付出甚麼代價。」

「不過一個人也挺好，」他聳聳肩道，流露出一個非常寂寞的人才會有的笑容。

等屋子裡的員工都睡了，熄了燈，他們開始將畫打包。每當董丹不小心讓畫紙發出了聲響，或是搬東西時撞到了家具，或者說話聲音不夠輕，陳大師就會用中指按在嘴唇上，發出嚴厲的「噓噓噓」。董丹比著手勢地辯解：屋裡其他人早就睡死了，老藝術家立刻閉緊眼睛，立起兩隻手指架在左右耳朵旁，那意思是，他們雖然在睡覺，可是耳朵仍像天線一樣伸得直直的。等他們把畫全都裝上車，已經是清晨兩點。他們出發了，不久轉進一條沒有路燈的道路，往陳洋那個老朋友的別墅開去。

開進了那座山坡上的渡假地，天色已微露出曙光。他們花了約莫又一個鐘頭，才在散落的住屋間找到了那座房舍。董丹開始卸貨時，村裡的公雞已經啼叫了。大師的心情好轉了不少，走進屋裡的廚房開始找尋有沒有吃的。出來的時候，他一身都是灰塵，手裡頭握著一隻布滿灰垢的東西。

「廚房裡有隻燻鴨！」他高聲喊著，快樂得像個孩子。「我相信這附近一定可以找到一些酒。」

「李紅說你不能喝酒，」董丹道。

「狗屁。這是隻鴨，對吧？看起來像是。把它洗一洗，但願它沒哈掉。它給掛在屋頂上，所以才沒讓老鼠給吃了。」

董丹本來正在把畫放進一座衣櫥，這時只好停下工作，去洗那隻看起來像是鴨子的東西。老藝術家在一旁看著他把灰撥掉，放在水槽裡沖洗。他跟進跟出就像個孩子，不停問著這肉會不會太乾？要煮多久時間？對他大部分的問題，董丹都沒有作答。

早上八點，大師說他想回他自己的別墅了。一夜沒睡，董丹開車的時候，整個人昏昏沉沉的，老傢伙則在後座打起盹兒。到了陳洋別墅的大門口，大師的司機冷眼瞪著董丹，把老先生半扶半抱下了車。祕書跑出來迎接他們，立刻就猜出來昨兒個晚上這兩人跑去幹了甚麼。

陳洋直接就上床睡覺了。董丹雖然精疲力盡，可是睡不著。他走到廚房，急需要一杯熱茶。那個祕書跟在他身後，像是要找人聊天。當董丹問他有甚麼需要效勞的，祕書只管輕笑著說沒事。那他又為甚麼要跟出跟進？這是因為他必須這麼做。董丹用玩笑的口氣問對方，是不是怕他會從廚房裡偷走味精還是香腸甚麼的。這個嘛，他跟蹤的不只是董丹，他得監視每一個來拜訪大師的人，所以請不要介意。每一個訪客嗎？是的，沒有人是例外。這不是針對董丹。他只是在做分內的工作。董丹以為他的工作就是接電話和處理文件。沒錯。但是現在，他除了這些之外還被指派了另一項工作。被誰指派？這個嘛……李紅小姐不相信任何人，除了我們這些在這工作多年的人。李紅小姐是這樣告訴他的？她確實是這麼說的。所以他現在是在執行李紅小姐的吩咐。如果董丹覺得被冒犯了，他覺得很抱歉。

茶壺壺嘴的汽笛開始作響。董丹盯著它瞧，讓它繼續地叫，心裡想著李紅把他和屋裡的員工全捲進了一場彼此監控的間諜遊戲。好個詭計多端的女人。在她美麗皮膚上蜿蜒的淡藍血管裡，流的竟是這樣的冷血。

過了午飯時間老藝術家才起床，把董丹叫進了他的畫室。一進門，他就把門給鎖上，臉上面露驚惶，他指了指他抱在手上的空字紙簍。

「你看，全不見了。我所有的草稿。」

「我以為不過就是白紙上用墨點了幾點，或刷了幾道。」

「我的畫裡，幾筆或幾條線都有深意。」

他的恐懼正在加劇。在他粗厚眼皮之下，那雙不怎麼清澈的眼珠子瞪得又圓又大。

董丹覺得他很可憐。老傢伙現在已經有嚴重的妄想偏執。

「每天我得防這些竊賊。就在我自己家裡頭，這種事每天都在發生。在這場無聲的鬥智中，兩邊都變得愈來愈鬼祟，但是他們永遠比我更快一步，想出更多偷雞摸狗的技倆。」

他無助地注視著董丹。現在他把自己完全交在董丹的手裡。他等待董丹替他拿個主意，任何主意都好。董丹想跟他說，不可以像這樣相信某人，把自己所有的信任寄託在一個人身上是不對的。完全對他人不信任也是不對的。然而，他知道對這個六十五歲的老孩子來講，這個觀念太複雜了。

「你能想像嗎？每當我入睡後，他們就在我身邊躡手躡腳。」老先生說。「隔壁房裡的垃圾桶，我也檢查過了，全部是空的。他們把東西偷走了。他們把那些草稿鋪平，修補好破了的地方，再偷了我的印章拿去蓋，證明了那是我的真跡。哪天等我死了，他們就會賣給畫廊。」

董丹則說，那些東西已經被全部倒進了公用的大垃圾箱，那也是有可能的。

「那你快到街上去翻翻看。有沒有在那些大垃圾箱裡。」陳大師道。「他們一個禮拜只來收兩次垃圾，你去街角就會看到兩個大藍桶，仔細檢查裡頭有沒有。」

大垃圾箱裡甚麼都沒有。也許垃圾公司提早了一天來清過了。可是老藝術家不這麼認為。

「一定是他們把東西藏起來了，等著以後出售。任何人看到那運筆，都會知道是我的作品。等我死了以後，他們都會願意付高價買走。這些人正在等著我死。」

老藝術家現在成了一個很難相處的人。有些時候，他會把他身邊的人支使得團團轉，令人發狂。他讓董丹恨不得當下就動手殺了他，即便他也明白在陳洋的內心，住著一個任何人都可以傷害的小孩。

整個晚上，陳洋就不停地在他的畫室裡來回踱步。他時不時被一種恐懼嚇得發抖，曾突然停下腳步。「你等著看吧，我死了以後，就會有人開始研究我廢棄的草稿，好看出我是怎麼運筆的。他們也會想看看，每一次我完成一幅畫之前，有多少次失敗的嘗試，他們一定曾想要知道我的畫都是怎麼構思的，又為甚麼沒法完成，想看看一幅真正的藝術品得經過多少次的流產才能誕生。我真的無法忍受。我恨死了。我的畫只准在完整成熟的時候才能公開展示。」

這讓董丹想到，會不會又是李紅搞的鬼，故意要讓老先生疑神疑鬼。她一定跟老藝術家提過她對工作人員的不信任，可同時又跟這些員工說不可相信任何拜訪者。於是，她讓所有人成了她的耳目，彼此監視，以確保她不在的時候，沒有一張畫能夠出得了這屋子。那一張有著酒渦的甜美臉龐後面，竟然藏著一座祕密警察總部。

第三天的時候，董丹走出屋子給小梅打了個電話，告訴她他還要在老藝術家這兒待一個禮拜。小梅說，昨天有一個漂亮的小姐來找他。是叫老十嗎？不，她說她叫高喜。董丹一方面鬆了一口氣，一方面覺得不可思議。高喜在小梅的眼中竟然算得上漂亮。她對高喜的欣賞類似於她對其他那一些粗暴摩登的事物，從四通八達的立體高速公路到巨型的汽車展示中心，從超級大超市到麥當勞。

他撥高喜的手機，下一秒又立刻把它掛斷。高喜怎麼會知道他住哪兒？他從來沒有告訴過她。他再撥了一次號碼，盤算著用甚麼方法可以旁敲側擊出她是怎麼拿到他的地址的。

「喂，別繞圈子講話，如果你想知道我怎麼拿到你的地址的，直接就問。」高喜道。

「……妳怎麼拿到的？」

「你一直不讓我知道，你以為我就查不出來了嗎？」她說。

董丹可以想見她半邊臉頰抽動的樣子。她的冷笑向來簡潔，只用一個嘴角牽動半邊臉頰。她告訴他，想要找到他的住址一點也不難。他的身分證號碼已經標示出他的戶籍區域。她需要做的只不過就是找到他那一區的派出所，然後就可以查到他的住址。

如果她辦得到，那警察一定也可以。董丹心想。

「你怎麼不問問我是怎麼弄到你的身分證號碼的？」高喜說。

「妳怎麼弄到的？」他知道他聽起來十分愚蠢。

「我就去一個酒宴上問他們的接待人員。」高喜說。「現在的系統都是相連的，全都數位化了。」

新學到了有系統連結這回事讓董丹覺得沮喪。他和小梅被警察局拘留的那晚，整個系統一定忙得不可開交。

「你住哪兒才不關我的事。」她說。「我要找你是因為我要你跟我合作另一個題目。」

「為甚麼是我?」

「你一定會喜歡這個題目。」

「好吧。」為甚麼系統沒有查出來真正重要的資料,反而把他們釋放了?

「你不想問問甚麼題目?」

「甚麼題目?」

高喜把聲音壓低,不帶甚麼情緒:色情行業在中國。這可是官方禁忌,只得靠他們兩人把事情爆開。根據她的線索,一些高檔夜總會的後臺老闆就是高官子弟。她已經追蹤了好一段時候了,跑遍了髮廊、按摩院、夜總會,還有陪酒坐檯的酒廊。但是身為女人,她有她的不方便之處,所以需要一位像董丹這樣的帥哥。她的意思,難不成是要他去假扮成嫖客?她說,這麼說吧,這將是一篇對於人類社會有重大價值的偉大報導,所以每個人都得作點犧牲。回過頭來說,對男人來講,搞不好根本不是犧牲呢。高喜咯咯的笑聲就像是一個常在鄉下公路旁的低級酒館裡買春的貨運司機。

他聽見高喜那頭一陣亂響。

「妳在幹甚麼?」他問。

「你說我在幹甚麼？我剛才笑得打滾，把一個保溫咖啡杯給踢翻了。」高喜說。

董丹可以聽見她移動茶几，打掃地上碎玻璃片的聲音。他希望她不是穿著她的睡衣、光著腳才好，否則地上的玻璃碎片一定會割傷她。

「你別以為你可以趁機享齊人之福，」她說。「我們的錢大概只夠親一親、抱一抱，大不了再讓你吃吃豆腐而已。」

他聽見她在嘆氣。他彷彿看她又坐回了沙發裡，整個人陷下去，長手長腳和瘦小的身軀全張成了個大字形。

「你到底是參加還是不參加？」高喜問。

去這些地方的錢是她出嗎？

「我就知道你會提到錢。我會出一部分。我出六。你出四。」說完，她等待對方反應。

「好啦，我七，你三。」聽見董丹那一頭默不作聲，她又說：「如果你不想做，我就去找別人搭檔。」

他需要再想一想。這有甚麼好想的，她追問。他需要做的只不過就是跟那些小姐混熟。他連跟她們上床都不必，如果他不想上的話。他先讓這些小姐們信任他，然後就會跟他掏心掏肺，他就付給她們坐檯的錢。如果沒有肉體接觸，費用其實是非常低的，如果她們愛上了他，像那個在腳底按摩店的傻瓜一樣，也許她們連錢都不會收。讓她們喜歡上你，博取她們的信任，這個他應該很拿手。接下來，就看事情怎麼發展。

「你可以從那一個小按摩師的故事開始。她不是跟你說過她姐姐的事嗎？我們可以用她姐姐被判死刑這件事情作為我們報導的主軸，其他小姐的故事可以環繞著它發展。你覺得怎麼樣？」

「可以。」

「她失蹤之後，你們還有聯絡，對吧？」

「她甚麼？」

「別裝蒜。」

「她失蹤了？」

「你把她藏起來了……」

「向毛主席發誓，我甚麼也不知道……」

「我昨天上她們那兒去，她們說她已經離開了。」

「她有沒有留下任何東西……」

「甚麼也沒留。除了一罐泡菜。」

老十曾經告訴董丹，她非常會做泡菜。她曾經答應要做一些送他。

「我以為你肯定知道她上哪兒去了。」高喜說。

掛了電話之後，董丹進屋子告訴陳洋，他必須離開，他有一篇非常重要的訪問稿還沒有寫完。老藝術家不知所措，就像被人遺棄在街上的孩子。

凌晨一點鐘的時候，董丹從一間腳底按摩院走了出來，渾身無力。從他離開陳洋的鄉村別墅，他就在北京城裡搜尋，跑遍了幾乎每一家腳底按摩院。也許那次四川餐館一別，他不應該就此再也不去找她。至少，不該斷得這麼突然。董丹跟她告白了自己真實的身分，這讓她很失望嗎？她一定以為董丹的告白是表示拒絕幫助她。

此刻他站在大馬路的天橋上俯視這座城市，有正當職業的人群都已下班離去，現在城市被乞丐與遊民接管。她這一失蹤，他欠她的再也償還不了。放眼他的四周，燈光霓虹交錯如一條銀河，搏跳閃動，吞沒了一個叫老十的女孩。

《消費者週刊》這份在北京擁有好幾百萬訂戶的雜誌刊出了一篇文章。在最近的一期中，他們專題報導了吳董房地產建設的樣品屋。經過了電腦的魔術，文章掩蓋了實際工程的所有缺點以及粗糙。它的大標題寫的是：「一位為勞工朋友們蓋房子的人」。

「你讀一讀，」高喜邊說邊指著她劃了線的那些句子。「聽起來有沒有很耳熟？不同的是，他們愈來愈下流了。」

董丹大吃一驚。這篇文章的「作者」從董丹的文章裡偷了將近七成，改頭換面成了自己的東西拿去發表。就算那篇文章並不能完全算是董丹的創作，他可也花了兩個晚上，從幾百份的售屋傳單中剪出了文句段落，又花了兩個晚上才把它們拼貼在一塊兒。

「你的原稿還在不在？」高喜問。

「還在，」董丹說。

「我們去找那個王八蛋算帳。」

跟著高喜走了一段路，他停下步子。他心情從來沒這麼低落過。對於自己成了吳董的幫兇，寫東西拐騙人們去買牆壁有裂縫、地板有坑洼、土地產權不清的房子，他覺得十分不安。設這個圈套他也有分。這樣無非是把一個積欠建築工人兩年工資的罪犯化妝成了一個大聖人。

「我不想去了，」他道。

「那他答應給你的公寓怎麼辦？你也需要換一個像樣的公寓了。你住的那個地方，我看就是個狗窩。我們去逼他履行諾言。」

「我不想見到他。」

「為甚麼?」

「我不知道。」

「你聽著，董丹。一切由我來交涉。我會讓他啞口無言，付出代價。你就站在旁邊觀賞一場好戲。」她走到她的車旁邊，幫董丹開了門。「我知道他的要害是甚麼。」

首先高喜帶董丹去了一家百貨公司。她走到男仕服飾部，幫他挑了一件真皮外套，還有一條 Esprit 的藍色牛仔褲。把衣服往董丹肩膀上一搭，高喜便將他推進了試衣間。

「妳這是幹嘛?」董丹在抗拒。

「試穿一下。」

「為甚麼?」

「不要把設計師的標籤給撕了，知道嗎?那傢伙別的本事沒有，對名牌衣服上的標籤可是很在意。他就是靠這一套到處唬人的。我們今天也來唬唬他。」

他們隔著一道門交談。董丹還沒來得及扣上皮帶，她已經拉開門把他拽了出來。她繞著董丹走了幾圈，幫他這兒拉一拉，那兒整整平，塗著深紅顏色的嘴唇緊緊抿著，一本正經地端詳著董丹。

「喲，還真有派頭，」她說。

他們回到了車上，董丹已經開始流汗。她讓董丹開車，自己開始忙著撥電話。

「我不能讓妳出錢買這些東西給我，」他說。

「你也可以買一些東西送我啊，如果你想的話。」

「能不能退貨？」

「閉嘴吧，穿著風光一下。」

「可是……」

「喂，」她已經在電話上了。「是我。你知道《消費者週刊》的總編是誰嗎？太好了。給我他的電話……我現在正要記下來。他叫甚麼名字？……李？知道他姓甚麼就夠了。」

掛上電話，她又撥另外一個號碼。「是李總編嗎？」她裝出活潑的聲音。「你還好嗎？自從我們上次見面之後。不記得了嗎？就是那個那個……紡織出口商的餐會……？你聽不出我的聲音啦？我是高喜！你不是還要我幫你們寫東西？你怎麼全都忘了？」她嘟著嘴，對著話筒作出風情萬種又俏皮的微笑。

「事情是這樣的，我發現你們這一期房地產資訊登的主題文章，全是一派胡言。你們被那個姓吳的開發商給騙了。他應該被抓起來關二十年。他的所作所為，關二十年都嫌太少。那傢伙是個罪犯，結果你們讓他一夜之間成了英雄。我認識一個人，對他有非常深入的調查。」

「我沒有作深入調查……，」董丹道。

她把一根手指頭放在自己的嘴上。

「可以嗎？您在哪吃午飯？」她問。「噢，沒問題。我可以到您辦公室等。您慢慢吃。我會自己打發時間。」連電話都還沒來得及掛上，她便對董丹大吼：「嘿，下回我要給甚麼人一點顏色瞧瞧的時候，別跟我說話。懂嗎？」

「他們會發現妳講的不是真的。」

「真的假的，對那些王八蛋來說沒甚麼不同。」

午後一點差十分，他們已經來到了《消費者週刊》總部。那是一座氣派輝煌的大樓。接待人員告訴他們，總編被吳董請去吃飯了。在哪家餐館？那地方叫作「三月四月五月」，以高價位聞名。總編是甚麼時候離開的？大概半個小時前。

高喜揚揚下巴，意思是叫董丹跟著她。出了辦公室，她說她有一個絕佳的新點子。她自己先去那個餐館，董丹同時去把那些建築民工組織起來，帶到餐館。如果不能全弄來，找幾個代表也成。要告訴那些工人，他們的老闆現在正在聘新的工人，這是他們最後討回工資的機會。她會在餐桌上假裝對吳董進行採訪，直到董丹把工人找來，集中到餐館門口。在用過了昂貴的午餐後，李總編和吳董事長接下來可以享受一場小小的示威抗議。

滿心興奮的高喜輕快地穿過走廊，往電梯口走去。

董丹剛下計程車便聽到了音樂聲。那是從工地電話線杆上掛著的喇叭中傳出來的一首喜氣洋洋的民謠。電梯出了故障，所以董丹得一路爬到二十八樓。好在每一層樓都建得很低，只需要十二階就能夠爬一層。吳董把屋頂建得比法定高度要低，那一些勞動人民的房主站在這樣低矮的屋頂下，會覺得自己像是頂天立地的巨人。董丹記得，對他這個階級的人有這種比喻說法。他循著笑鬧聲的出處而去，看到一群工人正在睡鋪上賭錢。沒有門的廚房裡傳出了陣陣燉燒羊肉的香味。

「你找誰？」其中一個工人問道。

董丹認出來他就是那一群民工的領袖。「嘿！」董丹道。

「是你呀！」民工領袖滿臉微笑站了起來。「記者先生。」

「你好嗎？」董丹問。身上穿著皮夾克，讓他覺得很彆扭。

「還不是湊合著。」民工領袖伸手進口袋裡掏香菸。

董丹比了個手勢表示他不抽菸。

「我看見你們現在伙食不錯。」董丹嗅了嗅，笑了起來。

「這個嘛，老闆前天才剛送來一卡車的羊肉，還有一些錢。」

「拖欠你們的工錢，他都付了？」

「沒有全部付清。先付了兩個月的工資。可是他說只要我們完成整個工程，他立刻會把其餘的付給我們。」

老闆送來羊肉和兩個月的工資表示抱歉，希望取得他們的原諒。他沒有準時付他們錢是因為他在財務上有一點小小的麻煩。銀行把他的貸款給取消了。當他聽到這些民工沒錢寄回給老家的母親、太太、年幼的孩子時，他心痛不已。他答應一定會盡全力解決現在的財務困難，只要他們能原諒他，再多給他一些時間。沒有他們的體諒，他只好宣布破產，這樣一來，他就永遠沒辦法付他們工錢了。這些工人們如果要自救，唯一的方法就是完成這個工程。等到他把房子賣出去，就會有錢來付他們了。待會兒傍晚會有一頓燒羊肉和紅薯燒酒的會餐，象徵雇主與員工的同心協力。

「他說的，你相信？」董丹問道。

「沒有別的辦法，」民工領袖說道。

董丹從口袋裡抽出那一本《消費者週刊》交給了那個工頭。對方吃力地慢慢讀著。

「他的口氣好像他是世界最有錢的人，不是嗎？他說要在北京專為低收入戶蓋十個大社區，」董丹說。「現在他正邀了週刊的總編在吃中飯。光這一頓飯就值你們兩年的所有工錢。」原本在賭錢的那些工人，開始紛紛交頭接耳發生了甚麼事。董丹把雜誌拿給他們傳閱。

「那你覺得我們現在應該怎麼做？」民工領袖問道。

「如果你們願意，我可以帶你們去那一家餐廳，」董丹說。「你當面問他哪一個才是真的：報紙上說的、還是他告訴你們的？」

「你要我們全部都去？」有一個工人問。

「那不成了暴動？如果我們這樣子搞，警察一定會把我們關起來。」住在別間的一些工人，這時候也來了。他們把窗子、門口都堵得滿滿的。

「如果沒有超過二十個人在示威，警察不會管的，」董丹說。「你就挑二十個人作代表。」

「我可不要作甚麼代表。」一個中年工人說道，朝後退了一步。

「你們哪個想要作代表？」民工領袖問大家。

沒有人回答。

「別看我，我不是甚麼代表。」一個年輕的工人說。

「我們這樣跑去，老闆一定會很生氣，乾脆就不付錢了。」一個上了年紀的工人如此說道。

「如果他覺得是我們破壞了協議，決定不付錢，那怎麼辦？」

「那就找一個律師，上法院解決。」董丹說。

「找律師？那要花多少錢啊？」

「很多。」其中有一個人說。

「我有個親戚就是因為打官司打窮了。」

「你們如果要找律師可別把我算進去。我連孩子的學費都繳不出來！」

「讓別人把老闆送上法院，我的錢還要留著當回家的旅費。」

「如果我們沒得罪老闆，我們還是有機會把錢討回來的，對不對？」那民工領袖問董丹。

「我不這麼樂觀，」董丹說。

「無論如何我們的錢是討不回來了？」

「如果你們不反抗。」

「可是我們不想要抗爭。」

「為甚麼不？這是為了你們自己的錢啊！媽的！」董丹說。他也不明白為甚麼一下子他會變得這麼憤怒。

「出了事你負責嗎？」民工領袖問道。

「能出甚麼事？」董丹瞪著他。

「誰知道？」他說。「甚麼事都可能發生。如果老闆被我們的抗議惹火了，他可以去雇新的人來，事情如果變成那樣，你能夠負責嗎？」

「為甚麼要我負責？」董丹指著自己問道。「我是在為你們擦屁股耶！我要負甚麼責任？」

「喂，我們如果跑去跟老闆鬧，對你有甚麼好處？」另外一個工人問道。接著他向其他的人喊話：「一個陌生人跑來說要幫我們，難道他會沒有任何好處？」

「你瞧他穿的這一身：真皮和毛料！」一個工人用他長了繭的手指在董丹的皮夾克上摸來摸去。

「喂，把你的髒手拿開！」董丹嫌惡地避開。「你們這群無藥可救的可憐蟲。一鍋燉燒羊肉就把你們給打發了！你們就繼續讓他吸你們的血，榨你們的骨頭，把你們的骨髓都吸乾，只剩下一個臭皮囊。」

有個傢伙推了他一把。董丹站不穩朝前一傾，兩隻手在空中抓了幾下，又被一隻伸出來的腳給絆倒。接著是一陣笑聲。

坐在計程車上，董丹試著回想他最後是怎麼出了那一間滿是燉燒羊肉膻味的建物。他被那些工人給氣壞了，在沒有扶手欄杆的階梯上跌跤，差點一路滾了下去。他記得到了中庭時聽見那個民工領袖在背後喊他，那傢伙說他很抱歉。他知道董丹是出自好意。他戴著工地安全帽，從窗子伸出頭來，對著董丹憤怒的背影，大聲喊著「謝謝」。他說他很感謝董丹專程來想要協助。

董丹撥高喜手機時手指還在發抖。他企圖控制住自己氣憤的聲音，簡單幾句向她交代發生了甚麼事。

「你被訇出來了，」高喜壓低聲音說道。

「不是……」

「隨便你怎麼說。我不是早講過，中國腐敗的根源就是這些農民嗎？」

「省省吧，」董丹說。

「我現在不能跟你講話。我剛剛在吃飯的時候，訪問了那個王八蛋，我現在得回我們的包廂。你到了飯店就直接進來，你還趕得上吃最後幾道菜。」

然後她告訴了他包廂的名字叫作「牡丹亭」。

十分鐘後董丹到了飯店，被領進了牡丹亭。吳董抬起眼朝董丹揮揮手，可是嘴裡頭仍滔滔不絕地繼續說他的，就像是一個寬容的主人在向遲到的客人招呼。

「我的目標是把房價壓到每平方公尺三千塊以下。如果你建的房子都只是為那些月薪上萬的人，你就不能算是一個真正的建築家。」

「這您剛剛都說過了，吳董。」高喜回應道。

「說過了嗎？」

「已經說了三次了。」

吳董大笑起來。「好話多說幾遍沒關係，對吧？」

「可是你重複的都是謊言，」高喜不客氣地回他一句。

吳董沒有理會，反而轉向董丹，彷彿他好不容易才有機會喘口氣，對董丹正式地問好。

「嗨，老朋友，來我旁邊坐！服務員！再幫我們的客人拿個茅臺酒杯來，還有菜單，我還要再點幾道菜。」

高喜在桌子底下踢了董丹一腳。現在該換董丹出擊了。董丹注視著正在為他斟酒、為他夾了滿滿一盤子菜的吳董，看起來好像真心歡喜見到他似的。

「你今天看起來很帥呀，老兄，」吳董說。他舉起酒杯向董丹敬酒，然後就一口先乾為敬。他朝董丹亮亮杯底，滿臉堆著笑。

董丹發現自己竟然也對著吳董微笑起來，雖然並非他的本意。接著他看到了那一只巨大的翡翠戒指。他想不去看它都不行。他情不自禁的看到一個畫面：一隻肥胖、戴著濃痰色澤翠戒的手指，撥弄著某個女孩的粉紅嘴唇，那女孩有可能是老十的姐姐。他幻想著這畫面，憤怒隨之升高。

「王小姐有沒有給你看我送給你的禮物？」吳董問道。

董丹從他的恍神中回到現實。

「我叫她帶你去看我答應給你的禮物，」他道。一抹像是兩人狼狽為奸的微笑出現在他那張闊嘴又堆滿橫肉的臉上。

那表示說，他真的要送他一間公寓囉？跟董丹在工廠頂樓的克難屋比起來，一間公寓簡直就是皇宮，即使它的牆上有裂縫需要整修。可是他能信任吳董嗎？當然不能。他有多少次也曾經這樣對他的工人做過承諾？憑他那股真誠樣，他甚至可以承諾你一個共產主義的完美世界。

「禮物？這麼好啊？」高喜邊說邊瞪了董丹一眼：「恭喜呀！」好啊，你已經收下一間公寓沒有告訴我！怪不得你不願意跟他作對。

董丹把臉轉開，只用三分之一的側臉面對她。她又在桌子底下踢了他一腳。他的腮幫子一陣抽搐，對方看得出那一腳踢得真疼。

「能不能讓我知道是甚麼禮物？」她邊問邊對吳董擺出一個迷人但算不上友善的微笑。

「那是我跟他之間的祕密，」吳董道。

「董丹和我之間從來沒有祕密，」高喜說，轉向董丹。「對吧，董丹？」

李總編明顯地有些坐立不安。他看了看手錶。

「失陪了。」李總編站起身，把椅子往後一推。「我三點鐘還有一個會。」

「你不能走！」高喜道，朝他笑了笑。「你今天下午的行程都在接待人員的桌子上，我已經查過了。你是想開溜吧？」

彷彿真的想要為李總編解圍，吳董也站起身，伸出了他的手。「那您就去忙吧。」

高喜接著也從位子上彈起來，一口把杯裡的酒喝個乾淨。「好好享受你那份見不得人的禮物吧，董丹。」

就當她吩咐女服務員把她的風衣送來的時候，董丹叫她等一下。他跟她一塊兒走。

「謝謝你的禮物，可是吳董，我不能收。」他說道，一面朝面前的餐盤眨著眼睛，好像隨時準備接受吳董一拳。他厭惡自己這麼沒種。本想一拍桌子走人，卻因為錯估了椅子和桌子之間的距離，他一下又栽回了位子上。他十分尷尬的又爬起來，一雙腿被厚重的椅子卡著，無法完全站直。「我不會要你的東西的。絕對不會。」他還想再說兩句漂亮話，可是一個字也說不出來。

他跟高喜步出了餐廳，在門口停下腳，看著高喜與正要上車的李總編道別，一個戴著白手套的司機候在一旁。那司機把一隻手放在車門頂端處，像是一個護墊以防總編撞到頭。車還沒開走，高喜又走回董丹身邊。

「嘿，老兄，我非常以你為榮，」高喜道。

「得了，」董丹說。

「我說真的。你這叫作富貴不能淫。沒有多少人可以拒絕別人送他一間公寓。那個傢伙就辦不到，即便他已經有很多的房產，」她說，一面朝已經淹沒在車海中那輛總編輯的轎車翹了翹大拇指。

「妳怎麼會知道的？」

「你沒看到當你們談起禮物的時候他臉上的表情？一副好像跟別人的老婆上床，被逮個正著似的。」她把她的風衣往董丹的手腕上一擱，便跑去街邊的香菸攤。「慶祝你今天高風亮節的表現，我決定破個戒。」

董丹在開車的時候，高喜把她的座椅往後推到底放平。她說剛才她一直在等董丹當著李總編的面，揭穿吳董吃了工人薪水的事，那真的就有看頭了。他本來是想這麼做的。甚麼事情讓你煞了車？他在一路往那間叫牡丹亭的包廂走的途中，已經在心裡頭想好了可以修理吳董的一番話。可是，他沒說出口。他差點就要說的。他幾乎就要用手指著那個混帳說，如果你真他媽那麼有錢，你就不應該欠自家工人兩年薪水。如果你真的對於付不出高房價的低收入戶那麼有同情心，那你就應該先對自己的建築工人有點同情心。董丹自己都沒發現，他又變得忿忿不平了，駕著車的手都離開了駕駛盤，伸出一根手指用力點向擋風玻璃。那後來怎麼又怯場了？他本來真的就要當著李總編的面揭發那傢伙，讓大家看看這個王八蛋的真面目，一方面擺出像是勞工同志救星的樣子，一方面害得建築民工民不聊生。要不是已經憎惡到說不出話，他就會說的。對於像吳董那樣子的王八蛋，憎恨到這種地步是很正常的，不是嗎？連他都對自己非常憎惡。為甚麼？她問道。董丹沒有回答。

高喜扭開音樂，平躺了下來。一個女人的聲音正哀怨地唱著一首外國曲子。

「你喜歡這音樂嗎？」她問。

董丹直覺回答說喜歡。

「這位女歌手一直到三十歲才被人發現她的才華。你知道她嗎？」

他點點頭。

「叫甚麼名字來著？」她問。「惠妮休斯頓？噢，不是。我想應該是……已經到了嘴邊，突然忘了。你記得她的名字嗎？」

他想了一想之後，搖搖頭。

「嘿，我知道了。她叫高喜！」哈哈大笑的她一下子就把腳高高蹺起來放在了儀表板上。「假裝懂音樂，被我識破了喔！」

「是很好聽呀！」董丹說。

「我本來也可以去當歌手。本來有好多事我都可以去做的。我這個人樣樣通，樣樣鬆，就是沒辦法對某一件事情專注。念大學被開除了，因為幹了太多別人看不慣的休閒活動：抽菸、喝酒、到處交男朋友，還對老師出言不遜，還參加了學生的示威抗議。不過他們把我開除倒幫了個忙。那些課程無聊得呀，真讓我欲哭無淚，我壓根兒跟不上。」

董丹看到車窗外頭一位中年婦女正在發送傳單，上面是一張腳丫子的照片。這「腳丫子世紀」是從何時開始的？從他遇見老十之後，他也的確開始感覺到，現在的人對自己的腳呵護疼愛到了不遺餘力的地步。自從再也見不到她之後，他經常發現自己對著印上腳丫子的海報傳單陷入沉思。更讓他驚訝的是，北京街頭幾乎兩步就有一家腳底按摩院。

「沒有甚麼人是完美的。」

他轉過臉去看著高喜。她的下巴高高翹向天空。

「這話怎麼說？這話的意思就是，你不必是個完美無缺的人，也有資格為真理奮鬥。」

她的腳開始去踢弄用膠水黏在儀表板上的一隻小玻璃天鵝。董丹希望她不要又開始向他說教。他希望她能停止踢弄那隻可憐的小天鵝。因為這動作令他緊張。「我父親是全天下最不完美的人。無趣，好面子，對人不誠懇；是咱們那個不正常家庭裡的一個大魔鬼。可是他是個很好的學者，當他所相信的真理遭到扭曲時，他會不顧一切去捍衛。」

董丹真擔心那隻小天鵝不知道甚麼時候就會被摔碎。她幹嘛花錢買來東西，就為了弄壞它們？他們第一次見面的時候，他的一包香菸就給她毀了。近日裡，他見到愈來愈多會讓他緊張的人。他們全都有一些怪癖：陳洋愛拔他畫筆筆尖的毫毛；吳董喜歡彈火柴棒；李紅的腳趾頭總在玩著珠花拖鞋。他們做這一些讓人看了不舒服的事，為了讓自己能平靜。對董丹而言，他很難了解是甚麼事讓這些人一個個神經緊繃。這些人要甚麼有甚麼：住著豪宅，出入有車，口袋有錢，還有人供使喚，吃的是鴿子舌頭和蟹爪肉。

高喜坐直了身，放下擱在儀表板上的腳。董丹終於鬆了口氣，知道今天那隻天鵝的小命不會遭殃。高喜不出聲，香菸一根接著一根。直到他們開到了一座高架公路匝道的某一個小行人隧道。這裡是三環與四環路的交界。走在街上的人們，有農民也有城裡的居民，隧道裡的景象熱鬧又多采多姿。到處都是賣東西的小攤，貨品應有盡有，從炒栗子到烤羊肉、烤紅薯到鞋帽衣襪髮飾，仿冒的 Polo 香水，及 LV 皮包。

他們下了車，沒多久就有兩個年輕女子從隧道深處朝他們走過來。這兩個女人慢慢晃過每個攤位，企圖跟過往男性作目光的接觸。其中一個穿著一條緊身繡有金色圖案的牛仔褲。另外一個留著又直又長的頭髮，一張圓圓臉，要不是發育過分良好，還以為是個中學學生。

「看見了嗎？」高喜拽住董丹。「站街女，最低等的。你過去跟她們說兩句話。」

「妳不是說，我們的報導從老十的姐姐開始？」董丹道。

「那你也需要了解各種各樣的呀。你幫她們買幾雙絲襪，來幾串烤羊肉，今天晚上她們就是你的了。」她在他手裡塞了一些鈔票。

「不行，我做不到。」

「你不需要跟她們做。你只需要跟她們聊。問她們從哪兒來，家裡有多少人。」

「咱們明天再開始好不好？我今天毫無準備。」

「那就上去跟她們問個路。」

「再等等，高喜……」

「或是去問幾點鐘。告訴她們你要趕飛機。她們最喜歡出差在外的人。你的口音聽起來夠土，她們會認為你是不知道從甚麼窮鄉僻壤裡跑出來的。」高喜邊說邊在他背上一推。

他走進隧道，朝那兩人移動。她們走起路來有著同樣的姿態，重量在兩隻腿上移來移去，所以當屁股往左時，腰部就往右。現在他來到阻街女郎身後約五步的地方。他轉過去看水果攤，故意拖延。一陣車潮呼嘯從隧道一頭的口端湧過，整個地方立刻感覺到震動，塵土飛揚，橋下景色變得一片灰茫茫。待會兒他要買給她們的羊肉，全加了灰塵的料。他還要挑兩雙撒了灰塵的絲襪送她們。他還要同她們扯一些滿布塵埃的鬼話，問她們生活有多麼不幸。再走兩步，他就要開口對她們說「哎！」他看到被她們體重壓彎了的高跟鞋鞋跟，還有蔻丹剝落的腳指甲。悲慘未必得是駝背、瘸腿又面黃肌瘦的樣子。它可以是一個身材姣好的女人命也不要地賣弄姿色。他恨這些可憐蟲，又讓他的心情瞬間惡劣起來。不知道她們的存在會讓他比較好過。突然間，他發現自己多麼懷念他在罐頭廠震耳欲聾噪音中的簡單生活。他從前是多麼開心又滿足地在工廠上下班。那時候他不需要靠挖掘別人的慘劇。

那兩個女孩感覺到他在對她們注意。穿繡花牛仔褲的那一個向前幾步，身子左搖右擺，看樣子想要故意跟他來一個肩擦肩。一會兒從她身邊擦過時，他得跟她說話。說甚麼好呢？說她走路的樣子醜陋得不忍目睹？

「十五。」

直到他已經跟她錯身而過，他才問自己：我沒有聽錯吧？十五？那是價錢嗎？還是她的年紀？她絕對已經年過三十。所以一定是她的價碼。對於他們可能展開的關係，她單刀直入毫無遮掩，擔心見不得人純屬多餘。十五元。比起幾串烤羊肉貴不了多少。

在無意識的情況下，他已經轉身朝隧道口走去，在蒼白的午後，車輛呼嘯而過。如果高喜敢擋住他，他一定會給她一拳。沒有比赤裸裸的「十五」那個數字更慘絕人寰的了。出賣自己只為了生存，不過只值烤羊肉的價錢。

高喜一直跟著他走出隧道，咯咯笑不可支。

「這就是我為甚麼喜歡你的原因，董丹。你如果沒有跟她有感情，你就沒法做那件事。」

他只是一直盯著來往的車輛。

「慢慢來，總會遇上一個讓你心動的，」她說。

㊥

星期天的早晨，董丹打開了電視，節目的主持人正在採訪那家「秀色餐」胴體料理餐廳的女老闆。再過一週，他們就將公開營業了。那位老闆是一位年約四十多歲，非常端莊的女士。她談論著食物與裸體結合的感官之美。在古老的中國，這可是具有高度價值的。在盛大開幕的當晚，她將邀請許多位藝術家，包括畫家以及攝影家們共赴盛宴。當然，媒體也在邀請名單之列。引起爭議是她所樂見的，反而創造了機會，讓具有啟發性的見解爭鳴。

那食物是甚麼樣的？噢，都是海鮮中的極品。當天下午他們將用飛機從北戴河漁船上直接運來一批最新鮮稀有的貨色。那些女孩子呢？是的，她們都是精挑細選過的大學學生。除了傷風小感冒外，沒有任何生病紀錄。她們的年紀呢？從十八到二十二。當然都是處女，經過上萬人的競爭才脫穎而出。她們來自中國各地，不僅學業優異，而且品行端正。她們都經過婦產科的專業檢驗，並且確定她們的胸圍腰圍臀圍都達到他們的標準。沒有人想要從皮包骨上挑撿食物。女孩們肌膚的色澤也不可輕忽，看上去得是冰清玉潔，細滑如豆腐，吹彈得破，宛如日本河豚上品。比起陳列在她們身上的食物，她們更為誘人。這樣人們才會理解，最好的美食不是用嘴巴享用，而是用你的眼睛以及所有的感官。她們都經過了生息調養，付給她們的待遇相當優渥，下學期念大學的學費再也不用操心。只透露到這裡，以免大家聽到了女孩子們的待遇時會驚訝這頓酒宴花費過鉅。符合衛生嗎？當然。她們都要先經過除毛程序。在白天裡，她們先經過十二次沐浴，泡在加了十二種花香精油的水裡，再經過八個小時的斷食，她們才會被帶進冷藏室裡。接著，她們要服用鎮定劑，好平平躺在冰塊與鮮花上一小時不動，讓食物的陳列工作能夠完成。一直要等到食物用盡，她們的纖纖玉體才會完全展示。然後鎮定劑藥效結束，她們醒過來之後，也將成為酒宴後段的參與者。被邀請的藝術家們都是名噪一時的。那麼有哪些媒體記者呢？只有出示記者工會、或是公司發函證明他們不是宴會蟲的那些才可以入場。

董丹把鞋子套上。

「你要上哪兒？」小梅問。

他不理她，繼續繫鞋帶。

打從剛才她就一直在修補那個一本書形狀的紀念品，因為它又摔破了。鑲了仿金商標的那塊黑色大理石現在脫落了，露出底下原來只是一塊木板襯墊。要不是這樣，他們不會發現連那塊大理石原來也是仿造，不過就是一塊方正的金屬，外頭糊上了木板，再貼上一層有大理石圖案的塑膠膜。萬萬想不到那個出版家用的竟是如此廉價的膠水。

「那塊破爛，妳就別再弄它了，」董丹道。

「牆上總得掛點甚麼，」小梅說。

她看著他走到門口。

「今天是星期天，」她說。

「那又怎樣？」他邊說邊笑了笑。

到了門邊停住腳，他才恍惚意識到自己要出門的動機。他大概想要去找那個專作假證件的傢伙。他或許可以搞來一張甚麼介紹信，這樣子他就可以參加「秀色餐」的開幕式。高喜說，那人刻了各式各樣的印鑑圖章，他能用任何材料在上頭刻出玩意兒，甚至一塊白蘿蔔或是肥皂。

「我想去醫院看看我的胃痛毛病，」他道。

她朝他微笑，彷彿在說：「胃痛個鬼。」他也笑了笑，知道他撒的這個謊已經被她識破。

「上個月，我做假髮賺了四百五十六元，」她說。董丹聽出來她的意思是：「別再去當宴會蟲了。在你找到另外一份工作之前，我會儘可能編更多的假髮。」

「小心啊，妳快變鬥雞眼了，」董丹邊說邊做出鬥雞眼的表情，用力到自己都覺得兩顆眼珠子都快要穿過鼻樑交換位置了。她拿一隻拖鞋丟他，打到了他的肩膀。他大笑著與她揮別。

囲

董丹與那個專造假證件的人約在一家茶館見面。一杯茶的工夫，他們完成了議價。董丹於是跟隨著這位仿冒品藝術家爬上了茶館樓上的小閣樓。走在幾乎被白蟻蛀空的古舊樓梯上，董丹問起對方的名字。叫「高喜」，他回答——因為是高喜拉的線，所以董丹叫他高喜就好了。這人是個機伶的小個子，長著一臉大鬍子，戴了一副有色鏡片的小眼鏡。

這間閣樓的場地倒是不小。傾斜的屋頂天窗蓋滿了塵垢，走出去是一個有著一九二〇年代風味的小陽臺，從那兒可以俯視整個北京胡同裡的生活。屋裡擱了一張巨大的原木鴉片榻，上頭雕花的手工十分精巧。頂上掛了十分氣派的帷帳，幾乎整間房子都佔滿了，看起來像是狗窩裡蹲了一隻獅子。那造假高手一屁股坐在地上，掀起了床單，把腿伸進了黑不隆咚的床底下。等他縮回了腿，董丹看見在他的兩腳之間，夾了一個布滿毛絨絨灰塵的木匣子。

匣子裡各色印章琳瑯滿目。

「想挑個甚麼？文化部還是電影局？」他問道。

董丹望著他。

「你是個挺帥的小夥子。看起來像是電影廠來的。」他說。

「有沒有跟媒體有關的？」

「要甚麼都有。你需要假文件，是要幫女朋友墮胎？」他問道。「你不必告訴我。我可以給你一張空白介紹信，只蓋公章，其他你自己填。不過空白介紹信我多收五百塊。」

「為甚麼？」

「因為你也許會用來闖進中南海，刺殺我們領導人甚麼的，要不跑到人民大會堂對人民代表開槍。我倒不是想保護他們。我只是希望我這生意還能做得下去。不要扯上了政治。」

他撿起一顆圓形的印章。

「挑一家報社，」董丹提議。

「《人民日報》怎麼樣？」

「能不能找一家名聲不大的？」

「《北京日報》？」

「這個……」

「就這個吧：《中國鐵路日報》。」

「可以。」

「你要其他地方空白嗎？」

「不用。」

「也對。要是我，我也不會多花那五百塊錢。」

那個造假專家在啟動電腦與印表機的時候，董丹問他是不是也是茶室的老闆。是啊，他回答。他得有一個自己的地方，幹他非法卻有暴利的生意。他問董丹介紹信上要寫甚麼名字。

董丹，他回答。對方告訴董丹，如果信上用的也是假名，他需要和他符合的假身分證，他也可以兩天之內弄好。事實上用不到兩天。只是，現在他手頭上正忙著一大堆假結婚證書。搞不懂為甚麼總是這個季節，男的都把女的搞大了肚子。猜想大概是因為放暑假，夏天裡他們一個個慾火中燒，他這樣子猜想，就像公雞和母雞一樣。董丹發現這人很多話。等他把信印了出來，他拿起那顆小圓章，在紅色的印臺上拓了拓，然後用力地蓋在那張紙上。他臉上的嚴肅表情，比起有權力蓋下真印鑑的那些人毫不遜色。

介紹信內容如下：「茲證明董丹為《中國鐵路日報》之記者，負責美食與休閒的採訪報導。閣下對於他工作上的協助，我們不勝感激。《中國鐵路日報》敬上。」

等董丹交了錢，那傢伙摘下了眼鏡，告訴董丹不要動，他用他冰涼碩長的一隻手壓住董丹的頭頂，慢慢轉動角度。

「你的頭長得好，像是一件美麗的雕刻品。」

那感覺有點讓人發怵。董丹謝了他，隨即告辭。就當他要走下那座漆黑的樓梯時，對方擋住了他。董丹忘了他的皮夾。樓梯上亮起一盞暗淡的小燈。

「在昏暗的光線中，你臉部骨骼更好看了。看這邊。很好。你的輪廓真是長得好。」

他把皮夾丟給董丹，結果掉在了臺階上。董丹彎腰去把皮夾撿起來之後，發現那個男人還在注視他。

「這就是為甚麼我說你看起來像在電影廠工作。你可以考慮演藝事業。你可以先當個臨時演員。如果他們給你一兩句臺詞，往後你說不定就會演配角。試試也無妨吧？反正都是在假裝，總比裝記者要容易多了。更不用說他們待遇還不錯。一個臨時演員一天可以賺五十塊，還包三餐。一旦你能夠升級演些配角，你的收入就可以上萬。」

董丹問他怎麼會知道這些。他曾經幹過。出獄後他有一段時間做過臨時演員。他是因為做假文件才被抓的嗎？不是，他被抓是因為搞政治。

「如果你找不到甚麼好工作，去那兒試試。在北京電影製片廠門口，每天有一大群挺漂亮的男男女女。個個都夢想成為電影明星。攝製組每天都在找臨時演員。」

走出茶室的時候，董丹覺得有些飄飄然。灰濛濛的早晨，感覺也像是晴天。鴿子咕咕的叫聲也變得很有情調。那個奇怪的傢伙竟然是一個天使。如果他真的可以幹臨時演員，董丹就再也不必被高喜呼來喚去，還得專門揭發他人悲慘的命運。他再也不必冒著被逮捕的危險去賺那一些車馬費，也不必再為陳洋那些高深莫測的作品以及他身邊複雜的人際關係而傷神。他也再用不著跟像吳董那樣子的人喝酒應酬及陪笑。他更不需要為像老十還有她姐姐那些人感覺虧欠而心痛不已。臨時演員。董丹已經愛上他這一份新職業的名稱。

過了一個小時之後，董丹已經在一群未來的臨時演員中。製片廠圍牆之外的收發室已經被拿來當作應徵辦公室。緊閉的門只有在叫下一位進來，或放前一位出去的時候才打開。五個穿著鮮豔的羽絨夾克的女孩坐在自己帶來的折疊板凳上，拿著塑膠瓶子喝水。製片廠大門進進出出的盡是昂貴的轎車，窗子都拉上了簾。那幾個女孩子開始猜測會是哪一位男明星坐在遮起的窗後。她們對自己不正經的竊竊私語不時爆出笑聲。

董丹找了一棵可以擋風的柏樹下頭站著。要在這樣的季節裡站在戶外吹風等候，他的衣服穿得根本不夠。一個年輕男子說他希望他們可以馬上錄取他，這樣就能混上中午發的盒飯了。那一群女孩子笑了起來。董丹不自主地也跟著他們笑。這是個快樂的地方，讓人感覺年輕又健康，可以把現實拋在一邊。

門打開了，一位中年男人穿著有許多口袋的帆布背心，從裡頭探出身來喊著：「妳們這些姑娘！我給妳們的臺詞都練好了嗎？」

「好了，」其中一個女孩說道。

她們全都站了起來，一個個突然都變得羞澀靦腆。

「我們需要兩個妓女的角色，妳們都可以來試一試。不過假如妳們不願意演脫戲，就別麻煩了。」那人說道。

一陣緊張的交頭接耳後，女孩子們全都收起了板凳，衝進了辦公室裡。

「別忘了妳們的推薦信，」那男人道。

等在外面的男人朝她們喊：「喂，妳們的午餐有著落了，記得留些骨頭給咱們！」

女孩子們已經緊張到沒法兒再調侃回去。

「小伙子們，把香菸給我熄了！還有你們，在製片廠外頭別把鞋子給脫了好不好？有點樣子！」他說。「我們需要十個土匪，你們哪個想要來試試？」

所有男生都歡呼起來，往辦公室一擁而去。董丹起身跟在後頭。

「聽好，這個戲裡的土匪都得剃頭。哪個不願意剃頭的就等在外頭。」其中有幾個猶豫了，又坐回到原來的地方。董丹瞧瞧兩邊的人，決定留下來。他不希望頂著個大光頭回去嚇著小梅。

又過了漫長的兩個小時，門打開了，一位老頭走了出來。他的臉上化著血淋淋的妝。

「他們要你試甚麼角色啊？白大爺。」有人問道。「又演死人？」

「演死人才好呢。死人只要躺在那兒不動，還能休息，我還巴不得。他們要我演一個乞丐，從頭到尾被打個半死。」

那老先生的聲音與口音，董丹感覺有些耳熟。他緊盯著他一路朝他走來，他認出來了，他是那兩個老農民中的一個，當下他想站起來扭頭就跑。

「是你嗎？董丹大記者？」那老頭已經先對他喊了起來。對一個像他這樣年歲的人來說，他的記性和眼力還真好。

「您是……？」董丹邊說邊站起身，自己都知道演得不像。

老頭停下步子盯著他看。他臉上血腥的造型讓他看起來有幾分恐怖。

「我們等了整整一星期，你都沒來。我們身上一分錢都沒了，旅社也住不下去了，只好走了。那是啥旅社？老鼠洞！」

「想起來了，您是白大叔，對吧？」董丹道，感覺自己的表演十分愚蠢。

在彼此客套的同時，白大叔一雙眼睛始終帶著責難的神情盯著董丹。他臉上用筆畫出來的那一道刀傷，讓董丹感覺胃裡一陣翻攪。

白大叔那一雙藏在幾可亂真喬扮下的眼睛始終沒有放過董丹，即使他嘴裡說他能夠理解，如果董丹真的寫那篇文章，他或許會丟了他的飯碗。

「可是，白大叔，那篇文章馬上就要被登出來了。登在《中國農民月刊》上。下個禮拜就要出刊了。」

老先生一臉詫異。「就知道你不會誆咱！」

「這……」其實那是高喜的文章。

白大叔向前緊抓住董丹的兩隻手，乾皺的嘴唇抖了好幾下，終於才罵出來：「他奶奶的！」他說這篇東西早一點登出來就好了。生死交關就差了這麼一點。整件事情說來話長。他建議他與董丹到附近小館裡用點簡單的午餐，喝點小酒，慢慢地聊。那他臉上的妝怎麼辦。那館子是專門為臨時演員們開的。那兒的男女服務員有時也跑跑龍套。有時候他們也是頂著一張嚇人的面具在服務客人。

館子只有四張桌子，他們在其中一張坐下，點了三兩高粱酒。白鋼和他們用盡了盤纏後，不得不回到老家的村子裡。剛到家的那天晚上，村裡的幹部就找上門了。白鋼立刻就被抓了起來。村長說根據中國法律，他們全犯了罪：誣陷領導、無業遊蕩危害城市公安、逃稅，還加上企圖造反、與領導作對。他們必須交出四萬塊罰金，不然就得坐牢。村長說看在他們是受人尊敬的村裡前輩，給他們兩天時間去籌錢。白大叔要劉大叔趁著夜裡跟他一起逃走，可是劉大叔說他不怕，他有甚麼好怕的，他是無辜的，他的良心就同村裡那口井裡的井水一樣清澈。

「所以我一個人逃了。在鄰村的親家家裡躲了好幾天，才聽說村裡發生了甚麼事。離開兩天以後，村幹部就找上劉大叔。可劉大叔不是那麼好惹的。他那牛脾氣，從來不服輸，誰惹惱了他，他一定會用他那一雙尖角捅死你。那幫子人將他綑了起來，卻被他掙脫了。他拿出事先藏在棉被下的一把菜刀，突然就朝他們衝過去。下一秒鐘，他已經是滿身彈孔，被扔上了警用吉普車。還沒到醫院的途中他就嚥了氣。在路上失血過多，走了。」

這個故事讓董丹聽得牙齒直打顫。他得靠一杯又一杯的烈酒下肚，好抵擋住那股寒冷。

「唉，他如果能讀到你那一篇東西就好了。」一段沉默後，白大叔才開口。「希望你那一篇文章登出來之後，能讓白鋼得救。」

「你一直躲在北京？」董丹問道。他已經醉了，聽不下更多悲劇的故事。

「不。我是在等。」

「等甚麼？」董丹問。他知道自己聽上去不怎麼客氣，可他控制不住。還有甚麼比這一張老臉化著嚇人的妝看起來更無助悲慘的？

「我在等個人，他有權有勢，願意聽我喊冤，」對方道。「我在等這個人來救我們。」

「等吧。等到就有救了，」董丹道。他又給自己斟了一杯，看著酒滿出來流了一桌子。董丹伸了脖子、噘起嘴，大聲地把灑桌上的酒給吮了個乾淨。

「他會救我們的。」

「他是誰呀？」

「他就坐在我面前，」老先生道。還多虧了他臉上血淋淋的妝扮，否則那一張臉絕對做不出像此刻如此令人凜然的表情。

董丹朝他猛眨眼，最後發出幾聲冷笑，嘴裡的酒流了他一下巴。農民。跟他父母沒兩樣，抓到甚麼人都當他是救星。不，應該說這情形像是，白大叔希望誰是他的救星，誰就會成為他的救星。從菩薩、耶穌、毛主席，到鄧小平、江澤民。現在成了他，董丹這一隻宴會蟲要來遞補這位老農民心中救星的缺。

「你那文章救得了咱們。它會讓在位的人了解咱們村裡發生的事情。為劉大叔報仇，就從這裡開始。」

董丹一語不發，繼續吃喝他的。老頭的臉在他朦朧的醉眼中化成一團紅影子。董丹感覺好多了。這酒真是神效，特別是當你在面對悲苦的時候。

「你成天都在演屍體，是不是？」董丹問。

他說得太大聲，附近的客人全都轉過頭來，驚訝地看著他。

白大叔說不是的。常常會一連好幾天，他都撈不著合適的角色去試。有時候你試過了，他們還是不要你。如果需要個又老又醜的，又是一臉苦相的龍套，才會找他。這行當裡，只有生得極俊或者極醜的人，才有飯吃。所以他希望自己長得再醜點，才有更多的龍套角色給他演。

「不是說，一天可以賺到五十塊嘛！」董丹幾乎在吼叫。

白大叔叫他小聲點，一邊抱歉地看了看四周被打擾的客人。他說那得看情形。如果他們只是要你在那兒躺下或坐著，你只能領二十到三十塊。你還得交百分之十五給中間那個稱作經紀人的傢伙。如果你這個龍套的挨揍，當然不是真揍，不過有時候也有一兩拳失誤的，你才拿得到五十塊。全都看情形。如果一連好幾天都沒有工作，他就靠自己的血過活。

「你靠甚麼？」董丹大叫。

周圍的人都被他的大嗓門嚇了一跳，紛紛抱怨起來。

「我去賣血。你替這一些拍電影的人工作，他們倒是會把你餵得不錯。所以我儘量把自己養胖，好有血可以賣。還上算的吧？自己養血自己賣。」

董丹禁不住想這老頭的血裡可別有太高的膽固醇。熱呼呼的餃子湯已經讓白大叔臉上的血妝開始融化，看起來真像是噩夢般恐怖。

「你常來這兒嗎？」

「每天我都來。反正我也沒別的地方去。」

「你住在哪？」

「通常就睡在公共汽車站。」白大叔看著董丹猛烈顫抖的手，「你沒事吧？沒醉吧？……」

為了讓白大叔相信他沒醉，董丹擠出了一個傻笑，就像所有喝醉的人要證明自己沒醉時，都會有的那種傻笑。

「你醉了。這時不醉啥時醉？」老農民道。「我一直在等這一天！我要看看那一群狗日的下場，我要看他們被黨開除、關進監獄裡。」

他接著又說這些狗日的就配那下場。他所有的等待都終將有結果，是不是？黨的領導人在讀了董丹的文章後，一定都會開始關心這件事情，然後說這一群野獸怎麼會如此大膽，吸農民的血汗，還敢稱自己為黨的幹部，來人啊！統統給我抓起來……老先生口齒愈來愈不清，終於他不再作聲，開始打起鼾。

董丹把白大叔扛到了那一棵柏樹下。當那個中年經紀人來喊他上場拍戲時，白大叔一逕朝他吼著操他祖宗十八代那些村幹部，黨一定會把他們開除的。經紀人沒辦法，只好到附近的農貿市場抓來另外一位老先生來遞補白大叔，一邊抱怨連連，花了一整個早上才給白大叔上好的妝全白糟蹋了。

陳洋那一篇專訪的打樣已經出來了，即將登在下一期的《讀者週刊》上，當作那一期的封面故事。那是一份擁有兩千萬訂戶的雜誌。高喜請董丹上「酒吧街」一家具有南洋風情的餐廳，叫作「紅粉香閨」。禮拜六的晚上，整條酒吧街擠得水洩不通，全是來自世界各國的流浪客。已經是秋天，北京到了這時候，漸強的風總帶來了細細黃沙，可是在餐廳戶外的人行道上，仍然擺滿了桌椅。桌椅中間立著一把大陽傘，被風吹得劈啪作響。整條街上音樂聲大作，兩側的路樹與路樹間都掛上了五彩的燈泡，閃在醉意闌珊的酒客們眼裡。「百威」、「海尼根」、「約翰走路」都立起了霓虹招牌，但是每一家酒吧仍然企圖以他們特調的雞尾酒來招攬來去的客人，或是強調他們有更好的樂隊，他們的節目更帶「顏色」。說到「顏色」二字，他們都特別強調，好讓大家了解這個「顏色」指的就是肉色。從每一間酒吧的窗戶看進去，都可以看見一兩位臉上表情陶醉的女歌手，滿臉痛苦地扭動著肢體。董丹已經被搞得頭昏眼花，不知道該朝哪兒看才好。「你好，大哥大姐！」兩個年約十八歲的黑人男孩朝高喜、董丹走來，竟然操著標準的國語，輕聲問他們要不要來一點大麻還是藥丸。另外有一些看起來像是拉皮條的本國男人，就站在路中間對著來往的男女吆喝，為不同的酒吧在拉客。

「紅粉香閨」是一棟三層的建築物，外邊全漆成了粉紅色，掛的是粉紅窗簾，還吊了粉紅色的燈籠。跟高喜走進去之前，董丹打量了它一番。讓他感覺慶幸的是，不像他與吳董用餐的那一家飯館，大門口列了兩排「活人偶」。這地方也沒有金獅子、或是布樹幹塑膠葉作成的假棕櫚樹那類玩意兒。等董丹追上高喜，上了通往二樓的階梯，他發現建築物的裡邊看起來竟然像他與小梅住的那一棟工廠，全是粗糙的水泥結構，卻用了非常女性化的質材與色彩作為裝飾，譬如：椅子上擺著輕柔緞面的桃紅椅墊，窗上掛著桃紅的輕紗簾幕，絲面的燈籠散發粉紅色的柔光，透射出男男女女的粉紅人影，人人帶著粉紅色的笑容。地板用的全是霧光玻璃。董丹好不容易在椅子上把自己安頓好，這裡的氣氛竟然給他一種非常奇特的感動。他說不上來到底是美還是醜，他從來沒有見過粗獷與嬌柔能作如此的結合。

「你可以等回家之後再看，」高喜說。

「啊？」現在董丹明白了，為甚麼這個地方看起來這麼有魅力。性感，這就是這裡的味道。

「這是校樣，」高喜邊說邊把幾頁校稿交到了他手裡，「我不喜歡有人在吃飯桌上讀我的文章。它應該是正襟危坐的時候讀的。」

點完了菜，高喜便伸長脖子四處瀏覽。他們的桌子挨著二樓的欄杆，可以看見一樓中央那座立有噴泉的魚池，幾隻又肥又大的紅色魚兒在混濁的水裡游來游去。他們的頭頂是玻璃的屋頂，正好也是三樓的地板。如果玻璃地板夠透明的話，高喜道，你可以看得見那些女孩子迷你裙下的內褲。

「她們才不會在乎走光。她們的迷你裙是她們的活招牌，」高喜說。「那一些毛茸茸的外國佬最喜歡穿迷你裙的婊子。」

他們的湯端上來了。吃第一口那味道簡直辛辣得難以忍受，然而在你的舌頭習慣了起初的不適之後，辣味漸漸不再那麼辛烈，反而是你的味覺因此變得敏銳，原本劇烈的酸味、辣味、異國的香料都變得溫和了。董丹從來沒有吃過像這樣刺激又豐富的重口味。這一種風味，或是這一種混合型的風味，是要讓你先苦後甘。

「你瞧，那邊那個穿迷你裙的，好年輕，」高喜靠向董丹身邊嘶著氣道。一股香菸味從她口裡噴出，與其說董丹是聽到，還不如說是聞到了她話的內容。

他轉頭去，只見一個有著一雙細長腿的女孩，挽著一個老外的手臂正上了樓梯。

「這一些是高檔的婊子。她們能說一點英文。你應該聽一聽她們的英文。鄉下口音之重，她們還敢說自己是大學生。」

她那張嘴夠缺德，完全忘了董丹也是那些跑到北京來混日子的鄉巴佬之一。第二道菜沒甚麼特別，他開始期待下一道。這時手機突然發出聲響，他收到了一則簡訊，「想要有俏妹陪你來一場浪漫冒險嗎？我是你最佳選擇喔。」

「甚麼東西？」高喜問。

「搞不懂。撥錯了吧，我猜。」

高喜隔著桌子取過他的手機，讀起那一則簡訊。她幫他按下回訊，臉上露出詭異的笑容。

「喂，妳在搞甚麼鬼？」董丹問。

她不理會他，就把回覆發了出去。

幾秒鐘後，對方又回傳：「我身高一百六十七，體重四十九公斤，今年十九歲，中央戲劇學院的大一生。」

「我們繼續，」高喜說。「你想在哪兒跟這個女生見面？」

「她叫甚麼名字？」董丹說。

「別管她叫甚麼名字。她們可以有一千個不同的名字。噢，對了，你也要改頭換面：不再是甚麼自由撰稿記者，名字也不叫董丹。你是做生意的，開了一家大公司。」

「我的公司生產甚麼？」

「房子。你蓋了許多許多的房子，就像那個姓吳的王八蛋。這些女生會覺得你很搶手。」

「好吧。」

她仍然代他打下他的回覆。一邊按鍵，一邊大聲讀出內容：「聽起來妳是一個漂亮的女孩子。我等不及跟妳見面。」她邊笑邊繼續：「首先，我想邀妳在『紅粉香閨』吃一頓浪漫晚餐。現在就過來。別擔心計程車資，我會幫妳付。如果妳不知道餐廳的地址，再通知我。」

對方回答她知道「紅粉香閨」在哪兒，事實上她人正離此處不遠。她十五分鐘以後就會到。

「你猜怎麼著？我看她根本就是坐在酒吧門口的那些女孩之一。她根本只需要過個街就上樓了。但是她們會在人行道上找一張計程車收據，二十或三十塊的，然後要你報銷。」

「等她到了的時候，妳還坐在這兒嗎？」董丹已經開始緊張了。

「當然不會，」她說。

她走到臨街的窗口，開始張望。

董丹感覺他的腸子像打了結。想到待會兒的這場會面，他已經沒有了胃口。他想不出來要跟那女孩子聊些甚麼。他們應該談她的戲劇課嗎？還是正在播出的連續劇？他得編出多少謊話，還有無聊的話，才能夠填滿這接下來的時間。

「她已經到了，」高喜從窗口扭過頭來說道。她趕緊跑回餐桌，把盤子裡的食物重新排排整齊，又把用過的筷子換上一雙新的。「食物多的是，如果你喜歡她，你可以再幫她點一兩道菜。如果她想喝酒，讓她自己點。酒精有的時候可以讓人少撒一點謊。」

董丹拽住她的胳臂，「我是幹哪行的？」

「你蓋很多房子，然後把它們賣掉。」

「哦，我想起來了。」

「這個行業叫作土地開發。」

「土地開發。」

高喜才剛退到窗口另一張桌子，立刻就有一個二十好幾的女人出現在門口。她四處顧盼，想要贏得在場所有男人的眼光，不管他們是一個人坐在那兒，還是有其他的男性朋友陪伴。接著她拿出手機，邊按號碼邊試探性的朝董丹走來。董丹的手機響起，簡訊顯示：「抬起頭來，我到了。」

董丹抬起頭，看見她帶著揶揄的笑意站在他面前。作為一個男人，董丹每次碰上女人這樣對他笑，他都覺得自己彷彿成了入套的獵物。他站起身，作個手勢請她在對面坐下，就是高喜先前的位子。那女孩蹺起腿，喇叭褲的褲管微微提起。董丹掃了一眼，她腳上高跟鞋，兩隻後跟高聳如樑柱，她穿那樣子的鞋走路，怎麼沒有跌斷腳踝？董丹為她倒了茶，她俏皮地說了聲謝謝。你沒法判定她到底漂不漂亮。她有西方人的鼻子，高聳得令人起疑。

"How are you?" 她一開口就說英語。

如果董丹先前對她還有那麼一絲遐想，聽到這句話之後完全煙消雲散。他笑著點了點頭。

"Glad to meet you!" 她堅持說英文。

難道酒吧街上的這些妓女都這樣喜歡裝腔作勢？他又朝她點了點頭，可是這一回沒有微笑。她有些失望，由於他的不擅長英語，顯然的他並非那些與外商合資公司的高階主管，把太太留在外國，隻身在此。

「快吃吧，菜要涼了，」董丹道。

她道了謝，拿起筷子。她吃相不錯，咀嚼的時候，兩片嘴唇幾乎是痛苦地抿得緊緊的。董丹朝高喜偷望了一眼，換來一個嚴肅的眼色。女孩子端起湯碗時，露出了左手腕子上一串又圓又大的琥珀珠串。

「這些玻璃珠子很漂亮，」董丹道。他對寶石毫無概念。

「是琥珀，」她邊說邊把手臂伸過桌子，好讓董丹看個清楚。「我媽送我的，她是一個佛教徒。」

「妳也是佛教徒嗎？」他不知道自己該不該握住她的手腕。

她嘰嘰咕咕笑著，抽回了自己的手。「如果我說我是，那我今晚就不能點酒。你知道老舍寫的《老張的哲學》嗎？當豬肉太貴的時候就去信回教；如果羊肉太貴了，就去信佛教；茶葉太貴的時候，就改信天主教。」

她一時得不到董丹任何反應，因為他還在消化這句話的意思。然後他大笑了起來。她才不只十九歲，年紀太大，也不可能是戲劇學校的學生，不過她倒是挺聰明風趣的。董丹發現他有點喜歡她了。

「妳叫甚麼名字？」董丹問道。

「夏夢。」她望著他。「當然我不會告訴你我的本名。我們在這裡並不是要談戀愛甚麼的，是不是？」她把他的話頂了回去。

董丹笑起來。他沒想到自己可以跟一個幹這行的女人這樣大笑。

「我不會愛上任何男人，」她說。「現在不會。在可預見的未來也不會。」

「為甚麼？」

「因為我非常喜歡我現在的生活。我可憐那些作太太的，她們的老公在家裡得不到的東西，只好跑來從我這兒拿。我不想成為她們其中之一。你如果真想了解女人，必須要透過男人，然後你發現絕對不可以成為她們。短暫的激情總比沒有激情來得好。我認真的想成為一些有教養、有地位男士身邊有趣的伴侶，這些男人因為跟他們的老婆在一起太久了，得了一種我稱之為『性美感疲乏』的病。」

董丹懷疑這女人受過很好的教育。

「搞不好我並不是一個有教養、有地位的傢伙。」董丹說。「妳都是怎麼看的？」

「我有非常好的線索來源。介紹給我的男人沒有一個是下三濫。我的直覺也相當敏銳。」

董丹想要再替她點幾道新菜，但是他對這兒的菜單並不熟悉。他道了失陪後起身，在經過高喜桌子的時候，他用一個眼神要她跟他到旁邊去。他從餐具櫃上拿起一份菜單，偷看著夏夢的背影，然後把高喜拉到了一道絲幕後。

「告訴我怎麼點菜。」

「那表示你喜歡她，」高喜邊說邊研究著菜單。「這可是挺危險的。你不能訪問一個婊子就愛上一個。到時候，你的心可就被剁爛了。」

「那妳去採訪她們，」他說。

高喜笑了。董丹隔著簾幕偷瞧著女子的背影。有一個外國女人正在跟她詢問甚麼事。

直到董丹已經要回座位，那個外國女人還在跟夏夢說話，想來這個夏夢的英文還挺溜，她不僅會說，而且說話時的手勢都是洋腔洋調，又聳肩又翻眼。董丹偷偷打量她，原來給有錢人用的妓女還得會這一套。

結果新點的兩道菜都辣到夏夢無法下嚥。她又給自己點了一道清爽的泰式炒麵。她既沒有喝酒也沒有抽菸。她不會逞一時之快而破壞了她的形象，甚至利益。如果你對你的工作夠認真，對你的客戶夠負責，她說，你的生活就應該有所節制。

「你是做甚麼的？」夏夢問道。

「嗯？噢，我是……我蓋公寓房子還有辦公室大樓，然後把它們脫手。」

「真的嗎？」她盯著他看。

「怎麼了？」

「用來砌牆和建地板的水泥板是怎麼做出來的？」她放下筷子，兩個手肘撐在桌子上托住她的下巴。

「你把水泥粉混好了，倒進攪拌器裡頭，再倒在模子裡，然後你把模板拆了，等它們晾乾，然後你就有水泥板了。」

「聽起來像是農民托坯。」

「用的技術是一樣的。」

她笑了笑。

「我是說真的——你是幹哪行的？」

「我已經跟妳說了。」

「你甚至連怎麼樣作水泥板都不知道。」

董丹笑了，可她臉上這時毫無笑意。

「那妳來告訴我，它們是怎麼做的。」董丹感覺自己的微笑變得十分沉重，成了吳董那一種厚臉皮的笑法。

氣氛開始變得有一點僵。

「妳從哪兒來？」他問道。

「你是甚麼意思？」她道，又露出了笑意。

「舉例說，我是從甘肅省來的。在北京的人絕大多數都是從外地來的。」

「我先去一下化妝室，回來之後再告訴你。要乖乖的。別趁我不在的時候又勾搭其他的女人。」她把臉傾向董丹，隔了桌子伸手碰了碰他的手，然後她起身理了理她那一條長喇叭褲才離席。走了幾步，她又停下腳步，轉過來朝董丹做了一個非常性感的表情。

二十分鐘過去了，她還沒有回來。高喜跑去化妝間，結果那兒的清潔女工告訴她，在過去三十分鐘裡，沒有人進來過。夏夢一定已經猜出來董丹不是便衣警察，就是記者。

董丹將他們剛才的談話內容重述給高喜，高喜全做了筆記。他邊說邊看見，頭頂霧光玻璃天花板上有腳步在移動。一雙是帶柱子的高跟鞋，後面跟著是一雙巨大尺寸的皮鞋。董丹覺得他還看見了喇叭牛仔褲的褲管。但是他並不確定那是夏夢。也許她發現了另外一個有教養、有地位的男人，正想成為他身邊有趣的伴侶。

他看著那一雙高聳的鞋跟走向了角落，感覺很嫉妒。他是喜歡她的，即便她裝腔作勢。

「還不賴嘛，你的訪問，」高喜闔上了筆記本說道。她看到董丹眼裡噙著淚水，正機械化地把紅辣的食物塞進嘴裡，她從她的皮包裡抽出一張面紙。

「你得了相思病？還是怎麼著？」她邊說邊把面紙遞了過去。

「食物太辣。」董丹指了指夏夢碰都沒碰的食物，猛吸鼻子，用面紙揉著眼睛。

「我希望下一個女孩子能同這個一樣能言善道，」高喜說。

「甚麼下一個女孩子？」

「老兄，你的桃花運才剛開始哩！」

她交給董丹一個手機號碼，專門提供地下服務，把收集來的有錢男人電話轉賣給這些妓女。從今以後，董丹的手機將會被色情行業中每個女人傳來的簡訊給塞爆。她們是這麼稱呼的，色情產業。

在回家的路上，董丹的手機又發出嗶嗶聲。

「你好嗎?」是一則簡訊。

董丹回覆說他很好。

「不,你一點都不好。你很寂寞。」

沒有必要再爭辯。在他的前方是一座正在整修中的地鐵站。北京是一座永遠沒有辦法完工的城市。總有上千個建築新點子在彼此衝突矛盾。今天這家公司把一道溝填平,好讓明天的另一家公司有東西可挖。

「我知道北京許多有趣的地方。你希望我帶你去嗎?」簡訊說道。

下地鐵站的階梯又陡又荒涼,董丹邊下樓邊回覆說,這時候去任何地方都太晚了。

「才十點而已。有趣的地方要過了十點才好玩。」

發簡訊的人用的是更緊迫盯人的態度。董丹問對方,他們可不可以明天下午兩點鐘約個地方見面。

「你好殘忍,要我那麼早起床。」

董丹覺得挺有趣。他問那她通常都是幾點起床。六點,正好起床看中央臺的第一次晚間新聞。

等他下到了樓梯底層,進了地鐵站,訊號就被切斷了。只有五位乘客跟他往同一個方向。

突然間老十又回到了他的心上。他發現她這些日子一直都在他的心裡，像是一個旋轉的舞臺背景，只有被孤獨的光打亮時，才會被看見。接著一種渴望排山倒海而來。她是不是也正在某處給男人發簡訊呢？他怎麼知道躲藏在這些簡訊背後的人是不是老十，縱然她藏身在茫茫人海中？她會不會發現董丹就是收到她這些撩撥字眼的人？如果高喜的計畫是要協助像老十的姐姐這些被消音的受害者，讓她們的聲音能夠被聽見，那麼董丹就要繼續跟這些女孩子會面，跟她們進行訪談。現在他跟老十的那一段結束了，他真的能幫她，他不必再因此對自己感到噁心。對他來講，良心的意思就是，當你用某種方法做了某些事情之後，它會讓你感覺到對自己噁心。他不知自己有無良心；他只知道自己有這種奇特的噁心感覺。他必須承認高喜的這個主意不錯：以老十的姐姐被處死做主軸寫出一篇報導，他會協助高喜完成這一篇東西。她需要他去訪問多少個妓女都成。等到文章登出來之後，可能知道老十對這篇東西的反應嗎？

心事重重的他發現一隻誤闖進地鐵站的鴿子，怎麼也找不到出口。鴿子一會兒飛進隧道，消失在不確定的黑暗處，過了一會兒又突然飛出隧道、穿過月臺，身上沾滿了泥灰，絕望之情更勝於驚恐。一雙翅膀失去了平衡與準頭，只能瘋狂地拍打，響起巨大的回音。董丹看著鴿子，感覺於心不忍。對一隻鴿子來說，這恐怕是最恐怖的夢魘了，一次次重複同樣的路徑，彷彿是一個衝不破的魔咒，不停在一個黑暗神祕的軌道上循環。她愈是想要逃脫，結果陷得愈深。她又再一次往隧道裡飛衝去，整個身子歪斜著。她將繼續地飛，直到精疲力竭，墜地而死。

為了讓自己分心，他把那一篇陳洋專訪的校稿掏了出來。他靠著一根柱子，在花崗岩地板上坐下，開始閱讀。車來了，他上了車後，繼續再讀。老十又被推入背景裡。董丹發現高喜的文筆確實很好，深入又詼諧，呈現了一個偉大藝術家可愛的缺點以及外人無法接受的過人之處。就當地鐵快要接近他的目的地時，董丹讀到了最後一段，嚇了一跳。

當中說到，陳洋有許多忘年之交，他們的父親都是權貴之士，必然會幫助他解決這一次的司法難題。由於稅法對許多中國人民來講，還是一個新規定，因此可以辯稱老藝術家之所以惹上麻煩是無心之過，而非蓄意犯罪。憑他那一些有勢力的朋友相挺，為這一樁訴訟翻案應該是易如反掌。在中國，每件事情都可以有不同的詮釋，而且要看是誰在做詮釋。

董丹到站下了車，一邊爬山似地上著地鐵站裡的階梯，一邊開始撥電話。等高喜那一頭接起，他這裡已經完全上氣不接下氣。

「怎麼啦？」她的聲音懶懶的。背景喧譁聲大作。

他不停喘氣，猛吞了幾口口水。「妳……妳怎麼能這麼寫！」

「這麼寫又怎麼了？」

「妳不能背叛他！」

「你在說甚麼？」

「妳一定得把妳那篇該死文章的最後一段給拿掉。」

「誰說的？」

「妳利用了我。我告訴你陳洋接了某某大官的電話，然後他們在電話上討論逃稅的醜聞。我當時是高興，覺得終於有人能夠幫助老先生……」

「我也很高興啊。」

「我以為那個領導的兒子幫忙，他只要付一筆罰金就可以從這場官司中脫身了。」

「對呀。」

「妳不可以把我不小心聽到的事情寫進去。」

「如果有任何事情，你不希望我寫出來，那在我動筆之前，你就應該先告訴我。」

「妳讓我覺得，我已經成了我自己最想殺掉的那種人。」

「陳洋在打電話的時候，他有意要避開你嗎？」

「沒有！他相信我……」

「所以你告訴我的事並不是偷聽得來的。」

「可是妳一定得刪掉它，」董丹說。他已經火冒三丈，感覺在濃密的頭髮下，汗珠一顆顆滲透了出來。

「來不及了。明天一早就出報了。」她的語氣就像是一個巫婆，在對被她施了法的人炫耀她的勝利。

「妳非把那篇文章給我撤回來不可。」

「非撤不可？」她的聲音中開始出現了恫嚇。

「對。」

「那你倒說說看，如果我不撤，你想怎樣？」她發起狠。

「正常情況下，我不會對女人動手。不過那只是正常情況。」他說。他很高興他又流露出已經被他壓抑了很久的流氓本性。

「既然要攤牌，那也讓我告訴你，你那一篇〈白家村尋常的一天〉，早就從下一期的《中國農民月刊》裡給抽掉了。換句話說，那篇文章已經被查禁了，不得刊登。我實在不忍心把這件事告訴你。我本來想，等我找到別的地方願意登了之後，再讓你知道。不過，那得要看你對我夠不夠好。」

董丹站在冷風呼呼的夜裡，注視起北京郊區建築的幢幢陰影。他已經告訴了白大叔，文章下個禮拜就會登出來了。他閉起了眼睛，又看見了白大叔那一張在血淋淋化妝之下扭曲的面孔，滿懷感激與崇拜的露出的微笑。

「我會想辦法讓它登出來。我會去找一些地方刊物。有些時候，那些刊物才有這個膽子曝光這些事情。從前有一些具爭議性的題材就是從這一些刊物中首先被披露的。有的時候它們會被政府查禁，可是沒多久又會另起爐灶。再出現的時候，它們一定會成為國內最炙手可熱的雜誌。」

董丹甚麼話都沒說。白大叔一直在賣血，他一直在期待有人能夠成為他們這些沉默的村民的喉舌，他一直都在扮演屍體，趴在秋天濕冷的地上，一趴就是幾個小時，或是讓人對他拳打腳踢，為的就是有一天能看到這篇文章被發表，那麼為劉大叔復仇就有望。

「如果你需要我的幫忙，首先你得先幫我，」高喜道。她一個人在說個沒停，董丹的心裡只想著白大叔。「別人怎麼會知道你是我情報的來源？他們不會發現的。陳洋也不會懷疑你。他身邊有這麼多人，其中任何一個人都有可能偷聽了他的談話。」

「這叫下流，妳知道嗎？我真的覺得這太下流了。」

「我了解。但是我們是在為人類文明做出一點貢獻，職業道德的小小點瑕疵不算甚麼。」

董丹感覺彷彿有一大塊已經腐爛的食物硬塞進了他的喉嚨裡。他說：「隨便！」然後掛了電話。

天還沒亮，董丹就從床上爬了起來。梳洗完畢後，他匆匆下樓。早晨的交通還沒有開始擁擠，空氣仍然十分乾淨。這是一個凜冽的清晨，被霜覆蓋的蔬菜園顯得灰濛濛的。他走了一公里路來到地鐵站，發現自己的心情已經轉好了許多。

當他來到陳洋家時，看見前面草坪上停滿了車子。藝術家有許多訪客留宿，他們統統過了四點以後才上床。董丹決定先到附近露天的農貿市場，他可以先點碗酸豆汁和一份油條。他已經好久沒有在市場裡用早餐了。食物的香氣好幾里外都聞得見，令他垂涎欲滴。

他用完了餐，立刻又點了一份打包。如果陳洋不想吃的話，他可以留著到午餐的時候熱一熱再吃。沒想到老藝術家一聞到那怪味就欣喜若狂。

「甚麼東西這麼香？」他在床上就大聲嚷嚷。「我一聞見就醒啦！」

陳洋腳步匆忙地立刻出現在走道上。他說他的那一些老婆們，好多年都不准他吃這玩意兒。他幾乎都已經忘了這道美食的存在。這世上除了董丹之外，沒有人了解他。沒有人在乎他喜歡的東西，除了董丹。

董丹在沙發上坐下，手肘子擱在膝頭，上身前傾。他對自己說，先讓老先生用他的早餐。他不希望他待會兒要說的話壞了陳洋的胃口。一旦說出口，他知道陳洋幾乎不可能原諒他。他背叛了老藝術家對他的信任，使用了他從他身上不當取得的資料。沒過多久，董丹發現要提起這檔子事，他已經沒有那麼大的勇氣。陳洋先問起他最近都在幹些甚麼。回答時他提到了他那一篇〈白家村尋常的一天〉所發生的事情，心裡也明白老先生不會注意聽，但是讓他詫異的是，老藝術家這一次竟然牛頭對上了馬嘴。

「有這種事？有老農民被開槍打死了？這個社會成了甚麼樣子？」他放下裝食物的小塑膠袋。「中國人成了甚麼樣子？你把它揭發出來是對的。文章甚麼時候要登出來？」

「他們把它查禁了。」

「這一群腐敗的王八羔子！他們的雜誌叫作《中國農民月刊》，結果連替農民說話都沒種？！」

「北京沒有一家刊物想惹這個麻煩，」董丹道。

陳洋沉吟了半晌後，道：「好，那這麼著，我們也可以給它來個走後門，不是嗎？」他猛地站起身，嘴角上還沾著酸豆汁灰色的黏汁。「咱們有的是又寬又大的後門，只要有祕密門道都進得去，進了門就能扭轉乾坤。」

陳洋急急忙忙往走道上去，朝在盡頭的幾間房大喊：「喂，都給我起來了！有人被殺了，你們還睡得跟死豬一樣！」

其中一扇門開了，一個穿著白色長睡袍的女人走了出來，一邊抓著頭髮一邊抱怨；她昨晚喝多了，又沒睡好，現在頭痛得很。原來是李紅。風波一過去，她就回到這兒來了，正如陳洋早先預言的一樣。她朝董丹揚揚下巴，草率地打了一個招呼，然後就在電視機前的沙發上坐了下來。董丹明瞭在她心裡，他已經出局了，因為他並沒有做她的好眼線。另外一個房間裡，有人把電視和音響給扭開了，開門的是董丹在首都醫院曾經見過的那一位年輕人，赤裸著上身探出頭來吆喝了一聲：「咖啡！」

立刻就有一個女傭不知從哪兒就冒了出來。一手端著托盤，一手提著咖啡壺，趕了過去。

「妳別進來，我沒穿衣服，」那年輕人說。

從半開的房門口，兩人笨拙地交接了咖啡壺與托盤，這時年輕人問陳洋是甚麼人被殺了。

「一個像我一樣的老傢伙！」大師道。

「不過，死的不是你。」

李紅聞聲大笑，扭開了客廳裡的電視機。

那年輕人關上門，消失了一兩分鐘，然後又出現了。這一次吆喝的是：「果汁！」女傭再度神奇地從天而降，端來了一壺柳橙汁和玻璃杯。年輕人總算在客廳裡出現了，說他現在才算比較清醒。他拿起電視遙控器，問起那個倒楣的老傢伙到底是誰，是他認識的人嗎？陳洋把整件事扼要的轉述給他聽。年輕人不停地轉換頻道，一邊說這的確是一件可惡的事。那老頭的家人怎麼不去地方上的執法單位控告？殺他的就是警察呀。那他們就應該告到省裡頭去。但是當初逮捕白鋼和劉大叔的決定是省裡頭批准的。找不到他想看的節目，年輕人站了起來，同時生氣地說，這樣子的悲劇真讓他震驚。

「董丹寫了一篇關於這件事的報導，結果不准登，」陳洋道。

「董丹是誰？」年輕人問話的同時，眼睛一直沒離開電視螢幕。

「他是個記者。你見過他。」

「我見過？」

「這不是重點。反正是，他的文章在出刊前幾天被查禁了。」

「喂，」李紅朝那年輕男子發出嬌嗔。「你到底讓不讓我看電視啊？」

「妳們女人家怎麼會需要用到這麼多種牌子的洗髮露？」年輕男子問。「怎麼每一家電臺都在賣洗髮露？」他一邊繼續轉換頻道，一邊繼續跟董丹說：「再找另外一家雜誌或者報社。少說還有好幾千家。」

「沒人敢登，」董丹道。「這是一個敏感話題。」

「怎麼會是敏感話題？」

「因為有村領導對農民施暴……」

「噢，農民。他們還活在黑暗時期。」

「你講到農民的時候，別用那一種語氣，」老藝術家道。「你爹也是農民出身。」

「這就是為甚麼我跟他處處不合。」

「你能不能幫他登這一篇文章？」老藝術家問道，假裝沒有看見李紅在旁使眼色。

「你說吧，要哪一家報紙還是雜誌，」年輕男子對董丹道。

「哪一家都成。」董丹回答。

「好吧。給我你的電話號碼，我會讓他們打電話給你。」

「那我要怎樣把文章拿給你？」董丹問他。

「你幹嘛把文章給我？」年輕男子顯得不耐煩了。

「我以為……我以為你想要先看一遍。」

「我才不想看。」

董丹望著他。

「你明天撥個電話給我，免得我忘了。」他給董丹一張名片，上面甚麼也沒印，除了他的名字與電話，用的是娟秀的燙金字體。

董丹摸了摸他口袋裡那一封蓋有《中國鐵路日報》公家官印的那一封介紹信。他在餐廳門外逗留了許久，一直觀察門口登記處的動靜。一身珠光寶氣的女主人在迎接賓客時像是高高在上的皇后，正站在一座由菊花作成的寶座之下。從玻璃門裡一直到玻璃門外的階梯上，全都鋪滿了各式各樣的菊花，一路滾滾到了人行道上。這些都是來自這個城市各界名流的賀禮。在樓梯底端最巨大的一座裝著五顏六色菊花的花籃，由於顏色鮮豔、體積龐大，顯得格外突出。是那位吳董送的。一個工人兩年的工資就這樣又飛了。

如果警察在這次「秀色餐」設下陷阱的話，那該怎麼辦？他們或許猜到，有些宴會蟲想要來這裡冒個險。點閱著每一個在登記處的記者，董丹一雙汗濕的手在口袋裡緊緊握著那一封假推薦函。他看到小個子三步兩步爬上樓梯，身邊跟著那位攝影師。他也像董丹一樣，心裡七上八下嗎？一位女記者走過董丹身邊，愉快地稱讚他今天看起來很帥。他今天穿上了他的黑色皮夾克以及羊毛西裝褲，那套由高喜為他打點的造型，紅色的領帶則是他專門為今天出席添購的。他把眼鏡換成了細銀絲框邊，讓他看起來幾乎像是一位有品味的商人。一年半來在各酒宴上的歷練，讓他學到了很多。

一輛長型禮車在門口停下。董丹發現車裡這一位重量級人士不是別人，就是那位吳董事長。一身全白西裝，打上黑色的領花，他看起來比之前更加偉岸，腳下的皮鞋每走一步都發出嶄新的嘰嘰聲。他大聲地跟認識與不認識的人打著招呼，跟女主人以及櫃檯小姐調著情。

「你這麼晚才來，吳董！」女主人道。

「我知道！」

「你知道沒有你們，我們是開不了場的。」

「一點沒錯。」

「你晚到了，要罰三杯喔！」

「罰十杯吧！」

他們大笑起來。

「各位先生女士，我們現在就要開始了，」女主人宣布。瞬間她的身影被幾百盞閃光燈照得全白，彷彿凍結在那裡。

董丹通過登記處時沒有問題。那個登記處的女孩因為太過興奮了，所以只匆匆忙忙檢查了他的證件。當他簽名時，他看到那一張以前他虛構出的那家公司的名片。小個子竟還在用它。他走進大堂，音樂令人感覺恍若隔世。燈光全暗了下來，燭光則被點亮。穿著雪白絲質制服的服務生推進來六部小車，同樣的鋪蓋著雪白的絲罩單。賓客感覺在他們之間有一股冷風吹過，當下的氣氛加上音樂聲，讓整個場面感覺像是，在白絲單下躺著的是剛從殯儀館推出來的屍體。

接下來服務生們要為這六臺車揭幕。他們用拇指與中指捏起絲單的四角，那蘭花指的動作顯得十分女性化而且輕巧。絲巾揭開，食物與鮮花立刻映入眼簾。絲巾最後撩起，人們才看見玉女們的真面目。她們的玉體全覆蓋在一層一層的鮑魚、干貝、明蝦以及各式的海鮮刺身底下。女主人向眾人解釋，想要欣賞她們的美麗得慢慢來，等大家把食物一片一片從她們身上夾起之後。

所有的客人開始繞著這一些拿身體盛裝最昂貴海鮮的女郎環行，彷彿在殯儀館裡對死者進行最後的道別。沒有人真正開口，只有在對方耳旁竊竊私語。沒有人交換眼神，如果被發現正在盯著那些玉女看，那人立刻就會轉移目光看著地板。緩慢而詭異的音樂聲原本是為了要製造一種不真實的奇幻氣氛，現在卻讓每個人感覺焦慮不安。

女主人也注意到整個宴會廳裡那種不自然的氣氛。她用愉快的聲音說，這些女大學生們個個成績優異，搞不好哪一天可以成為在座這一些大老闆以及董事長們的助手或者職員。

客人們都笑得很僵。

食物一片一片被夾起，玉女們的裸身一點一點浮現。

如果你現在瞧見董丹的模樣，你會看見他雙腿發軟，端著盛滿食物的一只大碟子；對於吃這樣缺乏熱情的董丹難得一見。他步伐遲重地緩緩向其中一臺車走去。他的臉色蒼白，眼睛無光，嘴巴咀嚼的動作如同在嚼蠟。與其說是他的眼睛，不如說是靠他的直覺認出了這位玉女的身體，儘管她的面龐仍是被遮蓋著。

女主人向客人們演說起中國歷史以及西方文明中的情色藝術。食物即將用盡，賓客們開始變得更加鼓譟。現在只剩女孩私處部分的食物了。吳董走向前去，帶著戲謔地夾起一大塊龍蝦肉，然後退到一邊讓大家看看肉底下那一塊柔滑的突起。眾人目瞪口呆。他們眼前出現的是一顆堅硬的乳頭。

吳董故意把那一片白色的龍蝦肉移到嘴邊，用舌頭去舔它。

「唔，真鮮美，」他故意作出銷魂的聲音。

大家開始比較放鬆了，互相推擠調侃著朝那些女郎一擁而上。音樂一轉成為輕快俏皮，同時一些蠟燭也被吹滅了。表面上大夥兒嘻嘻哈哈笑鬧著，他們的筷子卻都即時伸向最大面積的鮑魚與龍蝦肉，好快一點看見玉女們最私密的部分。

她的身體現在已經完全裸露在眼前了，看起來並不像董丹記憶中那麼青春柔嫩，想必是被冰得過頭了。然而董丹還是認為她是這六座女體中最美的。董丹走向前去，輕輕喚了一聲：「老十。」

除了老十，沒有人聽見。他又再輕喚了一次。她的身體開始輕微抽搐。董丹失神地站在那兒注視著她的身體。頃刻間彷彿她也害起臊。一具裸體竟也能流露出羞怯。

他知道不應該站在那兒盯著她看。雖然她一動也不動，董丹卻知道她在掙扎著想避開他的目光。她的身體絕望地羞紅著，被他的目光釘死在原處。他看著她使勁併攏雙腿，兩隻胳臂因為強烈想遮住乳房的企圖而變得僵直。

他走開了。

這時女主人宣布，這些睡美人們就將要醒來成為正常的大學女生了。董丹把自己藏在角落裡一座菊花搭成的樹下。隨著眾人的掌聲與喝采，女郎們從棺材似的車上起身，每個人身上都還掛著魚肉屑、流著蠔油汁、沾著菊花瓣。她們向前一步，優雅地做了一個蹲身禮。服務生們立刻拿來了輕紗披風圍在她們的肩頭。接著女郎們用舞者一般輕巧的小碎步走向每一位客人，像是小公主似的行禮如儀。顯然地，老十有些心不在焉。她的目光四處在搜索著董丹。他往陰影裡又退了一步。她以為董丹已經離開，明顯鬆了一口氣。

吳董說了個笑話，惹得老十跟其他人一起笑了起來。看樣子老十並不認識這個吳董。他朝老十走去，與她握了握手。她朝他露出笑臉，整個人籠罩在他笑盈盈的目光之下。他不是害死她姐姐的那個男人。是另外一個同樣戴著巨型翠戒的男人糟蹋了小梅。董事長、執行長、總裁多如牛毛，老十等著被他們其中一人挑中，採摘，然後被糟蹋掉。

董丹頭也不回的往大門走去。

兩名男子尾隨著他。接著他聽見另外兩個人也從餐廳裡走出，跟了上來。這幾個傢伙既不凶惡也不可怕，他們甚至笑嘻嘻地，或許是他們不希望把事情鬧大了，壞了所有人的興致。

「請你跟我們走，好嗎？」其中一人說道。

彷彿他還有選擇。董丹點點頭，同他們一起向外走，他左右各站一個警察，身後跟了兩個。為體諒他們以及宴會上的所有人，董丹不想添麻煩。老十正在與她的觀眾們共進甜點。也許吳董正在問她念的是哪一所大學。他們的關係除了她赤裸裸的美麗身體是真實的之外，其他全是謊言。

董丹看見一輛警用吉普車從停車場開出，朝他們駛來，同時他也聽見了手銬已經就緒，發出哐啷的聲響。沒有預警地，他突然感覺一陣劇烈的反胃。他彎下身開始號啕，大吐特吐。在他的腹底彷彿有一臺強有力的幫浦，把所有固態、液態的東西全從他的嘴裡噴壓出來，驚天動地的落在了路上。有那麼一剎那，他還奇怪這隆隆的號啕巨響是從哪兒發出來的。那聲音聽上去彷彿是來自一場雨勢撲天漫地的巨大風暴。今晚他沒吃多少東西，在看見老十以前，他不過吃了幾片海鮮，現在應該早就吐乾淨了，可是他仍然岔開了腿，蹲在那兒不停地嘔。他感覺這一年多以來吃過的所有精緻宴席，這會兒全給吐了出來。漸漸地，他滿嘴都是胃酸的苦味。那是他在軍隊裡頭偷吃到的餿了的菜包子的味道。當伙房人員在討論是不是該把這些包子拿去餵豬，他把它們全偷了來，跟幾個和他出身類似的農村兵一塊分吃了。他得不停移動兩腳，才不會踩在自己吐出來的穢物裡。他漸漸不再發出嘔吐的嚎叫，然而他還是沒吐乾淨。胃液已經不是酸的，現在是苦的。現在吐出來的是他的童年，苦味是來自他娘煮的樹皮、高粱糊。這樣劇烈的嘔吐簡直把他的胃從裡到外給翻了出來，胃壁上每一道皺褶都沒逃過，就像小梅要紅燒雞雜前，總會把內臟翻出來清洗。接下來是劇烈地疼痛。每吐一口都讓他感覺一陣可怕的抽搐。他嚐到略帶甜腥的血絲，彷彿他吐出來的已經是自己生命的某一部分。他的五臟六腑天翻地覆。感覺上他把自己活了三十四歲一生的餐飲歷史都吐了出來。

那幾位警察在他們勤務範圍內，全站得離董丹老遠。嫌惡之情讓他們的喉結不停地上下抽動。董丹由號啕轉為哀鳴，為了不讓自己摔倒，他只好用手撐在地上，看上去就像是一隻四腳爬行的野獸蹲在那兒。警察們看見他用手用力一撐，想要站起來。挺起身子時，董丹又踉蹌了幾步，整個人看起來空洞而憔悴，比起他們對他的第一眼印象變得小了一圈。站起身朝他們走來的彷彿是一綑隨便綁起來的破布。

「我有話要跟我女朋友說。」他用他被胃酸腐蝕過的聲音向站在他右手邊的便衣警官哀求。「我不想讓她擔心。」

「我們以為你已經結婚了。她叫甚麼來著？小梅是不是？」

「不要提起她的名字。你們不可以在這個汙穢的地方提起她的名字。她是一個好女人。」董丹道。

「我們不想讓你去大鬧一場。」

「不會的。鬧了你們可以給我加刑。你們可以當場斃了我。我已經是你們網裡的一條死魚。」

四個警察你看我我看你，最後站在董丹右邊的那一位揚了揚下巴，表示同意。

董丹帶著輕鬆的微笑，自然地走到吳董的身邊。吳董看到董丹有意來求和而面露喜色。董丹脫下他左手腕上的手錶，把它綁在右手的指關節上。吳董說了句甚麼，可是董丹全沒聽見。他太專心於他接下來想要做的事。你絕對不會相信董丹的出手會這樣俐落快速有力，除非你早知道他在工廠裡是半個黑道混混，以及他在軍隊裡練就了一身好體格這些歷史。他一向崇拜的就是那些有江湖義氣的黑幫兄弟。等賓客聽到聲響時，吳董早已應聲倒地，一臉的血趴在大理石地板上。

警察根本來不及阻止董丹。等他們回過神來，董丹已經又朝吳董的頭部踢了好幾腳，就像一個足球員在踢一顆已經漏氣彈不動的足球。

老十沒有像其他的女客一樣發出尖叫。她只是定定的注視著警察把董丹帶走。董丹一直感覺她的目光尾隨著他，在門邊一座傾垮的菊花臺旁，他們給他上了手銬。白的黃的花瓣灑得他一身，鎂光燈都對準了他閃起，其中幾個想必也同他的相機一樣沒放底片。不管是真相機、假相機，他突然感覺一種奇異的喜悅，因為這回他站在相機的另一邊。他想要引述陳洋發酒瘋時說的話：「你們這一些吃人不吐骨頭的！你們這一些吃屎的！」但是他的聲音已經在剛才嘔吐時給喊啞了，被酸苦的胃液早給腐蝕了。

「我對你已經快失去耐心了，懂嗎？」陸警官對董丹道。

「懂。」這話讓人如何能信？你有的是耐心。你按兵不動多時，盯梢比我自己的影子盯得還緊。你用你的耐性先把我給放了，好讓我為你們帶路將宴會蟲的大本營一舉全殲。

「我說的你都聽明白了？」

「明白。」這有甚麼不好明白的？

「我的話甚麼意思？」

「意思是你能把我打得屎尿滿地。」可是你大概也打不出甚麼來了，因為兩天前，我已經把我肚子裡的東西都吐光了。

「快交，免得受皮肉之苦。」

「現在幾點鐘？」

「問這幹麼？」

「沒甚麼。」這個時候小梅大概已經上醫院作她的檢查。昨兒個她幫董丹送來衣服，還有她親手做的包子，同時羞答答輕聲對他說她今天會去做一個驗孕，她現在想必正坐在檢驗室外的板凳上，手裡的鉤針仍不停忙著織著一頂假髮，心想她要靠著鉤針的小彎尖一針一針掙出她和她的家所需的生活費。陸警官，你該瞧一瞧她的那一雙手動作有多快，快到了成為一片暈影。我曾經問過她，萬一有一天假髮的需求量不再像現在這麼多怎麼辦，她說不會的，她一直都在看連續劇，十齣有八齣播的都是古裝劇，只有古裝劇不會受到政府的檢查。我問她這和假髮又有何干？她說那就表示這些節目一直會播下去，然後裡頭不論男女角色都得戴假髮。「我的手錶因為揍那一個董事長給打壞了。」

「你還真拿手錶當武器？」

「我其實應該脫下來的。那是一只好錶。防震耐摔。我把退伍後的津貼全花在這一只錶上。這是我擁有唯一值錢的東西。」可是我很高興，它終於派上了好用場，而且證明了它的確耐摔防震。

「那你為甚麼要把它弄壞？」

「當時不小心。」因為希望那一拳打得夠狠，讓那一個甚麼董事長每天早上刮鬍子的時候，都看得到他臉上留下的記號。「請你告訴我，幾點了？」

「你想讓時光倒流不成？」陸警官笑了，開始語帶哲理。「你想回到你帶了老婆去魚翅宴之前，你這個寄生蟲，這就是你現在心裡的願望，對不對？把時鐘調到最初你被錯認成記者的那一刻。你希望當時就糾正了他們的錯誤吧？」

「是的。」如果真有機會讓我回頭，回到事情的原點，我希望我能夠更低調一些，吃得更安靜一些，不參加他們閒扯，不對他們炫耀我對於農村貪汙現象的常識，不要自作聰明招引了高喜以及其他人的注意。如此一來，我說不定能安安生生地在各大宴會吃下去而不被發現。「警官，求求你告訴我現在幾點了？」

「上午十點二十。你很快就會發現，時間對你已經不再有甚麼意義。」

「是沒意義。」我的小梅此時應該已經拿到結果了。我是她子宮裡那個小東西的父親。現在只有這一件事對我有意義。

「你再這樣浪費時間，你當心點。」

「我知道。」我知道我臉上滿是微笑讓你十分不快。可是我敢打賭，如果你的女人告訴你，你將作爸爸了，你會跟我有同樣的感覺，感覺再沒有比這更重要的事。

「審訊有點進展，我就不會把你打得屎尿滿地。」

「警官，我能說的都已經說了。」

「你還想等甚麼？等那個老畫家來保你出去？作夢！你以為寫了一篇關於他的甚麼東西

就可以讓你從這兒離開？你還真成了新聞記者？」

董丹靜靜坐著，雙手放在膝頭。我為甚麼想要作一個新聞人員？專找一些不幸的人挖掘他們的苦難：新聞人員幹的就是這檔事。沒人能夠救得了像老十這些女孩脫離苦海，就像是沒人能夠阻擋得了飛蛾撲火。他們自己都無能為力，這就是他們的天性。只要我嘗試想要幫助他們，只會搞得我非常沮喪。

「你以為你東寫一點、西寫一點，就可以稱自己是記者了？然後下半輩子繼續地混吃混喝？做夢！」

董丹望著他。我早就不再做記者夢了。我難道還想再跑去找陳洋，哄騙他幫助我刊登那一篇關於白家村的報導？甚至陳洋自己都還得求助於那一些有當官老爸的小輩。近來我很容易對事情感到不齒。我不齒那個年輕小伙子睡眼惺忪地就同意要幫忙。我不齒自己千方百計想成為我並不了解的那種人。我從來不明白究竟為了甚麼我被喜歡或被討厭。我再也不想假裝聽得懂他們的話。

「你還有哪些同夥？」

「啊？」

「別給我裝傻！」警官咆哮起來，把他的筆朝董丹扔過去。董丹躲也沒躲，在他穿夫「秀色餐」的同一件襯衫上留下了一個小墨點。

董丹對著襯衫前襟上的墨點打量了一會兒，然後才蹲下去，伸出他的長胳臂把筆撿了起來。

「不用撿！」

他住手了，縮回手，面朝前方坐正。他的動作確實又聽話，像一個訓練有素的軍人，或是一條好狗。是好狗。

「你要供出其他的宴會蟲，並在法庭上作證，」陸警官道。「我知道你們這一群混蛋都互相掩護，團體行動。咱們來做個交易，你就供出兩個同夥，我們把你的刑期減掉一年。」

有那麼瞬間，董丹眼睛一亮。這位警官在這張偵訊桌上經歷了太多人，早已經是半個心理醫師，立刻注意到董丹眼裡那一點光。他知道董丹心動了。他等待董丹好好考慮斟酌他的提議。他從制服口袋裡又掏出了一支筆。

「我已經準備好，就看你了，」陸警官道。

董丹看著他。他心動了。如果合作的話，在孩子懂得問媽媽「我爸爸呢？我爸爸是誰？」之前他便可獲得釋放。一旦他被釋放，他一定會找一份基層的工作，在小梅織假髮織出鬥雞眼之前幫助維持家計。陸警官不停在說要帶他去一些酒宴，要他把那其他白吃客給指認出來。

他相信幹同樣壞事的人有一種生存者的直覺，很容易就能嗅出彼此。如果董丹指認出更多，他的獎賞將會是減刑兩年。他還真是仁慈。不愧是人民的公務員，對於犯錯的市井小民挺有同情心。

一陣靜默。他們幾乎能聽見對方腦子裡呱噪的討論。

「你如果夠聰明，就不會放過這樣的條件，」陸警官道。「你相信我嗎？」

「相信。」就我所知，董丹想道，你們警察從不兌現約定是出了名的。「我信任你，」董丹道，揚起了他那一張黃金獵犬般老實的臉。

聽著陸警官繼續解說他們慈悲為懷的政策，董丹想起了小個子和那位冒牌攝影師。就算這個警察遵守了諾言，董丹也不會將這兩隻蟲給揪出來。總得有人留下，把那些過剩的食物吃掉，要不然它們全都會被倒進餿水桶，或成了豬飼料——不過不是甚麼好飼料，不像那一些知名的牌子，讓豬仔幾個月就長到可以殺。美食如果落進了懂得吃的人的胃裡，會讓董丹覺得開心一些，再說，要上法庭作證，對董丹來說真是太麻煩了。於是他像是一個黑道好弟兄，對自己從不曾背叛自己人感到自豪起來。

「對不起，警官，」董丹道。「我恐怕幫不上忙。」

「你說甚麼？」

「本來我也許能幫，」董丹道，「可是我實在是太饞了，完全沒時間注意其他的人或事。陸警官，你要嚐過我小時候吃的東西就好了。你吃過水煮樹蟲嗎？其實就是嫩樹葉裹著的蟲蛹。那跟樹皮一比，就算開葷。桐樹花也好吃。你把它煮熟了之後蘸辣椒醬，咱們村裡的孩子們都說吃起來就像雞肉，可他們沒人真知道雞肉是甚麼滋味。不過最好吃的是槐花。要是你家還沒窮得連一把麵找不出來，你把槐花打下來，在花裡摻點麵，然後放到蒸籠上蒸。不過這有訣竅的，和麵的時候得加熱水不能加冷水，蒸出來才好吃。這樣不單省麵，而且吃起來又鬆又軟、還發甜。在咱們村裡，每年槐花開的時候，就跟過年時的，因為熬了一冬一春，村裡所有的樹、它們的樹皮都給剝光了——」

「行了，打住吧。」陸警官道。

那位電視談話節目的名主持人抬起頭，看見董丹正穿過犯人會客室朝他走來。董丹不像這兒其他的警官或訪客，似乎並不認得他這張家喻戶曉的面孔。在董丹出現之前，電視主持人已經花了二十分鐘為所有人簽名，簽在他們遞上來的各式各樣的紙上——從小記事本、筆記簿撕下的，還有商店收據、車票船票、紙巾面紙等等。直到董丹跟他的助理走進來。向他走來的董丹長腿長臂，肩膀寬闊，一看就知道是個道地的西北漢子，並且給人印象他有種說不出的穩重感，不是輕浮的類型。

「董先生，幸會。」

董丹笑了笑，不習慣主持人這樣稱呼他。董丹仍然穿著自己的衣服，一件駝色毛衣，底下一條卡其長褲。談話節目主持人知道董丹在正式判刑前都不必穿上囚服。董丹的一雙眼睛非常深邃清亮，不適合這一座擁擠的城市，應當用來眺望無際的遠方。和他握手時，他似乎把他那奇特的穩重感傳到了你手裡。

「希望您不會介意，我們選擇您作為我們對宴會蟲現象報導的主人翁。這個現象反映出我們社會的腐敗與墮落。」主持人道。

董丹又笑笑，說他並不介意。那是一個沒精打采的微笑。董丹問他可不可以先了解，為甚麼節目會挑上他。當然可以。因為董丹是一位下崗工人，是政府一直無法解決的問題，造成了社會中一種負面危險能量的特殊現象。然而這些工人曾經被喻為是這個國家的擎天柱石，是社會主義的領導階級，很諷刺，是吧？這就是為甚麼，他會從宴會蟲中脫穎而出成為主角的原因？正是。多謝。

你們是不是就要開始訪問了?兩位女警察跑來跟主持人要簽名。

「我太太也是您的長期觀眾,」等女警離開之後,董丹說道。「我要不是忙著吃宴會,我也會跟她一樣,可是我太饞了。如果你嚐過了那些宴會,你就不會說人生在世是一場空。」

董丹此話有著鄉下老農雲淡風輕的幽默,會讓你覺得是不是在他的直率下,另藏了令人捧腹或是傷人的其他意思。這麼說來,董丹知道他是誰了,訪談節目主持人心想著,不過此人態度顯得平淡,見慣不驚。主持人在這個宴會蟲身上看到一種其他宴會蟲所沒有的少見特質,這就是為甚麼他可以騙過了這麼多人,包括了陳洋。老藝術家告訴節目主持人說,他不相信董丹會是一隻宴會蟲,警方一定是搞錯了,因為他們常常搞錯。可是那位未婚妻則說,圍繞在大師身邊總有許多奇怪的人,像蒼蠅一樣,她對這號叫董丹的宴會蟲並沒有特殊印象。

主持人告訴董丹,他自己也曾經做過多種喬扮混進了那些宴會裡。戴了假髮、假鬍子,不同式樣的眼鏡以及化妝品。從某一方面來說,他也是一隻宴會蟲。董丹笑了,問他印象最深刻的菜是哪一道?主持人說,他是反對飲宴文化的,所以他從來沒注意自己吃的是甚麼。究竟董丹在笑甚麼?噢,沒甚麼。勞駕,我們這是一個訪談節目,所以他必須回答問題。好吧,董丹回答道。總是那些吃得起任何東西的人,說自己反對大吃大喝。你這樣認為嗎董丹?沒錯。

助理要求董丹把剛才的話再說一遍。錄音機上的小燈剛剛沒有閃，所以他得檢查一下是不是沒錄到。主持人則跟助理講，就用筆記錄，用你的耳朵把它記下來就得了。他討厭任何人破壞了談話的情緒以及流暢，然後他又轉向董丹。這時其他訪客紛紛要離開了，主持人對他們的揮手與拋來的崇拜微笑沒有作出反應。

「警方知道我正在收集有關宴會蟲的資料，所以三個月前他們給我看了你的檔案。那是你帶著你妻子去吃魚翅宴之後。」

「嗯，我猜也是。」

「到底是甚麼原因讓你帶她去那場酒宴？」

「……不知道，」董丹道，眼睛盯著放在桌子上自己修長、指節粗大的雙手。他微張開嘴，煞住口後又閉上，過了一分鐘後才又開口：「我是笨蛋。我真他媽的笨。」

主持人相信他本來想說的不是這個，臨時改變了主意。

「是因為你很愛她，是吧？」

「我是還滿喜歡她。」

「她也非常愛你嗎？」

「聽好，我們不說這種話。我們是農村人。甚麼『愛』、『激情』這些字不過是歌詞，就像你到處聽到的那些流行歌。讓你覺得這麼那麼假模假式，肉麻。這種話讓我一聽就不好意思。我和她無話不談，可就從來不說這些詞兒。我也說不出來為甚麼，要我這麼說我覺得有點噁心。」

「有趣。那麼您對她的感覺，您會怎麼描述呢？」

「不知道。我惦記她。我離不開她……。」他的手指頭在桌面上緩緩移動，畫著憂傷的圈圈，「你能想像一個人活了一輩子，從來不知道魚翅是啥玩意兒？對她來講，這世上有很多東西根本不存在：海瓜子、鴿胸肉丸子、黑森林蛋糕……這是不是很慘？這麼不公平，真是太慘了。」

「這就是為甚麼你要冒險的原因？你現在覺得當初的冒險值得嗎？」

「我應該把她訓練得再好點。我真笨。我就是著急，想在我洗手不幹之前，能讓她嚐到那些菜。」

「洗手就是不再白吃白喝？」

「啊。」

「為甚麼要停？」

「煩了。後來就老有人來煩你，特別討厭。那些人就不能不理我，讓我清清靜靜在那兒吃一頓。」

「但是，你後來開始寫作了。事實上，你寫得不錯。」

董丹不作聲，一逕微笑著。董丹讓主持人明白，他並不想對此辯解。

「事實上，你已經開始明白甚麼叫作新聞，以及它所帶來的責任。」

「我有嗎？」

「那一篇關於孔雀宴的報導，是篇不錯的東西。你的描寫非常獨特生動。你描述食物、它的氣味以及口感很獨到，尤其是描寫陳洋的動作談吐那些地方。有這樣子的文筆，你可以成為一個不錯的記者。也許還可以是一個好的美食評論家。很可惜，在中國還沒有這種行業。因為我們社會中有一種偽善——很多事情，你只能做，但不可以談。除了這一篇東西之外，你還寫了其他甚麼嗎？」

「沒有。」

「有關白家村幹部的那篇文章是怎麼回事？」主持人兩天前訪問過高喜，她告訴了他，這篇文章經過了許多刪減修改後就將發表。

「那東西後來是別人寫的。」

「能不能多說幾句？」

「高喜說我在處理這個題材上，沒法跳脫我農民出身的格局，說我太俗氣濫情甚麼的。所以她幾乎整個把它改寫了。所以那是她的東西。」

主持人笑了。董丹——一個誠實的宴會蟲。

「我知道你還想寫的一篇東西，是關於一個女孩子她的姐姐被處了死刑。你跟她是情人嗎？」

「不是。」

主持人笑了笑。這隻蟲原來並不完全誠實。

「我有掌握到證據，你們確實是情侶。」他也訪問了老十，她指稱她從不認識甚麼人叫董丹的，可是最後他還是讓她坦承了她與董丹的關係。

董丹說：「她喜歡的是那個記者董丹，又不是宴會蟲董丹。」

主持人覺得他的解釋很聰明。

「你有沒有為她寫任何東西？」他問。

「我告訴她我屁也不會寫。」

「這話不對。」

「跟她分手以後，我覺得我想寫她要我寫的東西了。」

「這又是怎麼回事？」

「不知道。」

「這麼說吧，關於農民的那一篇報導，是你幫高喜先打了底，所以你也應該給自己加點兒分數。」

董丹點了點頭。主持人看出來董丹又想說甚麼卻嚥了回去。高喜說那報導被許多地方禁登，最後因為一位非常重要的人物介入才解決了問題。她不想洩露這個人的姓名，但是主持人早已猜出來，一定透過了陳洋的關係。

「其實你上訴很有希望。你有這些發表過的東西，儘管有些是登在不起眼的刊物上，但你仍然可以辯稱你確實是一位自由撰稿記者。你會聘律師嗎？」

「你覺著我聘得起嗎？」

「找一個不太貴的。高喜說她有律師朋友，收費可以看情形而定。說不定出去以後還真成了一個記者。」

董丹再度笑了笑。主持人現在已經熟悉，董丹微笑代表的是不同意。他已經對他的微笑不耐煩。要讓董丹開口說出實情十分困難。

「你從來不想成為記者？」

「剛開始的時候想，到了後來，不想。」

「為甚麼？」

「太費勁。」

「你是指要去幫那些假藥宣傳甚麼的？還是說，為了登文章，你老得找一些權勢人物幫你？」

「不是找。是求。」

高喜告訴主持人，那個重要人物甚至連報導看都沒看就決定幫他，這讓董丹頗為沮喪。他根本不必讀他的文章。他根本無所謂他怎麼寫的。他不過就漫不經心的伸手對著某份報紙一指，事情就辦成了，雖然說最後的版本中一些字句還是被刪掉了。

「所以剛開始的時候，你並不曉得在這個國家裡，想要報導一些真相竟有這麼困難？」

「是沒想到。我從前以為，如果別人說的你都不相信，報紙說的總可以相信吧。他們總是報導真相的。」

主持人注意到這隻宴會蟲在回答時偷偷打了一個呵欠。昨晚他一定沒睡多少。徹夜的偵訊對這隻蟲來說，一定很難熬。

「我過去以為，那些記者每天吃得跟皇上似的，是最走運的一幫孫子。我第一次去參加酒宴，我就不停地吃，吃到我幾乎都喘不過氣來。所以我心裡想，如果能天天吃到這樣的東西，叫我做甚麼都可以。我不在乎假扮成記者，叫我扮成一隻狗都行，那些菜——簡直沒法說！」

主持人看見董丹微微抬起頭，眼光投向他身後的某一點，落在牆上紅筆寫出的一道標語上：「坦白從寬，抗拒從嚴。」董丹有著少年放縱於浪漫夢想與冒險的一雙眼睛。董丹是一隻充滿熱情的宴會蟲。有人竟然對食物能狂愛至此，令主持人感覺怪不舒服。

「可是那是寄生蟲的生活。」

「沒錯。」

「一個人應該活得像寄生蟲嗎？」

「不應該。」

「你想改嗎？」

「是。」

「下了工夫是一定可以改的。去做一個真正的記者。在監獄裡爭取讀出一個學位。」

他看見董丹神色黯淡下來。董丹搖搖頭微笑。他一直搖頭和微笑。主持人猜想他或許想說而沒說出口的是：「為了吃付出這樣的代價太高了。」他還是一隻很傲慢的寄生蟲。

「你妻子對你的被捕做何反應？」

「她沒事。她一直都沒事。我第一次帶她來北京，她就發現了我並不像之前告訴她的，有一份很好的收入。她幫我洗衣服的時候，從我褲子口袋裡找到了一張紙條，那是我的工廠會計室每個月從我薪水中扣錢的收據。我向工廠預支薪水，欠了好幾年。這些她都當沒事，沒有跟我鬧，也沒有跟我吵。」

「對於你因為帶她去魚翅宴被捕，你妻子懊悔嗎？」

「她懊悔的是她不能天天看到我。」

「她等得了七年嗎？」

「當然。」

「你能肯定。」

董丹點頭微笑。這一次微笑意思有所不同。

「可是她還很年輕，是吧？」

「二十四。」

「你比她大十歲？」

「是。不過她倒像個小媽媽似的，把所有的事情都打理得好好的，對她來講從來沒甚麼大不了的事。我被關進來也不是甚麼大不了的。你知道做媽的都是怎麼樣對待她們的孩子吧？天下的媽都有點神經。她們相信自己孩子犯錯都有甚麼原因，孩子就是她們的命，所以你不能跟她們說她們的命一無是處，一錢不值，說了她們也不會信。這就是我的妻子，一個小媽媽。不管我是當上了總統還是成了囚犯，她待我沒有甚麼不同。」

主持人盯著他，不很確定自己是否完全聽懂了董丹的話。

「你的文章被登出來，她高興嗎？」

「高興。可也沒讓她覺得有甚麼大不了。」

「如果我去訪問她，你介意嗎？」

「你應該去問她。要看她介不介意。」

「那就先這樣吧……能不能幫個忙？」

「你說。」

「待會兒，攝影機開始的時候，你不要提到那位幫你登出文章的有力人士。」

「你要我怎麼說，我就怎麼說。」

「這就對了。」

# 後記

用英文寫作也許是我一生中最後一次跟自己過不去。跟自己過不去就是硬去做某件事，或有些吃力地去做。一個英文句子要在電腦上反覆寫三四遍，還吃不準哪一句最好，這就證明我不再像寫中文那樣遊刃有餘了。換句話說，就是力不從心。其實向自己承認做某件事力不從心，也是我進入中年之後的事。人到中年，發現坦蕩和誠實比較省力，比如人家勸我，某某地方的房子好，應該去搶購一幢，我便以這種坦蕩和誠實回答：我哪能買得起呀！再也不必廢話了。假如對於自己都不能坦蕩的誠實，那麼對待世界和他人，只能說是虛僞或傻。逞能的人都很傻。

然而我必須逼自己最後一回，否則對我在美國學了好幾年的英文文學創作沒個交待。這一逼我發現自己還是有潛能的。不僅是用英文進行文學創作的潛能，還有性格的潛能——就是幽默。這本小說的英文版出版後，不少讀者告訴我，他們如何被我的冷面幽默逗得發笑。

嚴歌苓

原來我可以很幽默，原來我有一種引人發笑的敘事語言。其實不止這些，我還發現了一個帶些美國式粗狂、調侃的嚴歌苓。

不是每個人都有機會發掘自己潛能的。我認為越是有機會進行這個發掘的人越是幸運。我的童年時期很不幸，失學造成了理科的空白，時代趕鴨子上架，把我趕上了舞臺，讓我用八年時間來排除繼續從事舞蹈的可能性。用八年來證實一條歧路、一種潛能的缺乏，這很殘酷。假如我們這代人沒有中斷教育的幾年，我絕不會捨得花費八年工夫去證實自己對於某個行當的非天分。或許我有足夠的機會證實自己在科學、醫學、法律、政治上有意想不到的潛能。或許我可以早早證實自己在語言上的潛能，從而早早掌握英文，以致自己在用英文寫作時不至於把一個句子寫三四遍。

沒有機遇，人就不能了解自己的潛能。領養我的女兒給了我機遇，讓我發現自己有做個好母親的潛能。美國缺少正宗的中國菜館，這也給了我機遇，讓我發現自己有做廚子的潛能。對於潛能的發現也許偶然，而開掘潛能往往艱辛。而我喜歡一點都不艱辛的日子嗎？我吃不準。儘管寫英文比寫中文吃力得多，每天早上我卻是急不可待地要坐到電腦前去，因為我對於將要寫出來的東西更加沒有控制，換句積極的話來說，就是更加未知。一切未知的事物都非常刺激。

每個人或多或少都喜歡做略感吃力的事。它煥發出精神和身體裡一種凝聚力，使你的生命力突然達到更高的強度，或說濃烈度。我和所有人一樣，喜歡的是自己生命的這個強度。這也就是我們為什麼需要戀愛，需要仇恨，需要膜拜，甚至需要犯規、犯罪。中文寫作對於我固然進入了自在狀態，但它已不能再給我寫英文時的緊張、不適、如同觸電的興奮了。過去聽一個長輩說，「不適」說明你在成長。人到中年，成長是難得的，它給我錯覺，青春還能往復。

## 嚴歌苓作品

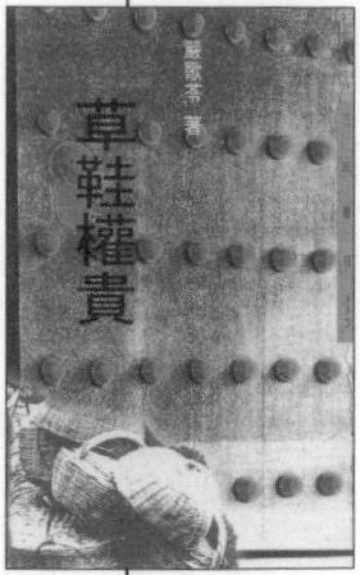


【三民叢刊 113】

### 草鞋權貴

「冤孽間相互的報復便是冤孽式的愛情與親情?……這一家子，這一世界就這樣愛出了死，怨出了生。」從小鎮來到北京程家幫傭的少女霜降，通過自己與程家三個男人間複雜曖昧的關係，經歷了豪門內的荒唐人生，也見識到這個權貴家族的樓起樓塌。

【三民叢刊 124】

### 倒淌河

內容包括十個短篇及一部中篇小說〈倒淌河〉，並以此為主流，橫貫所有的時空。不帶男女性徵的愛情故事，漢族男子與藏族小女孩隔著文化鴻溝的情感對話，由「渺小」到「偉大」的荒誕悲劇……（本書收錄電影「天浴」原著小說）

【三民叢刊 211】

### 誰家有女初養成

經歷婚姻、兇殺、逃亡，似是而非的戀愛；一對男女違背天性，「炮製」孩子的荒誕悲劇；一場迷戀的起始，背叛而終的情感旅程。

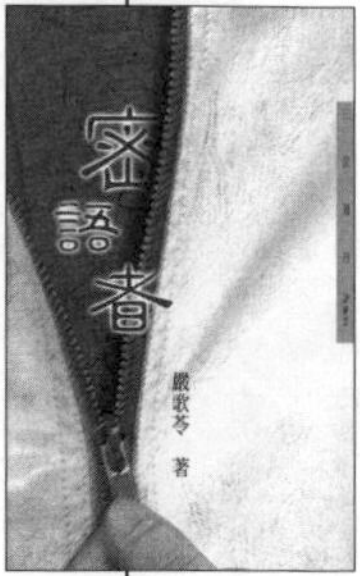


【三民叢刊 282】

### 密語者

●中央副刊每日一書推薦

一張床上的兩個人，居然像一個星座的兩顆星，原以為是伸手就可以擁抱的距離，卻存在百萬光年的陌生。書中的兩個中篇小說，其主題均圍繞著鴻溝般的婚姻，赤裸的感情如針刺般在扉頁間留下墨色血漬，讀來格外令人心驚。

【文學 008】

## 太平洋探戈　　嚴歌苓　著

●中國時報開卷周報書評推薦

「錯過」是本書的主旋律。錯過之前，必先相遇；這相遇可能僅是瞬間，但瞬間可以成為永恆。無論是為了自由而相遇的羅杰與毛丫，或是因為避難而相遇的書娟與玉墨，就在這相遇一錯過之間完成了他們人生的劇本大綱……

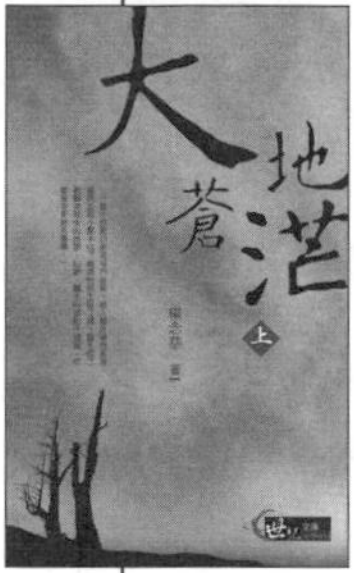


【文學 010】

## 大地蒼茫（二冊）　　楊念慈　著

睽違二十多年，資深作家楊念慈，繼《黑牛與白蛇》、《廢園舊事》等作品之後，又一部長篇鉅著——《大地蒼茫》終於問世！山東遼闊蒼鬱的故事背景、粗獷樸實的人物性格，在作家的妙筆下栩栩如生。凝神細讀，將不知不覺走入那段驚心動魄的烽火歲月。

國家圖書館出版品預行編目資料

赴宴者／嚴歌苓著;郭強生譯.－－初版二刷.－－臺北市：三民，2015
面；　公分.－－(世紀文庫:文學016)

ISBN 978-957-14-4726-1　(平裝)

857.7　　96024036



| | |
|---|---|
| 著作人 | 嚴歌苓 |
| 譯者 | 郭強生 |
| 總策劃 | 林黛嫚 |
| 發行人 | 劉振強 |
| 著作財產權人 | 三民書局股份有限公司 |
| 發行所 | 三民書局股份有限公司<br>地址　臺北市復興北路386號<br>電話　(02)25006600<br>郵撥帳號　0009998-5 |
| 門市部 | (復北店)臺北市復興北路386號<br>(重南店)臺北市重慶南路一段61號 |
| 出版日期 | 初版一刷　2008年1月<br>初版二刷　2015年6月 |
| 編號 | S 857110 |

行政院新聞局登記證局版臺業字第〇二〇〇號



ISBN　978-957-14-4726-1　(平裝)

http://www.sanmin.com.tw　三民網路書店